Jungferntanz

LV·Buch Wir lieben das Landleben.

Hans-Peter Boer

Jungferntanz

Kommissar Kattenstrohts
siebter Fall

Gewidmet meinen Lieben
– in Erinnerung an diesen wunderschönen Tag!

Nottuln, 7. September 2012

„Ich lobe den Tanz, denn er befreit den Menschen
von der Schwere der Dinge, bindet den Vereinzelten zu Gemeinschaft.
Ich lobe den Tanz, der alles fordert und fördert,
Gesundheit und klaren Geist und eine beschwingte Seele.
(…)
O Mensch lerne tanzen, sonst wissen die Engel im Himmel
mit dir nichts anzufangen."

Aurelius Augustinus von Hippo (354-430), Bischof u. Kirchenlehrer

„Schon in der Kleinkinderschule finden sich alle Elemente beisammen,
die der reifere Mensch in potenzierterem Maße später in der Welt antrifft.
Die Brutalität, die Hinterlist, die gemeine Klugheit, die Heuchelei,
alles ist vertreten, und ein reines Gemüt steht immer so da,
wie Adam und Eva auf dem Bilde unter den wilden Tieren."

Friedrich Christian Hebbel (1813 – 1863)
Aus meiner Jugend

Kapitel 1

Hätte an diesem feuchten und schon dunklen Spätnachmittag eines Februartages jemand aus dem Brinketal südlich von Stockhem seine Aufmerksamkeit nach Norden auf die Rodorper Berge gerichtet, so hätte er anhand der Scheinwerfer eine Wagenkavalkade erkannt, die sich auf der so genannten Panzerstraße ganz offensichtlich verfahren hatte. Der schmale Wirtschaftsweg ging von der Kreisstraße ab und verband Kerkhövel und Stockhem – ein bei vielen Autofahrern beliebter Schleichweg. Er umging die Rodorper Berge im Süden, und ein eiliger Autofahrer ersparte sich so die Ortsdurchfahrt von Rodorpe, wo in jüngster Zeit verstärkt kontrolliert wurde. In früheren Jahren versuchte auch der eine oder andere Verkehrsteilnehmer, der sich eben doch noch ein „Gedeck" in einer der Landkneipen genehmigt hatte, über die Panzerstraße in die eine oder andere Richtung nach Hause zu kommen. Nachdem aber die Kreispolizei regelmäßig hinter einer Feldscheune oder am Hoek einer Wallhecke stehend die Straße und ihre Benutzer schärfer ins Visier genommen und dabei auch ungewöhnliche Zeiträume in der Nacht oder den frühen Morgenstunden nicht ausgespart hatte, war es auf dem schmalen Sträßchen ruhiger geworden.

Die Leute, die jetzt bei einbrechender Dämmerung unterwegs waren, hatten offensichtlich Orientierungsprobleme. Man sah, wie die Autoscheinwerfer ein wenig irrlichterten. Jetzt schienen die vier Wagen unterhalb eines Waldrandes anzuhalten. Möglicherweise stimmten sich die Fahrer ab. Ein fünftes Auto kam aus Richtung Kerkhövel hinzu. Man sah die Lichter auf und ab leuchten. Dann schien es so, als übernehme das zuletzt hinzugekommene Fahrzeug die Führung. Es setzte sich an die Spitze, und ein der Landschaft kundiger Beobachter musste zu dem Schluss gelangen, dass die kleine Kavalkade aus mittlerweile fünf Fahrzeugen die Bockhorster Höhe und das dort befindliche Landhaus ansteuerte.

Die Autolichter verschwanden auf der Höhe um eine Waldecke, und für einige Zeit sank die Landschaft in ihre ruhige Gleichmütigkeit zurück. Der Himmel bewahrte seine gelassene dunkelgraue Struktur, unterbrochen nur von einigen Nebelschwaden. Der Wind wehte kühler werdend, ein leichtes Nebelnässen befeuchtete die Luft. Jetzt aber erwachte Haus Bockhorst zum Leben. Rund um die Anlage der historistischen neoklassizistischen Villa flammten Scheinwerfer auf und tauchten deren malerische Front und den romantischen Altan in ein warmes Licht. Auch die Lampen auf den Gartenwegen des kleinen Parks wurden eingeschaltet. Kurz darauf wurden die Klappen an den Fenstern geöffnet, und warmer Lichtschein drang aus den Sprossenfenstern auf die weitläufige Terrasse.

Hätte der fernere Beobachter seine Neugierde weiter stillen wollen und idealerweise auch noch ein Fernglas zur Hand gehabt, so hätte er ausspähen können, wie es sich eine Gruppe von Menschen auf Haus Bockhorst gemütlich machte. Jetzt flammte auch Licht im Obergeschoss auf, und bei guter Sicht hätte man hier und da erspähen können, dass Gegenstände ins Haus getragen und für einen kürzeren oder längeren Aufenthalt Zimmer bezogen wurden. Die Wagen allerdings waren aus Sicht des möglichen fernen Betrachters nicht mehr zu erfassen. Sie mussten an der rückwärtigen nördlichen Seite von Haus Bockhorst geparkt worden sein.

Spennemanns Thresken, die als unverheiratete Tante auf ihrem elterlichen Hof im Brinketal ihren Lebensabend verbrachte, konnte angesichts ihrer Augenschwäche und der noch immer nicht mit passender Sehschärfe ausgestatteten Brille keine Details des Geschehens erkennen, als sie gegen 18.00 Uhr über den Hof taperte. Sie hatte den kleinen Terrier Pit herausgelassen. Während der Hund auf dem Hof herumstöberte, peilte die Alte zur Bockhorster Höhe hinaus, vermochte aber nur die Beleuchtung des etwas mehr als einen Kilometer Luftlinie entfernten Landhauses sicher wahrzunehmen: „Wisse all wieer so'nen verrückten Professer met siene jungen Wichter!“ Sie schnaufte verächtlich. „Liggt dao all düörnanner te liggen un stiählt ussen Häerguott den Dagg aff!“*

Mit Rufen und Pfeifen lockte sie den Hund wieder ins Haus. Beim Abendessen bemerkte sie nur zu den übrigen Hausbewohnern, dass auf Bockhorst an dem bevorstehenden Wochenende bestimmt wieder der Teufel los sei, und ebenso stöhnte sie über ihren Vater, den alten Spennemann, dass der seinerzeit Haus Bockhorst nicht gekauft hatte. „Dao

* Niederdeutsch: „Liegen alle durcheinander zu liegen und stehlen unserm Herrgott den Tag ab.“

häer he Akkord üörwer maaken säöllt un ick häer de so gäerne ne kleine Kaffeewiärtschopp fundeert. Da häern wi unsse Upkuemen hatt!“*

Da das junge Volk Tante Threskens Stöhnen aus langen Jahren kannte, nahm man es wie stets geduldig zur Kenntnis und ließ es an sich vorbeirauschen.

Erst spät am Abend verloschen die Lichter an den Parkwegen von Haus Bockhorst. Im Hause selbst brannte bis gegen 23.00 Uhr noch Licht. Dann wurde es dunkel um die Bockhorster Höhe. Die Nacht war feucht und schon ein wenig schmuddelig, wie erfahrene Münsterländer jene Temperatur bezeichnen, die im Wetterbericht mit dem Begriff „für die Jahreszeit zu warm“ umschrieben wird.

* Da hätte er einen Kaufvertrag drüber schließen sollen, und ich hätte da so gerne eine Kaffeewirtschaft eröffnet. Da hätten wir unser Einkommen gehabt.“

Kapitel 2

Der Polizeiposten Stockhem hatte sich an diesem ungemütlichen Sonntagnachmittag gerade auf seine Couch zurückgezogen, um mit Hilfe seiner Sportzeitung in ein hoffentlich gesundes Mittagsschläfchen zu verfallen. Prompt ging das Telefon, und die Einsatzzentrale aus der Kreisstadt erinnerte Ritzmann daran, dass er Rufbereitschaft hatte: „Wir haben so eine merkwürdige Vermisstenmeldung aus einer Frauengruppe. Die kommt von Haus Bockhorst, das liegt ja da bei Ihnen in den Rodorper Bergen. Normalerweise lassen wir Vermisstenmeldungen erst mal 24 Stunden reifen, aber hier scheint Hektik aufzukommen. Fahren Sie bitte mal raus, und beruhigen Sie die Damen ein bisschen. Wir hatten das Gefühl, dass da ein ziemlicher Aufstand ist."

Wenige Minuten später hatte sich Ritzmann in seinem Dienstwagen auf den Weg gemacht. Noch vor Rodorpe hatte er die Kreisstraße verlassen und war auf einen kleinen Interessentenweg ausgewichen, der ihn schnurstracks von Norden her auf die Rodorper Berge zu und über einige Serpentinen hinauf zum Haus Bockhorst führte. Der Polizist lenkte den Wagen demonstrativ auf die rückwärtige, herrschaftlich breite Auffahrt. Die Rosenstöcke des Rondells, die im Sommer und Herbst jeden Besucher in Erstaunen und Freude versetzten, standen jetzt kahl, größtenteils waren sie in Jutegewebe eingehüllt. Die Bockhorster Höhe war gegenüber dem südlich vorgelagerten Brinketal eher frostgefährdet.

Aus der symmetrisch gegliederten Rückfront der neoklassizistischen Villa ragte ein auf vier Säulen ruhender Altan hervor, unter dem eine malerisch gestaltete Freitreppe mit ausladenden Stufen und niedrigem geschwungenen Geländer aus schwerem Schmiedeeisen die Eintretenden empfing. Ritzmann wurde schon erwartet, offensichtlich hatte man im Haus das vorfahrende Polizeiauto registriert. Zwei Frauen mittleren Alters, beide in weite, bunte Trainingsanzüge gekleidet, eilten schon die Stufen hinab dem Beamten entgegen: „Gut, dass Sie endlich da sind!", rief die eine – und: „Es ist ja so fürchterlich!", rief die andere!

Ritzmann begab sich angesichts des aufgeregten Engagements der Damen erst einmal in die Defensive; er stellte sich ihnen vor, zog entgegen seiner Gewohnheit – eigentlich kannte ihn zwischen Stockhem und

Kerkhövel jedes Kind – seinen Dienstausweis heraus und bemühte sich – zunächst erfolglos – darum, Ruhe zu schaffen. Entschieden schritt er die Treppe hoch und auf das Portal zu, während die Damen von rechts und links beständig auf ihn einredeten. In der Türöffnung standen drei weitere Frauen, ebenfalls in Trainingsanzüge gekleidet, und sahen dem Ankömmling gespannt entgegen. Gemeinsam betrat die Gruppe nun das malerische Vestibül von Haus Bockhorst, das sich mit seinen edlen Marmorböden, Wandvertäfelungen und klassischen Tapeten vornehm präsentierte. Über die doppelläufige Treppe rechts und links, die auf eine Galerie hinaufführte, eilten nun drei weitere Frauen hinab: zwei auf der einen, die Dritte, zunächst unschlüssig, welchen Treppenlauf sie wählen sollte – auf der anderen Seite.

So sah sich der wackere Ordnungshüter einer achtköpfigen Frauentruppe gegenüber, deren innere Ordnung sich ihm trotz jahrelanger Erfahrung im Umgang mit Menschen nicht sofort erschloss: Alle redeten durcheinander. Schließlich setzte sich eine ältere Dame durch, die zunächst zurückhaltend, dann aber kopfschüttelnd an der Treppe stehen geblieben war: „Jetzt mal Ruhe, Ladys! Ich schlage vor, wir gehen in den Gartensaal. Da ist Platz genug, und wir können uns in Ruhe mit dem Beamten unterhalten. Gestatten: Gildehaus, Sophia Gildehaus. Ich war früher Konrektorin an unserer Schule. Wir machen einen Stuhlkreis, geben den Sprechstein rein, und es redet nur der, der ihn in der Hand hält."

Ritzmann hatte den heiter-ironischen Unterton im Beitrag der Frau Gildehaus zunächst nicht wahrgenommen. Aber der Vortrag wirkte. Immerhin schien diese Dame eine gewisse Autorität zu genießen, denn das Geschwader in seinen farbenprächtigen Sportanzügen bewegte sich tatsächlich durch eine große Tür unterhalb der Galerie in Richtung des angesprochenen Gartensaales. Dieser war weitgehend ausgeräumt; die Frauen zogen sich von den Wänden Stühle heran und bildeten zügig einen großen Kreis.

Ritzmann selbst kannte diesen Saal von gelegentlichen früheren Besuchen. Seine Frau hörte gerne Kammermusik, und das Kreisbildungswerk veranstaltete dort seit Jahren eine vielgepriesene Konzertreihe. So schritt der Polizist durch die weitgehend leere Mitte des schönen Saales auf die Fensterfront zu, die von großen Glastüren geprägt war, welche vom Boden bis zur Decke reichten. Gern erinnerte sich der Besucher an heitere Sommerabende, wenn man nach dem Genuss schöner Musik auf der Gartenterrasse noch ein wenig plaudernd und mit einem erfrischenden Getränk Konzerterlebnisse hatte ausklingen lassen. Jetzt zog schon langsam die Dämmerung des Spätwinterabends heraus, und im Westen, in Richtung Brinkbergen, lugte hin und wieder die untergehende Sonne aus einem lebhaften Wolkentheater hervor. Der sanft nach Süden hinabschwingende Hang des Parks von Haus Bockhorst war mit alten Bäumen bestanden und rahmte so den Blick ins Brinketal. In der Ferne erhob sich der Kirchturm von Reckelsum aus der Landschaft. Zwischen den Waldungen und Baumgruppen, den teils noch mit Wallhecken gerahmten Schlägen, hatte sich ein erster Nebelschleier gebildet, der im schwächer werdenden Licht eine verwunschene Atmosphäre zu weben begann. Hier und dort schienen Lichter von den verstreuten Höfen auf. Ritzmann seufzte wohlig. Ihm wurde wieder bewusst, warum er nie einen Versetzungsantrag in die Stadt gestellt hatte, auch wenn dort seine Beförderungschancen weitaus besser gewesen wären.

Der Polizist riss sich von dem Bild des Brinketals los und wandte sich dem Kreis der Damen zu, die inzwischen ihre Stühle aufgestellt und – pädagogisch hoch professionell – auch eine Sitzgelegenheit für den Gast besorgt hatten. Ritzmann schlug sein Notizbuch auf und begann die Befragung, wobei er auf die groben Daten zurückgriff, die ihm die Kollegen am Telefon aus der Vermisstenmeldung durchgegeben hatten. „Verschwunden ist also die Frau Sökeland, Cäcilia, 60 Jahre alt, Lehrerin und Schulleiterin. Zuletzt gesehen hier auf Haus Bockhorst. Verschwunden seit wann?“ Er schaute fragend in die Runde und schrak sofort zurück angesichts der Wortkaskade, die auf ihn zurollte:

„Langsam, langsam, meine Damen. Wir machen das mal anders!“ Er schaute in die Runde und konzentrierte sich auf die ältere Frau Gildehaus, die schon zuvor ihre Autorität unter Beweis gestellt hatte: „Sie fangen bitte mal an. Ich stelle Ihnen zunächst alle Fragen. Sie antworten zunächst allein. Hinterher folgen die Ergänzungen der anderen Damen, einverstanden?“

Niemand erhob Einwände, und Sophia Gildehaus begann: „Wir haben ja schon heute am frühen Nachmittag am Telefon der Notrufzentrale berichtet, dass unsere Kollegin Cäcilia Sökeland verschwunden ist. Sie war noch gestern am Abend hier bei uns im Kreis. Wir hatten gestern unseren Tanzmeister Pedro zu Gast; wir haben von etwas 10.00 Uhr bis 18.00 Uhr mit ihm gearbeitet, natürlich durch Pausen unterbrochen. Dann haben wir gemeinsam gekocht und gegessen, hinterher noch etwas im Vestibül am Kamin zusammengesessen. Zuletzt gesehen haben wir die Cilly so gegen 21.00 Uhr, oder?" Ein stummes, bestätigendes Nicken ging durch die Runde.

Die Gildehaus fuhr fort: „Heute Morgen ist sie nicht zum Frühstück erschienen. Das war ungewöhnlich, aber wir dachten, sie wollte etwas länger schlafen. Erst gegen 11.00 Uhr hat Lissy Weldermann mehr als laut an die Tür geklopft und hat, als niemand reagierte, Cillys Zimmer betreten. Das Bett war leer und offensichtlich unbenutzt. Alle ihre Sachen sind noch da. Das Auto steht vor der Tür. Wir haben es in ihrer Wohnung in Münster versucht. Da geht niemand ans Telefon, wie denn auch, sie ist ja Single und wohnt tatsächlich allein. Ihr Handy liegt hier oben auf dem Tisch. Sie hat wahrscheinlich nur eine Regenjacke angezogen und ist fort. Vielleicht wollte sie noch einen Abendspaziergang machen, nur – abgemeldet hat sie sich nicht. Und auch dies noch, damit Sie nicht glauben, wir seien hysterisch: Wir haben ihre Notnachbarin in Münster angerufen, die hat mit Cillys Zweitschlüssel, der bei ihr deponiert ist, die Wohnung kontrolliert. Es ist niemand da, und in der Wohnung ist sonst alles in Ordnung! Ich habe dann noch ihre Schwester in Roggendorf angerufen. Cilly ist übrigens von dort. Die hatte aber auch seit Tagen nichts von ihr gehört." Die Gildehaus dachte nach: „Ach, übrigens, eh ich das vergesse: Ihr Schlüsselbund liegt ebenfalls oben auf dem Tisch, neben dem Handy – wie gesagt – und den Autopapieren plus Führerschein."

Ritzmann gab ein fragendes Brummen von sich, schaute auf seine Notizen und versuchte, sich ein erstes Bild zu machen. „Ich fasse mal zusammen: Sie hat also alles, was man eigentlich für einen Aufbruch braucht, hier im Haus zurückgelassen. Der Wagen steht vor der Tür und ist nicht mehr bewegt worden. Seit wann übrigens?"

„Seit Freitagabend. Wir sind am Freitag hier auf Haus Bockhorst eingetroffen und wollen bis Montagabend bleiben. Sie wissen doch, von Roggendorf bis Brinkbergen steht der ganze westliche Landkreis kopf und feiert Karneval. Der kommende Montag ist bei uns traditionell ‚blauer Montag', und die Schule ist und bleibt zu. Wir haben aus der Not eine Tugend gemacht und unternehmen seit Jahren etwas an diesem ungewöhnlich langen Wochenende. Das war einmal meine Idee, die ich vor meiner Pensionierung entwickelt habe. Seitdem organisiere ich dieses Wochenende, und eigentlich nehmen immer alle Kolleginnen teil, von der Chefin bis zur jüngsten Referendarin." Ihre Hand beschrieb eine ausladende Geste in die Runde. Ritzmann wurde erst jetzt richtig bewusst, dass die vor ihm sitzenden Frauen durchaus unterschiedlichen Alterskategorien angehörten.

„Wenn ich das also richtig sehe, dann bilden Sie ein Kollegium von Lehrerinnen", hakte Ritzmann nach.

„Völlig richtig: Wir sind das Kollegium der Christoph-Bernhard-Grundschule aus Rechterfeld, alle aktiven Lehrerinnen mit einer alten Pensionärin in meiner Person als Gast. Nur die Chefin ist uns letzte Nacht abhandengekommen."

Ritzmann stutzte: „Was ist denn mit dem Tanzmeister, wie Sie ihn vorhin genannt haben. Der war doch gestern da und ist, bitte schön, wann abgereist?"

„Pedro war noch zum Abendessen da und ist gegen 20.30 Uhr nach Münster zurückgefahren. Er hat sich auf dem Hof von allen verabschiedet, auch von Cilly, und ist dann in seinem Auto weg." Dies warf eine Dame um Mitte fünfzig ein, und auf den fragenden Blick Ritzmanns konterte sie zügig: „Lissy Weldermann, Konrektorin in Rechterfeld, Lissy Weldermann gt. Laumann!"

„Dann sind Sie ja in gewisser Weise die Verwaltungschefin hier. Könnten Sie mir vielleicht eine Teilnehmerliste dieses Wochenendes mit Adressen und Telefonnummern besorgen? Das würde mir die Arbeit fürs Erste sehr erleichtern."

„Na klar!", nickte die patente Konrektorin. „Ich habe die Liste für das Kreisbildungswerk komplett hier liegen. Die können Sie mitnehmen und kopieren. Das Original brauche ich aber zurück."

Der Beamte zeigte sich erleichtert: „Eine Sorge weniger! Kommen wir mal auf Ihren Tänzer zurück." Er blätterte in seinem Notizbuch. „Ist über diesen Pedro mehr zu erfahren?"

„Klaro! Pedro dos Bermejos de Saavedra! Der Vulkan unter den südamerikanischen Tänzern in Norddeutschland!" Die junge Referendarin, die spontan den vollständigen Namen des Künstlers in die Runde deklamiert hatte, war offensichtlich schwer begeistert. Jetzt aber war sie schlagartig verstummt und lief auch noch ein wenig rot an. Ein geduldiges, nachsichtiges Lächeln der Älteren begleitete den jugendlichen Sympathie-Ausbruch.

Ritzmann wollte die Gelegenheit nicht verpassen. „Dieser Herr Pedro scheint ja einen tieferen Eindruck hinterlassen zu haben. Könnte es sein, dass Ihre Frau Chefin sich mit diesem Herrn, sagen wir mal", er suchte erkennbar nach den richtigen Worten, „fortgestohlen hat?"

Da kam der Polizist bei Sophia Gildehaus an die Richtige: „Sie meinen doch wohl nicht, dass die Kollegin Sökeland, eine Frau von beinahe 64 Jahren, mit diesem Gigolo durchgebrannt ist. Bei allem Respekt vor seiner jugendlichen Beinarbeit: Das sind mehr als 30 Jahre Altersunterschied – und Jahrhunderte an Lebenserfahrung. Natürlich haben wir Pedro angerufen. Er leitet heute ein Tanz-Seminar in Osnabrück. Cilly Sökeland hat er seit gestern nicht mehr gesehen." Sie zögerte etwas: „Jedenfalls hat er uns das am Telefon so berichtet."

„Die Daten dieses Herrn brauche ich natürlich auch noch!", bemerkte Ritzmann und erhielt umgehend ein Formular angereicht, auf dem alle notwendigen Informationen über den Künstler verzeichnet waren: „Pedro hat auch eine Internetseite mit wunderbaren Fotos!", bemerkte eine der jüngeren Lehrerinnen. „Die müssen Sie sich unbedingt mal ansehen!" Der Unterton, mit dem die junge Frau dies sagte, vermochte Begeisterung wie Faszination nicht zu verbergen. Ritzmann registrierte diese Gefühlsregungen mit Interesse, dachte sich seinen Teil – und schwieg.

Bald verabschiedete er sich von der Lehrerinnen-Runde, die nunmehr in eine Beratung eintrat, ob man das so lang geplante Bildungswochenende abbrechen und die für den Abend vorgesehene Autorinnen-Lesung aus neuerer Frauenliteratur absagen sollte. Die beiden Referendarinnen Anne Hassel und Mary Schalkamp kämpften natürlich um diesen Programmteil, den sie intensiv vorbereitet hatten.

Vom Dienstwagen aus informierte der Stockhemer Polizist sodann die Einsatzzentrale. Er gab die ihm nunmehr bekannten Daten der Cäcilia Sökeland sowie eine ergänzende Personenbeschreibung für die Vermisstenmeldung weiter. Ein Foto der vermissten Schulleiterin könnte man am folgenden Tag gewiss in Rechterfeld auftreiben. Die Veröffentlichung würde aber wohl erst am Dienstag erfolgen. „Wenn mal die Juffer nicht nach dem Karneval in Rio wieder in der Schule auftaucht!", hatte Ritzmann bei sich gedacht. Als er den kurvenreichen Weg von der Bockhorster Höhe nach Norden herunterfuhr, legte der Stockhemer Polizist sich zurecht, wie denn die erfahrene und gewiss listenreiche Schulleiterin mit dem feurigen Tänzer hätte ausreißen können, ohne dass es ihre von südamerikanischer Rhythmik ebenso gefangenen Kolleginnen bemerkt hätten.

Tatsächlich kam Ritzmann auf eine theoretisch denkbare und praktische Lösung; er beschloss jedoch, diese Theorie zunächst für sich zu behalten.

Kapitel 3

Der Raum war klein, und dort war es nahezu völlig still. In die Holzdecke hatte man einige kleine Leuchten eingelassen, die stark gedimmt waren und nur ein schwaches Licht spendeten. Die „Wärmetherapie mit Ruhe“ fand in einem Halbdunkel statt. Durch die beiden Türen drangen nur gelegentlich wie durch akustische Filter gehemmte Geräusche vom Flur oder dem benachbarten Behandlungszimmer. Der nur spärlich bekleidete Mann auf der Liege lag auf seiner rechten Seite, hatte das rechte Bein angezogen, hielt das linke gestreckt und erfreute sich an einer heißen Moorpackung, die auf Hüfte, Oberschenkel und die Lendenwirbelsäule einwirkte. Die wärmende Decke, das schummerige Licht, die Moorpackung, die Stille: All das trug dazu bei, den Patienten nach dreißig Minuten anstrengender Physiotherapie für die nächste halbe Stunde in eine Tiefenentspannung zu versenken.

Tatsächlich war Kattenstroht trotz der frühen Morgenstunde eingenickt. Seit einigen Wochen begab er sich dienstags und freitags in eine Fachklinik für Orthopädie, um seine malträtierte Bandscheibe noch vor dem Dienst behandeln zu lassen. Entgegen seiner Selbstdisziplin war er im Januar sogar zehn Tage dem Dienst ferngeblieben, um die Lumboischialgie auf klassische Weise mit Ruhe zu bekämpfen. Als auch dies nichts geholfen hatte, hatte er sich doch in die starken Arme eines bekannten Münsterschen Mediziners begeben, der für seine handfesten Übungen, Dehnungen und Streckungen ebenso berühmt war wie für seine Therapie-Richtung: Keine überflüssigen Operationen in sensiblen Bereichen.

Dabei hatte alles so harmlos begonnen. Betty hatte bereits im Herbst einen kritischen Blick auf den Kalender geworfen und in der Familie diskutieren lassen, was man sich denn bitte zu Weihnachten wünschen oder schenken sollte. Die Jungs hatten auf die vor ihnen liegenden Jahre des Abiturs und den niedrigen Stand ihrer Sparbücher verwiesen. Sicherlich könne das eine oder andere Buch und der eine oder andere Pullover einer angesagten Marke nicht schaden, aber von Geschenkorgien wollten beide nichts wissen. Zudem war Sebastian am zweiten Weihnachtstag von seiner Freundin Itzi nach Ibbenbüren zum Weihnachtsbaumplündern eingeladen worden. Benedikt zog lange Zähne, da er Weihnachten nicht nur an Bettys Schürze und unter Vaters Fuchtel verbringen wollte. Am Ende hatte sich für alles eine gute Lösung finden lassen und der Geschenkmarathon auch im Hause Kattenstroht sein Ende gefunden.

„Schenken wir uns doch Zeit!“, hatte die praktische Frau Kattenstroht schließlich für sich selbst und ihren Gatten befunden und heimlich, still und leise im Landhotel Edelbroick im Brinketal für das Wochenende auf Dreikönige eine „Champagnerofferte für zwei!“ gebucht. Ein edles Zimmer, die Wellnessangebote mit Massage, Sauna und Schwimmbad, die anerkannt brillante Küche des Hauses, das wunderbare Ambiente würden dem Ehepaar Kattenstroht einen fulminanten Start in das neue Jahr garantieren. Der Gutschein wurde unter dem Weihnachtsbaum präsentiert und auch vom Kommissar für eine prächtige Idee befunden.

Tatsächlich hatte es sich gut angelassen. Nachdem an jenem Freitagabend nach Neujahr Klaus und Betty im Brinketal aufgeschlagen waren, ließen sie es sich wirklich gut ergehen. Nur wollte Kattenstroht in der ihm eigenen sparsamen Art das Maximum herausholen und alle Angebote ausnutzen. Und so begab er sich am Samstagmorgen zur Wassergymnastik ins Schwimmbad. Hier kommandierte die drahtige und patente Frau Schwarzmann das Heer der untrainierten Grauköpfe und brachte die Gäste dazu, in Unterwasserübungen Muskeln an sich zu entdecken, von denen sie entweder noch nie etwas gewusst oder die sie jedenfalls schon ewig lange nicht mehr gespürt hatten.

Kattenstroht war von Frau Schwarzmann und ihrer Art, als Vorturnerin vom Beckenrand die Gäste in Schwung zu bringen, sehr angetan. Ausführlich berichtete er seiner Betty von dieser engagierten, gutaussehenden Sportlerin und ließ es sich auch nicht nehmen, am Sonntagmorgen wieder zur Frühgymnastik zu gehen. Betty hatte leicht verschlafen abgewinkt und ihm viel Freude mit seinem „Töppken“ gewünscht.

Es kam, wie es kommen musste. Untrainiert, wie der Bürohengst Kattenstroht nun einmal war, überreizte er ausgerechnet bei der letzten Übung seine Lendenwirbelsäule, setzte mit dem linken Bein unglücklich auf und wusste von Stund an, dass er ein Problem im Kreuz hatte.

Zugeben wollte er das natürlich zunächst nicht, schon gar nicht vor Betty. Eine Woche drauf war der Kommissar aufgrund gepflegter Vermeidungsstrategien und komplizierter Fehlhaltungen fast bewegungsunfähig und schmerzgepeinigt. Der sonst so optimistische Kattenstroht sah schon nach einer weiteren Woche Pein seine Lebenspläne schwinden, von den geplanten Urlaubsreisen des Jahres gar nicht zu reden; er übte sich in Selbstmitleid und zwang sich doch noch eine gewisse Zeit zum Dienst, obwohl alle Welt nur noch den Kopf schüttelte über so viel Unverstand.

Die Kollegen im Präsidium rieten zu diversen Fachärzten, Chiropraktikern und Akademien; Staatsanwalt Stellmacher empfahl ein spezielles Rückentraining in einer bestimmten Muckibude und anschließend die verpflichtende Mitgliedschaft in seinem Golfclub; Betty schlug vor, Kattenstroht solle in Zukunft nur noch solchen Damen nacheifern, die im Verhältnis zu ihm als altersgerecht einzustufen seien. Nur die Söhne hatten Mitleid: Sie trugen ihrem Vater gelegentlich die Aktentasche zum Auto und verbrachten ihn ins Gefährt, führten vermehrt den kleinen Terrier Snoopy aus und füllten dem Vater wiederholt die Wärmeflasche, als er dann doch fast zwei Wochen zu Hause blieb, meist auf dem Sofa lag, las, fernsah und sich langweilte. Der Tag wurde nur unterbrochen von regelmäßigen Besuchen in der Klinik und bei seinem Professor. Die dann gesichert erstellte Diagnose war ebenso ärgerlich wie die aus ihr erwachsenden Konsequenzen: Kattenstroht musste zuerst auf Dauer gesunden – und dann seine Lebensführung ändern.

Just in dieser Phase trat Klara in sein Leben. Etwa 25 Jahre war sie alt, dunkelhaarig, schlank, sportlich frisch und schon mit reichhaltigen Kenntnissen über die menschliche Physis ausgestattet. Der Professor und der Verteilungsplan in der Klinik hatten ihr den bärbeißigen Kattenstroht zugewiesen, und nun hatten sie beide eine ganze Reihe von Rendezvous, bei denen allerdings die junge Dame Führung und Kommando hatte. Tatsächlich gelang es Klara, mit nachhaltigen Übungen, unablässiger Geduld, gutem Zureden und Ermuntern den anfangs völlig deprimierten Kommissar langsam wieder fit zu machen. Mit starker Hand lockerte sie seine Muskeln, sie brachte ihn zu Übungen und Bewegungen, bei denen er stets über den Schmerz hinausgehen musste, und stellte so den Gekrümmten allmählich wieder gerade. Aber es ging nur langsam aufwärts, und Kattenstroht musste mitmachen. Daheim und im Büro absolvierte er seine Übungen mehrfach am Tag, und auch wenn er gelegentlich noch zu verzagen drohte, besserte sich seine Situation doch von Tag zu Tag.

„Also: Dabei Bauchnabel gegen das Rückgrat drücken, Brust raus, Spannung halten, Atmen nicht vergessen!", so führte er Mia Kunsleben und Kathrin Eilers einmal an der Fensterbank seines Büros eine ihm besonders kompliziert erscheinende Übung vor. Die Damen zeigten sich von den Fortschritten ihres Chefs angetan, aber Kathrin Eilers musste doch bemerken, dies alles erinnere sie an die Rückbildungsgymnastik nach der Entbindung ihres Erstgeborenen Niklas.

Auch von solchen Sottisen ließ sich Kattenstroht nicht entmutigen; er war inzwischen fast schmerzfrei, obwohl seine Bewegungen doch noch von Unsicherheiten geprägt waren. Die Besuche in der Klinik wurden ihm wichtiger und wichtiger – nicht nur wegen Klara, wie Betty spöttisch konstatierte, tatsächlich konzentrierte er sich mehr und mehr auf seine Körperlichkeit und merkte eben doch, was er über Jahre bewusst oder unbewusst vernachlässigt hatte. Die den anstrengenden Übungsphasen folgende Wärmetherapie genoss er daher intensiv. Von der Klinik ins Präsidium war es nicht weit, und dort konnte er Duschen und Umkleiden benutzen und gut vorbereitet in den Arbeitsalltag starten. Im Büro hatte er vor einigen Tagen einen neuen Schreibtisch bekommen, den er elektrisch hoch- und runterfahren konnte, um so im Wechsel stehend oder sitzend zu arbeiten. Natürlich hatte der neue Bürostuhl besondere orthopädische Einstellungen.

So konnte auch an diesem Dienstag Kommissar Kattenstroht dem Tag gelassen entgegendämmern. Ein leises Brummen und Vibrieren schreckte ihn dann doch sanft auf. Er brauchte einige Augenblicke, um zu begreifen, dass sich sein Handy in der Tasche seiner Windjacke geregt hatte. Den Klingelton hatte er abgestellt und eigentlich das Gerät ganz im Wagen lassen wollen. Im Büro wusste man, dass er in der Klinik war und sich nicht stören lassen wollte. Also musste sein Anruf von auswärts sein. Kattenstroht starrte wie gottergeben unter halb geschlossenen Augenlidern auf seine Jacke und befragte sich umständlich, ob er sich denn nun rühren oder doch die Therapie erst nach dem Glockensignal der Stoppuhr beenden sollte.

Tatsächlich ließ er die Vibration Vibration sein, blieb ruhig liegen, versank noch einmal in seine Träumereien und stellte erst nach Verlassen der Klinik auf dem Parkplatz fest, dass der Kollege Schücking von der Polizei im Brinkekreis sich vergeblich um Kontakt zu ihm bemüht hatte. Natürlich rief Kattenstroht umgehend zurück.

Schücking erkundigte sich zunächst nach den Rückenmalaisen des Kommissars, die inzwischen allen Kolleginnen und Kollegen im Münsterland bekannt geworden waren. Niemand hatte sich nämlich erinnern können, dass Kattenstroht überhaupt einmal eine längere Zeit krankgefeiert hatte. Dann trug er dem Münsteraner Kollegen mit Bitte um Amtshilfe den Fall der vermissten Schulleiterin Cäcilia Sökeland vor. „Die Frau ist jetzt seit Samstagabend eine Nacht und zwei volle Tage verschwunden. Niemand hat auch nur eine Ahnung, wo sie stecken könnte. Heute Morgen fing übrigens die Schule in Rechterfeld wieder an, die war ja gestern wegen Karneval geschlossen. Ich habe hier eine lebhafte Kreispresse, die mich ständig mit Anfragen nervt, denn der Fall ist ja seit gestern rum. Wir müssen also Aktivitäten zeigen."

„Gehen Sie denn von einem Gewaltverbrechen, Mord, Totschlag oder Entführung aus?", wollte Kattenstroht wissen. „Haben Sie schon mal an Suizid gedacht?"

„Es gibt keinerlei Hinweise auf irgendein besonderes Ereignis! Kein Erpresserbrief, kein Abschiedsbrief, keine Blutspuren, keinerlei Rückschlüsse auf irgendeinen gewaltsamen Vorgang. Wir befürchten, dass die Sökeland einen Spaziergang gemacht, sich verlaufen hat und irgendwo hilflos im Wald liegt. Wir haben daher schon seit gestern Morgen die Wälder rund um Haus Bockhorst durchkämmen lassen. Da haben die Nachbarn und die Jägerschaft unsere Leute unterstützt. Ich habe für heute sogar eine Hundertschaft aus der Polizeischule zur Verfügung. Noch heute wird ein Hubschrauber mit Wärmebildkamera die Rodorper Berge abfliegen. Wir sind hier also wirklich unter Strom. Mir wäre es daher sehr lieb, wenn Münster doch noch einmal die Wohnung der Frau Sökeland vor Ort inspizieren und besonders auch diesen Tanzmeister, der mit den Damen am Samstag herumgehopst ist, ansprechen und verhören könnte."

Der Münsteraner Kommissar sagte umgehend zu: „Natürlich helfen wir. Es ist in dieser Dimension zwar streng genommen nicht unser Fall, aber ich kann meinen jungen Kollegen Schaap bitten, sich um die Wohnung zu kümmern. Frau Eilers ist heute und morgen im Dienst. Sie wird sich den Vortänzer vorknöpfen. Wir melden uns dann umgehend."

Schücking bedankte sich und beendete das Gespräch. Kattenstroht bequemte sich vorsichtig in seinen Wagen. Auf dem Weg ins Präsidium begann es erneut zu regnen. „Gut, dass ich bei diesem schmuddeligen Wetter nicht durch die Wälder an der Brinke krabbeln muss", sagte er sich. „Ist ja überhaupt nicht mein Fall! Zum Glück!"

Kapitel 4

Im Büro war es an diesem Morgen ruhig. Kattenstroht hatte nur einige alte Vorgänge auf dem Tisch, musste noch die Monatsstatistik des Januars aufarbeiten und fuhr zunächst voller Freude seinen neuen Schreibtisch spielerisch ein paarmal hoch und runter. Gegen 9.30 Uhr bat er Mia Kunsleben, Kathrin Eilers und Tim Schaap zu sich und informierte sie in groben Zügen über den Vermisstenfall der Cäcilia Sökeland. „Das ist zwar nicht – oder noch nicht ganz – unser Ding, aber wir helfen Schücking natürlich, wenn wir mal eben die Wohnung und die Nachbarn inspizieren. Die Adresse hat das Kreiskommissariat eben mitsamt der Vermisstenmeldung und einem Kurzbericht aus der Lokalpresse per Mail aufgespielt: Hier bitte“, er reichte Schaap einen Ausdruck, „Adresse auf Mauritz, also ganz feine Gegend und dicht zur Autobahn. Wenn Sie sich mal darum kümmern würden?“ Dann verhielt der Kommissar ein bisschen: „Als reine Vorsichtsmaßnahme könnten Sie ja nach einer Haarbürste suchen, die eindeutig dem Opfer zugewiesen werden kann, also zum Beispiel solitär im Spiegelschrank des Bades liegt. Dann haben die Kollegen gleich eine Grundlage für eine eventuell nötige DNA-Analyse.“

Dann wandte sich der Kommissar seiner Assistentin zu: „Kathrin, dich möchte ich bitten, Informationen über diesen Tanzmeister Pedro Soundso einzuholen; Schücking hat uns Namen und Anschrift geliefert. Wie ich diese Künstler kenne, hat der bestimmt einen Internetauftritt, aus dem man was erfahren kann. Wäre schön, wenn wir den Pedro noch heute persönlich sprechen könnten.“ Auch Assistentin Eilers erhielt einen Ausdruck, und sie wie Kollege Schaap machten sich an die Arbeit, während Kattenstroht sich wieder seiner Statistik zuwandte und sicherheitshalber Mia Kunsleben um Rat und Bestätigung bat. Mochte der Kommissar auch sonst Papierkram nicht wirklich mögen, so wusste er doch, wie kritisch diese Zahlen in der Personalabteilung beäugt wurden und letztlich vor allem die Personalzuteilung beeinflussten.

Schaap und Austrup fehlten in der Kaffeerunde um 10.30 Uhr, da sie sich auf den Weg zur Wohnung Sökeland gemacht hatten. „Konnte Schaap das nicht allein?“, hatte der Kommissar geknurrt. Mia Kunsleben verteidigte den Doppeleinsatz: „Erstens sehen vier Augen mehr als zwei, zweitens ist Schaap wenn schon kein Anfänger, dann aber noch recht frisch. Drittens wollte Austrup auch mal wieder raus. Vergiss nicht, übernächste Woche ist Karneval, und da wird es drock* genug in Münster." Dann setzte sie noch eins drauf: „Ich muss meinen Kommissar doch nicht an die Organisations- und Mitgestaltungsrechte der Büroleitung erinnern?"

Kattenstroht hatte es vorgezogen, den Mund zu halten. Da er seinen Kaffee mal wieder im Stehen trank, atmete er tief ein und machte eine seiner Übungen im Bauchbereich, von denen er hoffte, niemand bekäme sie mit.

Kathrin Eilers berichtete kurz vor Mittag, der Tanzmeister Pedro dos Bermejos de Saavedra sei in Münster wohnhaft, heute am Vormittag aber in Dortmund aktiv. Er habe allerdings, so die Auskunft seiner Frau, am frühen Nachmittag an einem Gymnasium in Münster eine Tanz-AG; dort könne man ihn gewiss persönlich erreichen. Unter Hinweis auf einige Farbausdrucke von der Internetseite bemerkte sie nur lakonisch: „Der ist international breit aufgestellt und sieht dabei noch verdammt gut aus!"

Sie kamen überein, es sei besser, den Mann ohne weitere Voranmeldung zu konfrontieren. Gehört habe der von dem Verschwinden der Schulleiterin bestimmt schon. Kattenstroht schlug vor, die Mittagspause in die Innenstadt zu verlegen, das Wetter habe sich ja deutlich gebessert. „Wir lassen es dann mal langsam angehen und gehen in das neue italienische Schnellrestaurant", schlug er vor. Von dort könne man ja die noch im Promenadenring liegende Schule bequem zu Fuß erreichen.

Kurz darauf lief ein Anruf von Schaap und Austrup auf. Sie hatten mit Hilfe der Nachbarin die Wohnung nur oberflächlich inspiziert, hatten aber niemanden vorgefunden. Auch war ihnen im Wohnbereich selbst nichts Auffälliges vorgekommen. Allerdings hätte eine Kollegin der Frau Sökeland, so der Hinweis der Nachbarin, am Montagabend den Wagen der Vermissten vorbeigebracht, auf seinen Stellplatz geparkt und die Schlüssel bei ihr abgegeben. Der Kommissar bat die beiden Kollegen, kurz vor Ort zu bleiben; beriet sich zügig mit Mia Kunsleben und telefonierte dann mit Sabine Engler von der Staatsanwaltschaft. Die gab nach Rücksprache mit dem Amtsgericht grünes Licht, die Wohnung zu versiegeln.

* Niederdeutsch: geschäftig, lebhaft, sterzig

Noch bevor Schaap und Austrup zurückkamen, brachen Kattenstroht und Eilers auf in Richtung Innenstadt. Zielbewusst peilte der Kommissar einen Behördenparkplatz im innersten Herzen von Münster an, warf ein ihm eigentlich nicht zustehendes Parkberechtigungsschild auf die Ablage über dem Armaturenbrett und provozierte so die erneute Bitte seiner Assistentin, ihr doch bitte auch mal mit solchen Konzessionen gefällig zu sein. Kattenstroht grinste: Eine solche Berechtigung sei das Ergebnis vieler guter Werke! Die Assistentin ergänzte: „Und vieler gut gezogener Strippen!"

Das moderne italienische Ristorante mit seiner hervorragenden Salatbar war zwar gut besetzt, sein Personal bediente seine Gäste indes zügig, und tatsächlich fanden die beiden einen gemütlichen Platz am Fenster. Am Tisch saß noch ein einzelner Herr, der sich und seinen klugen Kopf aber zunächst hinter einer Zeitung versteckte. Erst als Kattenstroht sich im Salat auf die Jagd nach einer Olive machte und im Kampf mit sperrigen Rucolablättern schier verzweifelte, ließ der Mann sein Blatt sinken und begrüßte den Kommissar recht freundlich. Ob Kattenstroht denn mal wieder auf Hexenjagd sei?

Die Überraschung war groß, denn seit dem Fall des Dr. Kathmann waren sich der Kommissar und der Professor für Landesgeschichte nur gelegentlich begegnet.* Sicherheitshalber wollte Kattenstroht seine Assistentin noch einmal vorstellen, aber Professor Adamek erinnerte sich prompt und sicher an das lange Gespräch, das sie damals in seinem Institut über Teufelsglaube und Hexenwahn im Mittelalter und seine Auswirkungen im Münsterland geführt hatten. „Hat sich was mit Hexen. Es ist nicht viel los, zum Glück; heute haben wir eine vermisste Lehrerin auf dem Schirm und auch das nur im Wege der Amtshilfe für die Kollegen im Brinkekreis. Aber immerhin dies als Hinweis für Ihre Fachstudien: Die Dame leitet eine Christoph-Bernhard-Grundschule."

Jetzt zeigte sich der Professor wirklich interessiert. Er faltete seine Zeitung ordentlich zusammen und hakte beim Kommissar nach, ob er noch mehr über diese Schule wisse. „Ich finde es ganz prima, wenn es noch solche Schultiteleien gibt, die landesgeschichtlich etwas Unver-

* vgl. „Kirmeskronen", Kattenstrohts fünfter Fall

wechselbares aussagen und nicht in nur zeitgeistorientierten Namensdebatten einfach über Bord geworfen werden. Bei Christoph Bernhard hören Sie immer wieder, der habe Andersgläubige bekämpft, die Konkubinen aus den Pfarrhäusern verjagt und dann auch noch Krieg gegen die Niederlande geführt. Daher sein Ehrentitel Bomben-Bernd."

„Und das ist alles falsch?", wollte Kathrin Eilers wissen. „Meine Oma in Lahsum hatte immer einen Spottvers über diesen Bernhard von Galen parat, ich kriege ihn aber nicht mehr auf die Reihe. Demnach wäre er ein Angeber, ein Blender und Betrüger gewesen."

Kattenstroht war mal wieder sattelfest in seinen Zitaten:

„‚Nätzken von Gaolen
Kann puggen un praohlen,
kann stinken un leigen
un Lüde bedraigen!'*
... das war's doch, oder?"

Der Professor nickte nur und holte etwas aus: „Natürlich war Christoph Bernhard von Galen als Landesherr immer das Ziel gegnerischer Propaganda, hier im Lande wie auch im Ausland, besonders in den Niederlanden. Dabei wird vielfach übersehen, dass er ein Staatsmann und Identitätsstifter ersten Grades war, der das Münsterland als Herrschaftsraum wie als Kulturregion über Jahrhunderte geprägt hat. Er war 28 Jahre formal im Amt, von 1650 bis 1678, und seine Wirksamkeit trägt bis heute, ob man das wahrhaben will oder nicht."

„Beispiele dafür gibt es?" Kathrin Eilers blieb skeptisch.

Adamek lächelte und strich sich über den Bart. „Fangen wir nur mal bei den Schulen an. Es ist just dieser Fürstbischof, der nach dem Dreißigjährigen Krieg die Tridentinische Reform im Münsterland durchsetzte, also nach fast 100 Jahren die Beschlüsse des Konzils von Trient auch bei uns verwirklichte. Natürlich hatten die Reformatoren im Umkreis Luthers die Bedeutung der Schule und der Bildung erkannt. Die römische Kirche zog dann nach und installierte ein hochklassiges Bildungssystem über den Jesuitenorden. Von Galen hatte selbst bei den Jesuiten studiert, hier in Münster am Paulinum, am „Dreikönigen," in

* „Nätzchen von Galen, kann angeben und prahlen, kann stinken und lügen und Leute betrügen."

Köln wie in Bourges in Frankreich. Dem System ist er treu geblieben. Vor einiger Zeit haben wir das mal im Rahmen einer Forschungsarbeit durchgesehen: Im Oberstift Münster gab es 128 Gemeinden und 14 landtagsfähige Städte. Zu Beginn der Amtszeit von Galens hatte von den Landgemeinden nur etwa die Hälfte ein stabiles und geordnetes Schulwesen, zum Zeitpunkt seines Todes im Jahre 1678 hatten alle 128 Gemeinden gesicherte Schulen, die übrigens auch nie wieder geschlossen wurden. Dazu kam eine Flut von bäuerlichen Genossenschaftsschulen. Die Schulpflicht hat von Galen immerhin fast 100 Jahre vor dem so hoch gelobten Friedrich II. von Preußen verkündet. Kein Zweifel: Dieser von Galen war der Gründer des flächendeckenden Schulwesens im Münsterland. Es war klein, es war bescheiden, aber es war für alle da!"

„Aber wahrscheinlich nur für Jungs, die Pastöre werden sollten!", warf Kathrin Eilers etwas vorwitzig ein.

„Irrtum, Frau Eilers, schwerer Irrtum. Von Galen persönlich ordnete 1672 die Gründung von separaten Mädchenschulen an für die Gemeinden, die groß genug waren, eine zweite Lehrperson zu bezahlen. Man kann in etwa rechnen, dass in allen Landgemeinden mit mehr als 3.000 Seelen die Mädchenschulen und die Schuljungfern auftauchen. Übrigens ist es ein Treppenwitz, dass gerade so viele Lehrer über Christoph Bernhard von Galen lästern. Er könnte Vorbild für heutige Regierungen sein, denn seinen Lehrkräften bescherte ausgerechnet dieser Fürstbischof Steuerfreiheit, Freiheit von öffentlichen Lasten und Einquartierungen. Die standen ja an, wenn Soldaten durchzogen und den Landleuten zur Übernachtung und zum Kahlfraß ins Haus geschickt wurden."

Kattenstroht war beeindruckt und erinnerte sich eines berühmten Wallfahrtsortes, der seinen Aufschwung seit 1654 über Jahrhunderte dem wackeren von Galen verdankte: „Deshalb haben die politisch korrekt ihr neues Gymnasium nach einer Naturforscherin des 18. Jahrhunderts benannt."

„Jedenfalls können die Münsterländer dem alten von Galen nicht so leicht ausweichen", bemerkte Adamek. „Sie kennen doch das Angelus-Läuten?"

„Ja sicher: Neun Glockenschläge in drei Dreiergruppen um 6, 12 und 18 Uhr." Kathrin Eilers wusste Bescheid. „Mit dem Angelus mussten wir in Lahsum immer zum Abendessen nach Hause kommen!"

„Aber dem Gruß an die Muttergottes folgen etwa 20 Anschläge mit der kleinsten Glocke. Das hat Christoph Bernhard von Galen so verordnet. Der Brauch wird bis heute so eingehalten im ganzen Bistum Münster. Ich hoffe, meinen Kriminalbeamten ist die Bedeutung klar?"

Kattenstroht und Eilers sahen sich nur ratlos an, und Professor Adamek schloss das Gespräch mit Nachdruck: „Es ist das Totenglöckchen. Es erinnert jeden an seine eigene Sterbestunde – egal, wann sie kommt."

Kapitel 5

Über die Rothenburg bummelten sie gemütlich zur Schule herüber, stellten sich im ersten Stockwerk dem Verwaltungsoberstudienrat und den Sekretärinnen vor und erkundigten sich, wo denn Pedro der Tänzer zu sprechen sei: „Der ist mit seiner AG in der Aula!“, wurden die Polizisten informiert, und Kattenstroht lehnte das freundliche Angebot, sich den Weg zeigen zu lassen, ab: „Ich kenne mich hier noch aus!“, betonte er.

Im Foyer der Aula war leise Musik zu hören. Vorsichtig öffneten sie eine der großen, intarsierten Türen, die in den Festsaal der Schule führten. Die Mitte des großen Saales war von Stühlen freigestellt, und just mit dem Rücken zu ihnen arbeitete der Tänzer. In Reihen hatten sich zahlreiche Mädchen, aber doch auch einige Jungen ihm gegenüber aufgestellt und versuchten nun intensiv, seinen Bewegungen und Erläuterungen zu folgen.

Der schlanke, dunkelhäutige Tänzer trug eine knapp sitzende weiße Caprihose, er arbeitete auf dem glatten Kunststoffboden mit nackten Füßen, ein knallgelbes T-Shirt unterstrich den Kontrast zu seiner dunklen Haut. Mit unglaublicher Beweglichkeit animierte er seine Schülerinnen und Schüler, sich in tiefen Verbeugungen nach vorne und zu beiden Seiten, sodann in Drehungen der Instrumentalmusik rhythmisch zu bewegen und dabei tief ein- und auszuatmen.

Kattenstroht und Eilers zogen sich an den Rand des Geschehens zurück und nahmen auf Stühlen in der zweiten Reihe Platz. Stören wollten sie auf keinen Fall. Es war nämlich mit Händen zu greifen, wie intensiv und konzentriert die jungen Leute ihrem Tanzmeister folgten.

Nach einiger Zeit hatte der doch die beiden Gäste entdeckt, und trotz seiner hohen Konzentration strahlte er sie grüßend an: „Das Gesicht besteht ja nur noch aus Blitzezähnen!“, flüsterte die Eilers dem Kommissar zu. Sie war sichtlich beeindruckt. Man spürte in der Arbeit, wie sehr Pedro dos Bermejos de Saavedra seine Adepten im Griff hatte und wie sehr sie bemüht waren, ihm nachzueifern und sich wichtige tänzerische Grundlagen zu erarbeiten.

„Zehn Minuten Pause!“, rief der Vortänzer nach einem Händeklatschen in die Runde. Ein Seufzen war zu hören, die Mädchen und Jungen griffen zu ihren auf den seitlichen Stuhlreihen abgelegten Handtüchern, trockneten sich den Schweiß vom Gesicht und nahmen große Züge aus den mitgebrachten Wasserflaschen. Pedro wandte sich nun seinem Besuch zu. Mit einer warmen, tiefen und kehligen Stimme fragte er: „Waren wir gut? Hat es Ihnen gefallen?" Was können wir für Sie tun?"

Kathrin Eilers übernahm den Part, zunächst ihre Anerkennung auszusprechen. Sie war wirklich beeindruckt von dem Gewinn an Körper- und Ausdruckserfahrung, den die jungen Leute hier erarbeiten konnten. Dann stellte sie Kattenstroht und sich amtlich vor, und beide zeigten dem Tänzer ihre Dienstausweise.

„Sie kommen bestimmt wegen Cilly. Schlimme Sache. Man hat sie immer noch nicht wiedergefunden?", fragte er etwas unsicher.

„Keine Spur bis jetzt. Es scheint, dass Sie zu den Letzten gehören, die sie am Samstagabend lebend gesehen haben. Können Sie uns denn kurz berichten, wie der Tag verlaufen ist bis zum Abend?"

Pedro schwang sich sein Handtuch lässig um den Hals: „Ich bin am Morgen dort zu dem schönen Haus in den Bergen gekommen. Ich war etwas verspätet, denn so ein kleines Schloss vermutet man nicht versteckt in den Wäldern, und die Wege sind doch sehr schmal. Wir haben dann in vier Einheiten von je etwa 90 Minuten bis zum Abendessen gearbeitet. Ich habe mich dann dort schon geduscht und umgezogen, und dann haben wir noch zusammen gespeist. Rohkost: Großartig!"

„Und wie ging es dann weiter? Es war dann ja wahrscheinlich schon nach 20.00 Uhr", setzte Kathrin Eilers nach.

„Später. Es war später. Bestimmt schon ein Viertel vor neun Uhr, bis wir uns verabschiedeten." Pedro überlegte ein wenig. „Wir haben noch zusammen den großen Tisch im Saal abgeräumt. Dann haben wir uns verabschiedet. Cilly und Sophia sind noch mit mir auf den Hof gegangen und haben persönlich Adieu gesagt."

„Sophia? Wer ist Sophia?" Die Unart vieler junger Leute, sich nur mit Vornamen anzureden, ging Kattenstroht auch hier auf die Nerven.

„Sophia ist schon im Ruhestand. Ich kenne sie aus früheren Jahren, als ich auch in Rechterfeld ein Tanzprojekt hatte. Wir sind uns immer sehr freundschaftlich begegnet." Der Brasilianer zeigte sich warmherzig.

„Was sind das für Projekte? Wer organisiert und wer finanziert?", wollte Kathrin Eilers wissen.

„Ich bin wie viele andere Künstler auch in einem Landesprogramm aktiv, ‚Künstler in die Schulen', heißt das: Wir gehen für etwa 80 Stunden im Schuljahr, also zwei Stunden im Schnitt pro Woche, in Schulen. Wir müssen Projekte entwickeln, die werden von einer Jury geprüft. Insgesamt werden wir in etwa wie Lehrer an Volkshochschulen bezahlt. Es gibt Hunderte von solchen Programmen im Land. Ich habe drei in der Woche, und sie sind mir auch wichtig; die Arbeit mit Kindern ist toll, und meine Familie und ich kommen so über die Runden." Der Tänzer nickte nachdrücklich.

Kattenstroht schien etwas still zu überschlagen: „Das heißt also, dass Sie ein Jahr lang mindestens einmal in der Woche auch in Rechterfeld in der Schule aufgelaufen sind. Da müssen Sie doch viel mitbekommen haben vom Leben und Treiben der Pädagoginnen."

Der Brasilianer schüttelte den Kopf: „Sie dürfen nicht vergessen, dass ich immer nur am Nachmittag in den Schulen bin. Die Tanz-AG gehörte in Rechterfeld zum Ganztagsprogramm und war freiwillig. Aber es waren immer ausreichend Mädchen und Jungen da. Einmal habe ich zusammen mit einer Musiklehrerin eine Performance mit Tierszenen gemacht. Das war zum Abschied von Sophia. Als die in Pension ging. Wunderbar!" Er überlegte einen Augenblick: „Von dem, was da jeden Tag ablief, habe ich nicht viel mitbekommen. Ich hatte immer mit Cilly zu tun, mit Sophia und in den letzten beiden Jahren auch mit Lissy! – Ja, mit Lissy."

„Gemeint ist die neue Frau Konrektorin Lissy Weldermann gt. Laumann!", ergänzte Kathrin Eilers, die den gequälten Blick des Kommissars bemerkt hatte.

„Dein Namensgedächtnis möchte ich haben!", seufzte Kattenstroht.

„Eine Kollegiumsliste tut's doch auch!", grinste die Assistentin und wedelte mit einem kopierten Blatt, das sie in den letzten Minuten immer mal wieder zu Rate gezogen hatte.

Kattenstroht übernahm wieder: „Kommen wir mal auf den Samstagabend zurück. Sie hatten des Tages Arbeit erledigt, das Abendessen war ein schöner Abschluss. Der Meister verabschiedet sich von seinen neun

Damen wie Apoll von seinen neun Musen. Wie war denn da die Stimmung?"

„Man ist nach einem solchen intensiven Tag eng zusammen und verabschiedet sich freundlich. Ich fand meine Damen alle ganz toll." Pedro nickte nachdrücklich.

„Ich wollte eher was über die Stimmung untereinander hören." Kattenstroht blieb dran.

Der Brasilianer wählte seine Worte vorsichtig: „Ich will es mal so sagen: Mit unserer Arbeit gab es keine Probleme. Es war aber so eine Art Spannung unter den Lehrerinnen. Und in einer Kaffeepause gab es auch mal richtig Streit. Ich habe das nicht verstanden, weil es auch viele mir unbekannte Wörter dabei gab. Es ging aber um die Arbeit in der Schule, was sie planen wollten für die Zukunft. Da müssen sich die Damen aber schon am Freitagabend oder am Samstagmorgen drüber gestritten oder diskutiert haben. Bitte haben Sie Verständnis: Verstanden habe ich nicht wirklich, worum es dabei ging."

„Mal weiter, lieber Pedro: Sie wurden, so Ihre eigene Darstellung, auf dem Hof von den Damen Sökeland und Gildehaus verabschiedet. Wo waren da die anderen Damen?"

„Die sind im Haus geblieben, in dem schönen Eingangsraum gleich hinter der großen Tür." Der Tänzer antwortete spontan. „Zum Auto gebracht haben mich nur die zwei älteren Lehrerinnen." Er zögerte ein wenig: „Und Sophia hat mir noch einen Umschlag zugesteckt. Sie hat ja auch mit Cilly diese Sache organisiert. Obwohl, das eigentliche Honorar kriege ich vom Kreisbildungswerk."

„Ich sage es mal klarer: Die beiden älteren Lehrerinnen waren Ihre Ansprechpartnerinnen, die haben die Tagung da organisiert und offensichtlich auch ein bisschen mitfinanziert." Kattenstroht fasste nach: „Die beiden standen Ihnen auch näher als der Rest der Truppe."

Pedro nickte.

Der Kommissar wollte noch wissen, ob es irgendeine Bemerkung oder einen Hinweis von einer der beiden Damen gegeben habe. Der Tänzer konnte sich aber nur bruchstückhaft erinnern: „Ich glaube, ich habe gehört, dass Cilly sich noch die Beine vertreten wollte. Sophia hat aber gemeint, es sei zu düster da oben in den Hügeln. Dann bin ich gefahren und habe die beiden noch winkend unter der Laterne gesehen." Und, als habe er die weiteren Fragen des Kommissars vorausgeahnt, ergänzte Pedro: „Ich bin dann nach Münster gefahren, habe in einem Lokal am Hafen vorgesprochen. Da sollen wir am Rosenmontag mit Freunden eine Samba-Vorführung machen. Dann bin ich nach Hause."

Kathrin Eilers schrieb sich den Namen des Lokals und den des Ansprechpartners auf: „Wir müssen das natürlich überprüfen. Wahrscheinlich sind Sie und Frau Gildehaus die beiden Letzten gewesen, die Cilly Sökeland vor ihrem Verschwinden gesehen haben."

Der Brasilianer nickte düster. Von seinem blitzenden Lachen war nichts mehr zu sehen. Man verabschiedete sich. Pedro dos Bermejos de Saavedra klatschte in die Hände. Die Mädchen und Jungen, die sich in der Zwischenzeit ein wenig erholt und erfrischt hatten, nahmen wieder Aufstellung. Die Probe ging weiter.

Kattenstroht und Eilers bummelten zum Domplatz zurück, holten den Wagen und fuhren wieder ins Präsidium. Sie telefonierten mit Schücking und gaben ihm einen ersten Überblick über das Gespräch mit dem Tanzmeister. Dabei vergaß Kattenstroht nicht den kleinen Hinweis auf innere Spannungen im sonst so harmonisch auftretenden Kreis dieses Kollegiums.

„Wir wissen das schon!", konterte Schücking trocken. „Es müssen am Freitagabend die Fetzen geflogen sein. Schulentwicklung heißt der Stein des Anstoßes, und die Stimmung entwickelte sich wohl so, dass die Frau Sökeland den Bettel hinschmeißen will. Sie ist zwar erst knapp über sechzig, kann aber aufgrund einer Schwerbeschädigung früher und ohne Abzüge in Pension gehen. Das muss wohl am Ende des Tages im Zentrum einer internen Diskussion gestanden haben."

„Ein meditativer Alleingang im Dunkeln mag dann ja sogar die schlüssige Konsequenz gewesen sein, um ein wenig Ruhe zu finden", schloss Kattenstroht.

„Der Alleingang macht uns aber viel Arbeit. Ich hatte heute wegen dieser Meditation eine Hundertschaft draußen in den Wäldern und zusätzlich den Helikopter über den grünen Hügeln. Ergebnis gleich null."

„Mal dranbleiben, mein lieber Schücking! Dranbleiben. Sie werden Ihre Rektorin schon heil und gesund auffinden. Sie werden dann zur

Feierstunde zur Pensionierung eingeladen, und unser schöner Tänzer wird uns allen einen Jungferntanz mit neun Jungfern vorführen, dass es uns den Atem verschlägt."

Und nicht ohne eine gewisse Frivolität empfahl Kattenstroht dem Kollegen ein wiederholtes Stoßgebet zum heiligen Antonius von Padua, der ja für alles Verlorengegangene zuständig sei.

Sollte indes der Kollege aus dem Brinkekreis dieser Empfehlung des Münsteraner Kommissars überhaupt gefolgt sein, so wäre auch dieses Mittel vergeblich gewesen. Trotz intensiver Suche die ganze Woche hindurch fand sich in den nebelumwölkten und vom Regen verhangenen Hügeln der Rodorper Berge keine Spur von Cilly Sökeland.

Kapitel 6

Dietmar Schulte Niederort genoss den späten Vormittag dieses Sonntags. Gemeinsam mit seiner Frau Hildegard hatte er am Morgen den Gottesdienst zum Sonntag Sexagesima in der alten Pfarrkirche zu Hegemer gehört, hatte vor der Kirchentür kurz mit einigen Bekannten ein paar Worte gewechselt und war dann mit Hilde zum Frühstück nach Hause aufgebrochen. Die beiden wohnten in einem kleinen, aber properen Altenteiler abseits des stolzen Schultenhofes, den seit einigen Jahren Sohn Karl erfolgreich bewirtschaftete. Vom Fenster der Küche aus hatten die beiden einen herrlichen Blick hinaus in Feld und Flur. Nach dem späten Frühstück, es pflegte bei Schulte Niederort senior inzwischen ein ausführliches Mittagessen zu ersetzen, prüfte Dietmar das Wetter und sprach sich dann mit Hilde ab. Er hatte beschlossen, einen kleinen Gang durch das hofeigene Revier zu machen. Moritz, sein treuer Jagdhund, sollte ihn begleiten. Das Wetter war offen, keine dunkle Regenwolke stand in Sicht, und der blaue Himmel spannte sich unter einer milden Sonne über ein schon fast vorfrühlingshaftes Münsterland. „Es steht aber noch schwatt im Holz!", hatte Hilde angemerkt und ihrem Mann doch regenfeste, warme Kleidung empfohlen.

Bald hatten Herr und Hund nach einem Morgengruß bei der Familie des Jungbauern auf dem Hof selbst den alten Landrover bestiegen und brausten nun los. Nahe seinen Waldungen am Hegemer Bach parkte der alte Schulte den Wagen am Waldrand und ließ Moritz von der Leine. Die beiden nahmen den befestigten Weg hinunter ins Tal, das von der wasserreichen Bierke ziemlich vernässt war. Es hatte auch in der letzten Woche viel geregnet, und die recht hohen Temperaturen ließen hier und da schon einige Frühblüher die Köpfe erheben. Moritz stöberte durch das dürre Unterholz und jagte hier und da ein Karnickel oder auch einen Fasan auf. Nun erreichte Dietmar Schulte Niederort den Talgrund und wandte sich auf dem Wanderweg am Nordufer bachabwärts nach rechts. Das malerisch eingeschnittene kleine Tal lag im Mittagslicht, und der alte Bauer und erfahrene Jäger erfreute sich an dem Bild, das sich ihm hier bot, im wohl schönsten Teil des Familienbesitzes. Zu beiden Seiten des etwa hundert Meter breiten Talgrundes standen Waldbestände, auf der rechten Seite ältere Laubgehölze, auf der linken jüngere Fichtenbestände über dickem Unterholz. Erst vor etwa 35 Jahren waren sie bei der Flurbereinigung angelegt worden, um den schmalen Streifen südlich des Baches, der durch die Neuanlage einer Straße entstanden war, überhaupt zu nutzen. Diese asphaltierte maschinengerechte Trasse verlief auf dem südlichen Hochufer über eine Strecke fast parallel zum Bach und führte in einem recht spitzen Winkel zu einer neuen Straßenbrücke über den schmalen Wasserlauf. Schulte Niederort hatte seinerzeit noch Einwände gegen die unglückliche Trassenführung erhoben, letztlich aber das kaum zu nutzende, leicht abschüssige Geländedreieck, durch das noch ein Graben einer alten Landwehr führte, akzeptieren müssen. Zuerst hatte er einen Wildgarten angelegt, bald aber das sich mehr und mehr selbständig entwickelnde Wäldchen als ausgezeichneten Unterstand vor allem für das Rehwild erkannt. Die Brücke hatte übrigens ihre Aufgabe anstelle einer Furt durch den Bach übernommen. Zwischen zwei uralten Buchen an der Nordseite stand hier eine Heiligenstation aus Baumberger Sandstein, deren Pflege seit unvordenklichen Zeiten dem Schulte Niederort zustand. Dietmar hatte denn auch mit der feierlichen Beendigung der Flurbereinigung auf Bitten seiner Eltern die Station restaurieren und festigen lassen, und bis auf den heutigen Tag fanden sich immer wieder viele Wanderer ein, die schöne barocke Kreuzigungsdarstellung im Mittelbild zu bewundern und die Inschriften des 18. Jahrhunderts auf dem Sockel mit ihren wort- und sinnreichen Wendungen zu entziffern.

Moritz hatte es sich einfallen lassen, in den Bachlauf zu springen, und einige Minuten liefen Herr und Hund wie auf zwei Etagen nebeneinanderher: Dietmar Schulte Niederort auf dem Weg, der getreu dem sich schlängelnden Bachlauf folgte, der Jagdhund im Wasser, wobei er hin und wieder das Maul in das feuchte und kühle Nass versenkte und heftig sabberte. Hin und wieder sprang er aber auch auf der Seite des Prallhanges auf die Uferböschung zu, so als wolle er Baue von Bisams aufspüren, die auch hier zur Sorge zu werden drohten. Jetzt aber verhielt der Hund, blieb in Spürhaltung stehen, hob das rechte Bein und nahm offensichtlich Witterung auf. Der alte Schulte, der seinen Hund gut kannte, wurde aufmerksam und musste zur Kenntnis nehmen, dass Moritz wie der Blitz aus dem Wasser sprang, aber auf der Südseite des

Baches. Schon passierte er den morastigen Uferstreifen am Gleithang und verschwand im Unterholz des Büschchens.

Keine halbe Minute später schlug der Hund an, und ein flatterndes Rauschen erhob sich aus dem Wäldchen: Ein Krähenschwarm, den Moritz offensichtlich aufgejagt hatte, trollte sich kreischend und schimpfend davon, kreiste einige aufgeregte Runden über dem Talgrund und fiel schließlich mit Spektakel in die beiden Buchen an der Station ein. Der Hund verbellte weiter. Schulte Niederort pfiff auf zwei Fingern, aber Moritz kam nicht zurück, sondern verblieb wie am Platz eines gestellten Wildes. Wieder einige lange Pfiffe. Moritz aber hörte nicht.

Der alte Jäger betrachtete seine Wanderschuhe, die keineswegs wasserfest waren, überlegte dann kurz und lief zügig die letzten 150 Meter bis zur Brücke. Hier überquerte er den Bach und ging die Asphaltstraße auf der Südseite des Büschchens hoch, bis er glaubte, den richtigen Punkt gefunden zu haben, um in das Gehölz einzudringen. Wie gut, dass er auf Hildes Rat die feste englische Wachsjacke mit dem Winterfutter angezogen hatte. Er musste sich durch nasse Krüppelfichten, sperrige Gehölze und dorniges Gestrüpp geradezu hindurchzwängen. Moritz schlug immer noch an, und der Schulte orientierte sich bei seiner Suche nach dem Bellen. Sicher hatte sich der sonst so gehorsame Hund mit seinem Halfter irgendwie verfangen.

Nun stieg dem erfahrenen Jäger ein übler Geruch in die Nase. „Eine Ludergrube bei uns im Revier?", überlegte er. „Bestimmt nur ein gefallenes Stück Wild!" Zwischen hohem Ginster zwängte er sich nun auf eine kleine Lichtung. Da stand sein Hund, frei, bellend und einen Fund bewachend.

Dietmar Schulte Niederort brauchte nicht sehr lange, um nach dem ersten Schrecken seine Fassung wieder zu gewinnen. Er nahm die Leine, die er sich um den Hals gehängt hatte, und sicherte zunächst den Hund. Dann ließ er ein Stoßgebet ab, in das er den abschließenden Wunsch einflocht, sein so schönes Frühstück möge ihm nicht aus dem Gesicht fallen. Er fasste an die Taschen der Jacke und musste registrieren, dass sein Mobiltelefon natürlich daheim im grünen Sonntags-Lodenmantel geblieben war. Die weitere Überlegung musste sein, wie er am schnellsten an ein Telefon gelangen konnte. Die Option war klar:

Zurück zum Auto und dann nach Hause, oder die Straße hoch zum Hof von August Pelkmann. Bei Abschätzung der Wegstrecken erwies sich die zweite Alternative als die kürzere. Der Schulte brach sofort auf. Eine kleine Viertelstunde später wurde der Überraschungsgast bei Pelkmanns herzlich begrüßt; schließlich fiel der Nachbar und Jagdfreund fast ins Mittagessen. Seine Botschaft indes vertrieb allen Appetit, und sofort konnte er per Telefon der Leitstelle der Kreispolizei melden, er habe soeben in der Bauerschaft Niederort im Büschchen an der Brücke über den Hegemer Bach einen Leichenfund machen müssen. Ja doch, der Beamte habe richtig gehört; er heiße auch Niederort, so wie die Bauerschaft östlich von Hegemer. Nein, nähere Angaben könne er nicht machen, da es ein zu schlimmes Bild sei. Nein, er könne nicht sagen, ob Mann oder Frau. Ja, er werde natürlich nahe am Fundort, am besten unmittelbar auf der Brücke warten. Selbstverständlich werde er aufpassen, dass keine weiteren Neugierigen den Fundort beträten.

„Nu daoh mi men iärst 'nen Kluck up den Schrecken!"*, sagte der Schulte, und die Hausfrau beeilte sich, mit der Pulle Klaren zu kommen. Dann fuhr August Pelkmann den Besucher mit dem Wagen zurück auf die Brücke und half dem Nachbarn beim Warten.

Moritz tänzelte weiterhin unruhig an der Leine, die Krähen waren offensichtlich wieder in das Büschchen eingefallen, gelegentlich hörte man den einen oder anderen Schrei. „För de Kraihen und de Hilka is't äs up veer Hochtieten!"**, kommentierte der Schulte Niederort. „De katt't sick all drüm!"*** Dabei schaute er immer wieder auf seine Uhr.

Tatsächlich waren keine 10 Minuten verstrichen, bis ein erster Einsatzwagen aus Hegemer eintraf und die Sicherung der Fundstelle übernahm. Die beiden Beamten warteten aber das Eintreffen ihres Kollegen Schücking von der Kreispolizei ab. Der lief eine Viertelstunde später auf und ließ sich vorsichtig von Schulte Niederort in den Fundort einweisen. Der bat aber um Verständnis, von einer weiteren Besichtigung absehen zu wollen. Zudem liefe man ja wohl Gefahr, Spuren zu vernichten. Also drang Schücking in Begleitung eines Kollegen in das Unterholz ein

* „Gib mir bitte erst mal einen Schnaps auf den Schrecken!"
** „Für die Krähen und Dollen (Dohlen) ist es wie auf den vier höchsten Feiertagen."
*** „Sie streiten sich schon drum!"

und gelangte alsbald zu der kleinen Lichtung; auch er scheuchte den Vogelschwarm auf, sah den Fund, war von der Richtigkeit der Meldung überzeugt und alarmierte die Leitstelle mit der Bitte, umgehend das zuständige Kommissariat in Münster zu informieren.

Bei Klaus und Betty Kattenstroht hatte gerade der gelbe Vanillepudding mit Blaubeerkonfitüre das Mittagessen abgerundet. Schon winkte die Couch mit der grünen Decke den Kommissar zur ersehnten Sonntagsmittagsruhe. Der Anruf der Leitstelle warf alles über den Haufen. Die sofort folgende Adrenalin-Ausschüttung erweckte den Kommissar aus seiner Behaglichkeit. Schon während des Telefonats hatte er die linke Schublade des Sideboards geöffnet und die Karte vom Brinkekreis hervorgeholt. Dann ließ er sich den genauen Fundort erklären. Aus der Beschreibung ergab sich, dass – egal ob von Norden oder Süden – nur die eine Straße zu benutzen und zu überwachen war. Als Navi-Adresse diktierte man ihm einen Hof Pelkmann in Niederort 27 der Gemeinde Hegemer. Kattenstroht stimmte sich kurz mit Schücking ab und verabschiedete sich von Betty.

Die kurz aufblitzende Idee, Kathrin Eilers abzuholen, verwarf er direkt wieder. Erstens hatte sie am Sonntag offiziell keinen Dienst, zweitens wäre es über das Forsthaus in Reckhölter ein ziemlicher Umweg gewesen, und drittens hätte Betty ihm wohl den Marsch geblasen, wenn ihr Göttergatte ausgerechnet am Tage des Herrn die junge Mutter von Mann und kleinem Sohn fortgerissen hätte.

Also informierte er Mia Kunsleben und seinen Vertretungsassistenten Tim Schaap. Der war just bei einer Freundin in der Kreisstadt und versprach, umgehend nach Hegemer zu kommen. Der Kommissar selbst wählte eine seiner ländlichen Nebenstrecken, um aus den heimatlichen Gefilden nach Hegemer zu gelangen. Er passierte am Ortsrand die langen Werkhallen der Maschinenfabrik NostRo und verließ Hegemer zügig in Richtung Osten. Die Schilder zeigten ihm bald, dass er die Bauerschaft Niederort erreicht hatte, und das Navi gab Signal, an der nächsten Kreuzung in eine Straße einzubiegen, die in das Tal des jungen Hegemer Baches hinunterführte. Tatsächlich war der schmale Weg abgesperrt. Ein Wagen der Kreispolizei hatte sich quer auf die Einmündung der Verkoppelungsstraße gestellt, hatte seine Warnlichter eingeschaltet und hielt schon einige Wagen und Neugierige auf, die gerne zum Ort des Geschehens geeilt wären. Kattenstroht präsentierte sicherheitshalber seinen Dienstausweis und ließ sich von dem jungen Kollegen einweisen: „Das Beste ist fast, Sie fahren an dem Hof hier vorne, das ist Pelkmann, vorbei bis zum Waldrand oben und parken da. Die Gräben im Tal sind voller Wasser und die Seitenstreifen total matschig. Die Strecke in der Nähe der Brücke ist bestimmt zugeparkt, denn sicher steht man heute nur auf dem Asphalt. Die Spurensicherung aus Münster ist allein mit drei Sprintern da, dann Kollege Schücking und weitere Sicherungsbeamte. Auf der anderen Seite des Tales haben sie die Straße auch abgesperrt. Zurzeit sperren sie zudem die Wanderwege ab. Die Schaulustigen kommen bei dem schönen Wetter ja sogar als Pättkesfahrer mit dem Rad."

Der Kommissar bedankte sich und hielt sich an den kollegialen Rat. Er parkte seinen Wagen rechtzeitig und trabte alleine durch die frühlingshaft beleuchtete Bauerschaft die sanft sich neigende Straße hinunter. Weit vor der Brücke sah er schon den Aufmarsch der Kolleginnen und Kollegen. Er meldete sich am ersten Wagen der Spurensicherung beim Kollegen Ternarde, der bereits am Computer saß und Asservatentüten mit Etiketten versah, denen jeweils Barcodes zugewiesen waren.

„Ziemlich wüster Leichenfund, Herr Kommissar. Zudem sehr schwierig, weil so richtig im dichten Unterholz. Wir suchen erst einmal alles ab, setzen auch auf Faserspuren an den Sträuchern und Ranken. Fuß- oder Wagenspuren sind nicht mehr feststellbar. Schließlich hat es die ganze Woche geregnet."

„Wer ist denn jetzt noch mit dran?", wollte Kattenstroht wissen.

„Kollege Beucking hat die ganze Mannschaft aufgescheucht. Er selbst ist draußen im Gebüsch. Fleck und Kottmann sind bei ihm. Ich mache hier die rückwärtige Sicherung." Sprach's und klebte wieder ein Etikett auf einen Klarsichtbeutel, in dem offensichtlich eine Astspitze einer Fichte aufbewahrt wurde, an der man wohl einen Faserrest vermutete.

„Und die Gerichtsmedizin?"

„Dr. Geertsma ist dran. Der war auch fix hier. Ich habe fast das Gefühl, Sie hat man als Letzten informiert", bemerkte Ternarde mit subtiler Ironie. „Wir müssen uns hier aber sputen. Es geht jetzt auf zwei Uhr zu, ab vier Uhr ist kein Büchsenlicht mehr. Wir haben schon einen Lichtwagen angefordert, aber mit jeder Aktivität in dem Wäldchen können wir eine Spurenlage zerstören. Sehr problematisch das Ganze. Ich glaube nicht, dass wir heute vor Sonnenuntergang fertig werden."

„Na, na: Petri Stuhlfeier ist gewesen, und da wird man auch in Westfalen wieder munter nach dem langen Winter." Also sprach Kattenstroht und ließ den Kollegen Ternarde mit einem Rätsel zurück. Ein Feiertag namens „Petri Stuhlfeier" sagte dem nichts, überhaupt nichts.

Am Graben, an Sträuchern und Ranken erkannte man den Zugang, den wohl erst Schulte Niederort eröffnet und dann die Polizisten als Trampelpfad zum Leichenfundort geschlagen hatten. Hier begegnete der Kommissar dem Gerichtsmediziner, der anscheinend einige Gerätschaften aus seinem Wagen holen wollte.

„Hallo, Dr. Geertsma, was erwartet mich denn hier?"

Der Gerichtsmediziner begrüßte den Kommissar und zuckte leicht mit den Achseln: „Jedenfalls kein schöner Anblick. Es handelt sich um die Leiche einer Frau. Sie ist völlig entkleidet und sitzt mindestens acht bis zehn Tage hier im Wald. Es war relativ warm und hat sehr viel geregnet. Der Fäulnisprozess hat deutlich eingesetzt, und zudem sind die Waldbewohner fleißig dran gewesen."

„Könnte es sich um die vermisste Schulleiterin aus Rechterfeld handeln?", wollte Kattenstroht wissen.

„Kann ich unmöglich sagen. Ihr Kollege Schücking hat mir zwar eben ein Bild gezeigt, aber ich kann das so nicht zuordnen. Wir werden uns sofort um ein Zahnschema bemühen. Dazu brauchen wir natürlich die betreffende Zahnarztpraxis. DNA-Proben ziehe ich gleich. Und eins noch: Auf den ersten Blick erkennbare Spuren eines Gewaltverbrechens sind nicht zu registrieren." Geertsma ging zu seinem Wagen, um sofort wieder mit einer Instrumentenbox aufzukreuzen.

Kattenstroht seufzte und meinte nur: „Dann führen Sie mich mal bitte zum Fundort."

Nur wenige Minuten darauf stellte er sich wieder auf der Straße ein. Er ließ sich von einem der Kollegen den Fundmelder Schulte Niederort vorstellen und unterhielt sich ausführlich mit ihm. Inzwischen war Schaap eingetroffen, der die Unterhaltungen mitschnitt und eifrig

Notizen machte. Auch der Nachbar August Pelkmann wurde um Auskünfte gebeten, konnte aber nichts beitragen. Gegen 16.00 Uhr traf der Lichtwagen ein. Die Mitarbeiter stellten auf Anweisung von Beucking ihre Lichtmasten auf, warfen den Generator an und ließen das kleine Gebüsch und vor allem die Lichtung im hellsten Licht erstrahlen.

Wenigstens die Krähen hatten sich derweil verzogen.

Es ging fast auf 20 Uhr zu, bis Kattenstroht daheim ankam. Schücking und Schaap hatten in Rücksprache mit der Konrektorin i. R. Gildehaus noch am späten Nachmittag den Zahnarzt der Frau Sökeland in Münster ermittelt. Der Zahnmediziner war zum Glück nicht nur daheim, er erwies sich auch als äußerst kooperativ: Noch vor dem Eintreffen der sterblichen Überreste aus dem Büschchen am Hegemer Bach lagen in der Rechtsmedizin in Münster bereits Röntgenaufnahmen vom Gebiss der vermissten Rechterfelder Schulleiterin parat.

„Egal, was dabei herauskommt, wir machen morgen früh erst einmal eine große Runde. Ich nehme an, dass wir den Rest der Woche dann in Rechterfeld unterwegs sein werden." Mit diesen Worten verabschiedete sich Kattenstroht von seinem Kollegen Schücking. Dann setzte er hinzu: „Ich habe das dumpfe Gefühl, dass da ein ziemlicher Brocken auf uns zukommt."

Kapitel 7

Noch am Sonntagabend hatte man im Polizeipräsidium begonnen, über die Zusammensetzung einer größeren Kommission zur Aufklärung des spektakulären Falles nachzudenken. Am Montagmorgen war das Team Kattenstroht insgesamt früh am Platz, auch die Spurenfahnder traten vollzählig zum Dienst an, obwohl gerade sie noch bis zum späten Abend gearbeitet hatten. Gegen 7.55 Uhr lief ein Telefonat aus der Gerichtsmedizin bei Mia Kunsleben auf. Es meldet sich die dortige Chefin, Prof. Dr. Schulte Natrup, mit einem wichtigen Ergebnis: „Wir können mit dem Fund schon wegen des Zustandes der Leiche auf gar keinen Fall vor Mittwoch richtig fertig werden. Wir haben uns aber gedacht, Ihnen wenigstens zur Identifizierung schnelle Hilfestellung zu geben."

Mia Kunsleben war beeindruckt und bedankte sich förmlich für die stets gute Zusammenarbeit. Die Professorin lachte: „Ich kann doch einen alten Schulfreund meines Bruders Gregor nicht im Regen stehen lassen. Hinterher beschwert sich Ihr Herr Kattenstroht bei ihm, und ich kriege die Malessen*. Dann schon besser vorauseilende Amtshilfe."

Sodann erläuterte die Rechtsmedizinerin kurz, dass anhand des Zahnschemas und einer Reihe von Röntgenaufnahmen schon jetzt feststehe, dass es sich bei der aufgefundenen Person um die gesuchte Cäcilia Sökeland handele. „Dafür stehen wir Ihnen gerade, ich schicke Ihnen gleich noch ein Fax mit dem entsprechenden offiziellen Ergebnis. Die ausführliche Obduktion nicht vor Mittwoch, bei den besonderen Schwierigkeiten einer Faulleiche ist ein Teil der chemischen Ergebnisse nicht vor dem Wochenende zu erwarten."

Mia Kunsleben bedankte sich herzlich und meldete sich sofort bei Klaus Kattenstroht, der gerade in seinem Dienstzimmer platt auf dem Teppichboden lag und einige seiner Rückenübungen absolvierte. Gerade radelte er bei eingezogenem Bauch in Rückenlage mit beiden Beinen, zählte dabei und war bemüht, das Atmen nicht zu vergessen. Erstaunlich quick sprang er auf, griff zum Telefon und rief Kathrin Eilers, Tim Schaap und Beucking von der Spurensicherung hinzu: „Also

* Niederdeutsches Lehnwort von frz. Malaisen = Übel, Ärger, Unglück

Leute, wir haben Klarheit. Die Sökeland ist tot, und die Art und Weise, wie sie abgelegt wurde, lässt unbedingt auf ein Gewaltverbrechen schließen. Wir müssen jetzt bitte nach Vorgabe vorgehen. Es handelt sich um ein Opfer mit hoher Sozialakzeptanz und vielen Kontakten. Wir haben das Problem, dass bestimmt schon seit gestern Mittag im Brinkekreis die Gerüchte um den Leichenfund kochen. Wir haben das Problem Schule und fast 200 Kinder mit ihren Eltern dahinter. Wie bringen wir uns ein?“

„Natürlich nach Plan, wie denn sonst?“, konstatierte Kathrin Eilers nüchtern. „Wir haben seit dem Verschwinden der Schulleiterin, also schon seit dem letzten Dienstag, die Kreis-Schulpsychologin vor Ort. Sie betreut zusammen mit den Seelsorgern der Gemeinde die Mädchen und Jungen. Es gibt auch ein Kriseninterventionsteam beim Brinkekreis. Das müssen wir jetzt aktivieren und nach Rechterfeld zusammenrufen. Bisher, so hoffe ich mal, wissen nur die Rechtsmediziner und wir hier von der Identifizierung.“

Mia Kunsleben kontrollierte die Uhrzeit und entwickelte einen Zeitplan: „Wie wäre die folgende Lösung: Ihr fahrt mit Mannschaft nach Rechterfeld und informiert das Kollegium in der großen Pause, die ist ja, egal, wie die in dem Laden ihren Stundenplan organisieren, bestimmt irgendwann gegen 10.00 Uhr. Der zuständige Schulamtsdirektor oder Schulrat, der Bürgermeister und der Schulpflegschaftsvorsitzende müssen mindestens dazukommen. Wir sollten vorher diese drei und die örtlichen Seelsorger beider Konfessionen einweihen und um eine gemeinsame Besinnung der gesamten Schulgemeinde in der Aula oder Halle bitten. Jede Schule hat so einen Versammlungsraum, und sei er auch nur provisorisch. In dem Rahmen einer solchen Schulversammlung informieren wir alle über den Tod der Frau Rektorin Sökeland. Es macht aber keinen Sinn, die Kinder nach Hause zu schicken. Wir müssen mit intensiven Gefühlsreaktionen rechnen. Da könnten einige Mädchen und Jungen panisch werden. Deshalb sollten die Klassen im Rahmen der normalen Unterrichtszeit betreut und vernünftig beschäftigt werden. Das könnte von der Zeit her bis gegen 11.00 Uhr, vielleicht 11.30 Uhr dauern. Dann können wir, besprecht das aber um Himmels willen mit der Hausleitung, eine Pressekonferenz abhalten, vielleicht im Rechterfelder Rathaus, möglichst weit weg von der Schule. Und vergattert die Pressefritzen, die Kinder und die Lehrkräfte in Ruhe zu lassen. Lasst euch dazu was einfallen."

„Wer informiert wen?", wollte Kattenstroht wissen.

„Hier ist der Rahmenplan, einige Namen wusste ich schon, einige müssen wir noch erfragen und ergänzen!", die Büroleitung verteilte Kopien. „Ruft auch unbedingt vorher den Landrat an, nicht nur die Kreis-Schulpsychologin und ihren zuständigen Kreisdirektor. Bei so etwas gibt's immer Empfindlichkeiten. Wir nehmen jetzt die Feinabstimmung vor, dann fahrt ihr im Team los, und ich ziehe von hier gemeinsam mit unserer Pressestelle die Pressekonferenz auf. Lasst bitte die Handys eingeschaltet. Ich melde mich vorzugsweise bei Kathrin; wer weiß, mit wem unser Kommissar wieder parlieren muss."

„Wenigstens nicht mit der Presse!", bemerkte Kattenstroht trocken.

„Irrtum, lieber Kollege, totaler Irrtum! In diesem Fall kommen Sie nicht raus. Ist nichts mit Kneifen diesmal! Der Chef kann auf gar keinen Fall und wird uns die Präsentation übertragen. Klare Ansage seines Vorzimmers. Sie können sich das ja mit Schücking teilen, aber der bessere Redner sind Sie, Kollege Kattenstroht. Am Tisch sitzen Sie auf jeden Fall." Die Büroleitung ließ ihre Muskeln spielen.

Der Kommissar seufzte verhalten und ergab sich schon jetzt in sein Schicksal:

„Darf Kathrin denn mit raus?", fragte er fast demütig und schaute auf seine frühere Assistentin, die demonstrativ den Kopf schüttelte.

Mia Kunsleben schüttelte ebenfalls den Kopf: „Sie haben es immer noch nicht kapiert, lieber Herr Kattenstroht, dass die Kollegin Eilers nach der Rückkehr in den Dienst aufgrund der Geburt eines Sohnes namens Niklas, der übrigens Ihr Patenkind ist, nur halben Dienst macht: vom Montag bis zum Mittwoch. Vereinbart ist auch, dass sie vorzugsweise Innendienst machen soll. Sie können Frau Eilers nicht kommandieren, aber Sie dürfen sie fragen!" Sie nickte entschieden, aber nicht ohne dabei ein Lächeln anzudeuten.

Kattenstroht war's zufrieden. Das Team sprach sich in weiteren Details ab und führte eine Kette von Telefonaten. Nach etwa einer Dreiviertelstunde hatten sie den Plan weitgehend so vorbereiten können, wie Mia

Kunsleben ihn vorgetragen hatte. Gegen 9.00 Uhr brach man auf und erfüllte die traurigen Pflichten, die sich aus dem Verbrechen ergaben.

Besonders die Schulversammlung ging Kattenstroht schwer ab. Die Reaktionen so vieler Kinder mit Trauer, Fassungslosigkeit und Hilflosigkeit machten auch ihm, der vielfach so abgebrüht war, schwer zu schaffen. Er bewunderte die Lehrkräfte und die Mitglieder des Teams, die sich den Kindern intensiv zuwandten.

Die Pressekonferenz im Ratssaal der Gemeinde Rechterfeld verlief erfreulich glatt. Fast ein Dutzend Journalisten war erschienen, darunter auch drei Fernsehteams. Letztere machten den Kommissar nervös, zumal Schücking sich hartnäckig weigerte, irgendeine Erklärung abzugeben. Das solle mal Münster machen, bitte schön, denn es sei ja auch das Münsterland-Fernsehen da und sogar ein überregional arbeitendes Team.

Die Journalisten waren jedoch zurückhaltend und hakten nur an wenigen Punkten intensiv nach. Sie fragten vor allem, warum es nicht gelungen sei, das Opfer eher aufzufinden. Natürlich war das Team auf die Frage vorbereitet und hatte eine große Karte vom Brinkekreis aufgehängt. Hier konnte man zeigen, dass zwischen dem Haus Bockhorst, wo Cäcilia Sökeland zuletzt lebend gesehen worden war, und dem Fundort ihrer Leiche mehr als 20 Kilometer Luftlinie und über 25 Kilometer Wegstrecke lagen.

„Unsere Streifen, Hundeführer und der Helikopter haben etwa im Umkreis von fünf Kilometern um Haus Bockhorst gesucht und sich vor allem auf die Rodorper Berge konzentriert. Heute können wir vermuten, dass die vermisste Rektorin wahrscheinlich schon am vorletzten Sonntag, also am 20. Februar, ums Leben gekommen ist. Wie die Leiche in die Bauerschaft Niederort bei Hegemer gelangt ist, bleibt zunächst ein Rätsel. Der Fund, das sollten wir nicht vergessen, ist ein Zufallsfund. Hätte der Finder gestern seinen Jagdhund daheim gelassen, hätten wir auch heute noch keine Klarheit über das Schicksal der Frau Sökeland. Und auch das noch: Solange wir die Todesursache nicht geklärt haben, ist ein Gewaltverbrechen nicht als gegeben anzusehen, auch wenn einzelne Umstände in diese Richtung weisen.“

Mit der Bitte an die Bevölkerung, die Arbeit der Polizei weiterhin intensiv zu unterstützen, schloss der offizielle Teil der Pressekonferenz.

In einer Nachbemerkung „außerhalb der Kladde“ baten Bürgermeister und der Schulpflegschaftsvorsitzende darum, eine Befragung der Kinder und der Lehrkräfte der Christoph-Bernhard-Schule zu unterlassen. „Geben Sie der Schulgemeinde die Chance, in Ruhe diese Situation zu verarbeiten.“

Während die ersten Teilnehmer gingen, die Kameras abgebaut wurden und sich die Konferenz langsam auflöste, kam der Leiter der Kreisausgabe der größten Regionalzeitung auf den Kommissar zu, reichte ihm seine Karte und gratulierte Kattenstroht zu seiner Premiere: „Frie mein Name, Günther Frie. Kreisredakteur der ‚Großen Zeitung‘. Glückwunsch, Herr Kommissar, ich versuche seit fünf Jahren, Sie mal persönlich in einer PK zu erleben oder selbst an die Strippe zu kriegen. Das war mir bis heute versagt. Insofern also eine Premiere!“

„Dafür haben wir ja die Pressestelle, die Kollegen sind ja da, und heute vertrete ich nur zufällig meinen Chef. Dem stehen solche Aufgaben eigentlich zu.“ Kattenstroht druckste herum und war deutlich um Höflichkeit bemüht: „Es ist natürlich bedauerlich, Herr Frie, dass wir uns nur aus einem solch traurigen Anlass begegnen. Der Tod einer beliebten Lehrerin ist in einer so kleinen Gemeinde ein einschneidendes Ereignis.“

Der Redakteur lächelte: „Cilly Sökeland, bei aller Ehre – de mortuis nil nise bene!*–, war natürlich ein Naturereignis. Wie man im Münsterland sagt: ein Donner! Die Beliebtheit einer Lehrkraft, alte Erfahrung im öffentlichen Diskurs, ist eine Maßeinheit, die man so oder so sehen kann, die weit dehnbar ist. Dementsprechend sieht fast jeder anders hin. Rechterfeld hat allerdings eine hochgebildete und engagierte Schulleiterin verloren.“

Der Kommissar merkte auf: „Gab es denn auch Kritik an ihr? Hatte sie eventuell sogar Gegner oder Feinde?“

Der Redakteur schlüpfte in seine Jacke und setzte seine auffallend kleine Brille gerade: „Sagen wir mal so, wer in einem öffentlichen Amte steht, ist immer im Fokus der Kritik. Das gilt gerade für Lehrkräfte auf dem Dorf. Und Cilly Sökeland machte sich vor nichts Bange. Überle-

* Lateinische Weisheit: „Über die Toten nichts, wenn nicht gut gesagt!“

gen Sie mal. Am letzten Wochenende steht ganz Rechterfeld kopf, weil hier der lokale Karneval tobt. Die Schule hat geschlossen, alle Kinder können zum Zug gehen. Und die Rektorin versammelt ihre Damen wie in jedem Jahr geradezu demonstrativ zu einem Bildungswochenende in den Rodoper Bergen. Das ist seit Jahren bei vielen hier vor Ort nicht gut angekommen, schon gar nicht bei dem einen oder anderen der Oberindianer des organisierten lokalen Frohsinns."

„Können wir uns darüber in den nächsten Tagen mal in Ruhe unterhalten?", zeigte sich der Kommissar plötzlich sehr interessiert.

„Von mir aus gern, aber bitte nicht hier. Zu viele Kollegen! Wie wäre es in Münster bei einem doppelten Espresso?" Kattenstroht stimmte zu und rückte auch seine Karte raus. Auf der Rückseite notierte er kurz die Handynummer: „Wenn's wichtig ist, jederzeit, Herr Frie. Bitte melden auch Sie sich zwanglos!" Er verabschiedete sich von dem Redakteur und hielt nach Schücking Ausschau. Das Team kam erneut im Ratssaal zusammen, hielt Manöverkritik und stimmte das weitere Vorgehen im Detail ab. Viel hing jetzt von den Gesprächen ab, die am Nachmittag mit allen Teilnehmerinnen der Wochenendtagung auf Haus Bockhorst geführt werden sollten.

„Vergesst auch bitte nicht den Hausmeister!", mahnte der Kommissar. Die Vorhersage für die kommenden Tage hatte er auch im Hinterkopf: Im Münsterland dürfte schönes vorfrühlingshaftes Wetter herrschen. Also erklärte Kattenstroht gönnerhaft, die Höfe im Umfeld von Haus Bockhorst müsse er ja wohl selbst besuchen.

Kathrin Eilers lächelte und schüttelte die blonden Locken: „Es spielt mal wieder alles dir und deiner Landlust in die Karten!"

Kapitel 8

Den Montagnachmittag verbrachten sie in der Rechterfelder Schule. Zwar war Beucking nach Münster zurückgefahren, aber Tim Schaap und Kathrin Eilers blieben und verfolgten die Gespräche in der Christoph-Bernhard-Schule. In Zweierteams wurden alle acht überlebenden Teilnehmerinnen der Bockhorster Tagung noch einmal vernommen. Schücking hatte Kollegen mitgebracht, die die Aussagen gleich mit protokollierten. Sie kamen gut und zügig voran. Zeitgleich liefen in der Schule verschiedene Angebote des Offenen Ganztages, so dass immer mal wieder Kinderstimmen und eher harmonische Schulgeräusche zu vernehmen waren. Besonders die Musik- und Tanz-AG war trotz der Trauer, die die Schulgemeinde trug, in Form und Stimmung. Kattenstroht sprang zwischen den Klassenräumen und Besprechungszimmern, hörte mal hier und mal da zu, fragte aber selbst wenig nach, da er die Gesprächstechniken der Kollegen von der Kreispolizei gut kannte und ihre Berichte und Beurteilungen hoch einschätzte.

Während eines solchen Wechsels hatte er die zwischen zwei Klassentrakten gelegene Halle der Schule passiert und bemerkt, dass der Hausmeister sich gerade vor dem Hauptportal ein Zigarillo angesteckt hatte. Die Gelegenheit müsse man nutzen, dachte Kattenstroht bei sich, wandte sich dem Portal zu und drückte die Tür von innen auf. Der Hausmeister, ein stabiles Herrchen im grauen Kittel, erschrak und versuchte, das Objekt seiner Sucht hinter vorgehaltener Hand zu verstecken.

„Pardon, eigentlich darf auf dem gesamten Schulgelände nicht geraucht werden. Ich müsste mich auf den Bürgersteig vor das Schultor stellen. Heute ist aber alles durcheinander. Ich habe mir gedacht, die Chefin ist nicht mehr, und verübeln wird sie's mir nicht. Das war bei ihr sowieso mehr, wie sagt man auf Platt, van buten äs van binnen!“*

Kattenstroht witterte eine Gesprächschance: „Sie sind doch der Herr – Lohmeier, richtig? Der Hausmeister?“

Das Herrchen im grauen Kittel nickte: „Josef Lohmeier, seit dreißig Jahren hier zuständig fürs Haus: Inhaber zahlreicher Extraämter vom

* Niederdeutsch: mehr von außen als von innen. Sinngemäß: mehr äußere Ordnung als innere Überzeugung.

Papieraufheber bis zum Adventskranzanzünder. Ich muss auch schon mal Referendarinnen trösten, Pausenbrote für hungernde Kinder organisieren, Reinigungskräfte kommandieren, 199 Stühle aufstellen und Mülltonnen gerade rücken. Was denken Sie, was hier im Haus alles los ist!“

Der Kommissar gab sich als wissend zu erkennen: „Meine Frau ist auch im Schuldienst, da kriegt man so einiges mit. Und was das Zigarillo angeht. Wenn Sie mir etwas Zeit geben, gehe ich eben zum Wagen und hole mir eine kleine Olifant, oder aber, Sie hätten ...“ Lohmeier hatte längst begriffen und hielt Kattenstroht seine Schachtel hin. Gemeinsam gaben sich die beiden Männer nun dem verpönten, ebenso ungesunden wie unkorrekten Ritual hin.

Der kleine Pedell schloss wieder an: „Auch wenn Ihre Frau selbst Lehrerin ist, kennen Sie doch nur eine Seite. Ich kenne alle Seiten. In meiner Hausmeisterloge dreht sich doch der ganze Zirkus.“

„Und Frau Sökeland war die Zirkusdirektorin?“ Kattenstroht schaute genau auf die Reaktionen des Hausmeisters, in dessen Miene sich jetzt ein Anflug echt wirkender Trauer zeigte.

„Das ist schlimm. Da ist uns das beste Rad vom Wagen gelaufen. Und dann auf solche Weise.“ Der Mann blies eine Rauchwolke ab und setzte dann ruhig fort: „Ich kannte Cilly Sökeland seit 30 Jahren. Eigentlich wollten wir zusammen in Pension gehen, so in fünf, sechs Jahren. Eine klasse Frau, das war sie.“

„Nun ja, eine klasse Frau!“, warf Kattenstroht provozierend ein, „aber doch auch eine Juffer von 60 Jahren! Und Schulmeisterinnen mit 35 Dienstjahren sind doch oft auch nicht mehr ganz in der Welt.“

Lohmeier nahm dem Kommissar die Provokation nicht krumm: „Nicht in der Welt? Cilly Sökeland nicht in der Welt? Nur ein Beispiel. Wenn wir jetzt gleich in ihr Büro gingen, könnte ich Ihnen den Schreibtisch mal losmachen. Was steht da in der unteren Schublade? Eine Flasche mit edelstem Cognac. Was glauben Sie, wie oft hier bei uns Kolleginnen, vor allem die jungen Wichter, vor Stress fast umfallen. Die rennen in ihr Büro und heulen sich bei der Chefin aus. Was macht die? Die holt erst mal einen Braunen für zwei raus. Erst dann wird geguckt, was geht und was nicht.“ Der Mann schluckte ein wenig.

„Schade, jammerschade, alles vorbei."

„War die Frau Sökeland denn als Chefin erfolgreich, anerkannt?"

Der Hausmeister nickte: „Ich meine, ja. Ich weiß nur, dass die Kinder, die sie nach vier Jahren entlassen hat, alle lesen, schreiben und rechnen konnten in dem Rahmen, der auch bei uns früher üblich war. Das kann man nicht mehr von allen sagen. Natürlich hat's auch mal Knatsch gegeben unter den Lehrerinnen. Manchen war sie eben nicht fortschrittlich genug. Und was noch toll an ihr war: Sie hatte einfach Schneid. Den kaufte ihr keiner ab: Der Cilly Sökeland konnte keiner was vormachen, kein Fachleiter, kein Schulrat und kein Regierungsdirektor." Lohmeier lächelte versonnen: „Die hat doch mal eine Konferenz, die bei uns stattfinden musste, fast hochgehen lassen, indem sie mehrfach Referenten bat, sich mal vernünftig und klar auszudrücken und dieses ganze pädagogische Wortgedöns wegzulassen. Ich habe das mitgekriegt, weil ich gerade in der Halle die Kaffeekannen aufstellen musste. Bei ihren Referendarinnen hat sie sich diese Fachsprache verbeten. Sie nannte das nur ‚Neu-Sprech'. Kam ihr einer mit seinen neumodernen Sprüchen nur noch albern vor, wurde er ‚Blech-Sprech' getauft. Wer ihr damit kam, musste zusehen, sich bald eine andere Ausbildungsklasse zu suchen."

„Und die Behörde und der Schulrat haben das so mitgemacht?"

Lohmeier nickte: „Was blieb denen denn anderes übrig? Unsere Chefin war hier erfolgreich, hatte die Eltern im Allgemeinen immer hinter sich, konnte mit dem Bürgermeister und dem Rat prima reden und zog mindestens einmal im Jahr auch mit dem Redakteur unseres Kreisblattes um die Pöste. Eine Kollegin sagte mir mal, in Münster und auch beim Kreis würde man geduldig abwarten, bis die olle Sökeland in Pension ginge. Aber es muss wohl so gewesen sein, dass auch bei der Kreis-Rektorenkonferenz sie eigentlich immer das erste Wort hatte. Es hat mal jemand gesagt, die Rektorin aus Rechterfeld sei der einzige Mann in dem ganzen Haufen!"

„Feinde? Richtige Feinde?", bohrte Kattenstroht weiter.

Der Hausmeister schüttelte spontan und lebhaft den Kopf: „Kann ich mir nicht vorstellen. Gut, wenn man mit einem Donner wie Cilly Sökeland zu tun hat, kann das ganz schön nerven. Aber eigentlich hatte sie immer den richtigen Zungenschlag gefunden."

„Auch bei den Karnevalisten?", warf Kattenstroht aufgrund einer inneren Eingebung ein.

„Ach, das wissen Sie auch schon?" Lohmeier grinste. „Also mit den Karnevalsecken hier hatte sie wirklich nichts am Hut. Ich hör sie heute noch rufen, sie mache ja jeden Spaß mit, aber zum Pajass* mache sie sich nicht. Richtig vorwerfen konnte man ihr das auch nicht. Sie war keine Kostverächterin, und im Sommer machte sie jedes Jahr bei der Bruderschaft hier tüchtig mit. Einmal ist sie ja auch Schützenkönigin gewesen. Wie wir da an dem Montag die Rechterfelder Schule hinbekommen haben, da reden die Leute noch heute von."

„Wer oder was sind denn die Karnevalsecken?", wollte der Kommissar wissen.

„Der Karneval hier bei uns wird in den Nachbarschaften aufgezogen. Die nennt man traditionell eben ‚Ecken'. Die haben einen Präsidenten und einen richtigen Vorstand und machen richtig was davon."

„Wen kann ich da am besten ansprechen?", fragte Kattenstroht.

Lohmeier überlegte einen Augenblick und löschte dabei seinen Zigarillostummel an einem eisernen Mülleimer: „Den alten Wegmann. Bernie Wegmann würde ich fragen. Der ist zwar auch so ein Ober-Fröhlicher, hat aber beide Beine auf dem Boden. Telefon hier in Rechterfeld 74 28. Das ist nämlich ein Kegelbruder von mir."

Kattenstroht notierte sich kurz Namen und Telefonnummer, bedankte sich bei dem Hausmeister für das freundliche Gespräch und erinnerte sich seines Vaters, der selbst einige Jahrzehnte im Schuldienst zugebracht hatte. Einer der vielen väterlichen Hinweise lautete, man könne in einer Schule nur mit besten Kontakten zum Hausmeister und zur Schulsekretärin überleben. Dieses Ratschlages eingedenk begab sich der Kommissar zum Sekretariat, wo er Hilde Kaiser, die engste Mitarbeiterin der zu Tode gekommenen Schulleiterin im Gespräch mit der Konrektorin Lissy Weldermann gt. Laumann vorfand. Da er mit der Sekretärin gern allein gesprochen hätte, stellte er beiden Frauen gemeinsam einige Fragen zum Schulalltag und zur Organisation der Tagung auf Haus Bockhorst, fragte auch nach der Gestaltung der Trauerfeier und machte sich pro forma einige Notizen. Danach setzte er sich noch in eine Ver-

* Niederdeutsch: Geck, Narr (entlehnt aus dem ital. *Bajazzo*)

nehmung, zu der Schücking selbst die Referendarin Mary Schalkamp gebeten hatte.

Inzwischen war es später Nachmittag geworden, und längst hatte die Dämmerung eingesetzt. Das Team kam noch einmal im großen Lehrerzimmer zusammen und trug erste Ergebnisse aus den Befragungen vor. Besondere Auffälligkeiten, die auf den Tod der Schulleiterin hingewiesen hätten, hatten sich bisher nicht ergeben. Für den folgenden Tag verständigten sich die Münsteraner Kollegen auf 8.30 Uhr. Mit den Kollegen der Kreispolizei wollte man sich ab dem Mittag in Rechterfeld treffen. Tim Schaap stimmte mit dem Büro des Bürgermeisters ab, dass die Kommission ab ca. 12.00 Uhr wieder im Ratssaal tagen könne. Da Kathrin Eilers mit ihrem kleinen Niklas einen unabweislichen Arzttermin angesetzt hatte, bat Kattenstroht sie, anschließend direkt zum Rathaus Rechterfeld zu kommen; übrigens hätte er am Dienstagmorgen auch noch eine wichtige, frühe Verabredung. Die Assistentin hatte nur wissend gelächelt – und geschwiegen.

An dem Abend saßen Klaus und Betty Kattenstroht vor dem Fernseher und verfolgten die neueste Folge einer englische Krimiserie, von der Betty behauptete, sie schaue sie nur wegen der wunderschönen Dörfer, der gepflegten Gärten und der skurrilen Typen an. „Eigentlich ist das ein Beitrag zu meiner fachlichen Fortbildung!“, hatte die Anglistin behauptet. Ihr Ehemann befand, dies im Sinne eines ganzheitlichen Lernens mit allen Sinnen abrunden zu müssen. Er hatte seine Whisky-Vorräte durchmustert und sich schließlich für Glenmorangie, einen zehn Jahre alten Highland Single Malt, entschieden: „In die Highlands sollten wir wirklich noch mal fahren!“, hatte er seiner Frau beim Einschenken zugeflüstert. Betty aber hatte das Fernsehgerät leiser gestellt und ließ die schönen Bilder einfach weiterlaufen. Handlung und Dialoge des Krimis waren in der Tat ein wenig schlicht. Die Frage ihres Mannes, ob es denn richtig sei, dass die Kinder in der Schule heute immer weniger lernten, reizte mehr und musste zwangsläufig abendfüllend werden.

Kapitel 9

In den frühen Dienstagmorgen startete Kattenstroht mit einer physiotherapeutischen Sitzung. Klara fasste ihm wieder ins Kreuz, fand genau die richtigen Stellen im Bereich der Lendenwirbelsäule und zwang ihn nachdrücklich zu Bewegungen, die er zwecks Vermeidung von Schmerzen über Wochen unterlassen hatte. Dabei war natürlich das Gegenteil herausgekommen: Neue Pein, gegen die jetzt ein ganzes Team von Medizinern angetreten war. Die heiße Moorpackung bewährte sich erneut. Ziemlich abgekämpft traf der Kommissar gegen 8.15 Uhr im Präsidium ein, machte sich zügig frisch, kochte sich den denkbar stärksten Kaffee und besprach sich dann mit seinen Leuten.

Gemeinsam versuchten sie, die Gespräche mit den Lehrerinnen einzuordnen. Insgesamt zeigte sich ein noch uneinheitliches Bild. Austrup und Pötter berichteten ausführlich über die Vernehmungen der beiden Referendarinnen, die jung und nett, aber, wie Austrup es formulierte, noch nicht im richtigen Film waren. Kathrin Eilers war ziemlich einsilbig. Sie war erst spät heimgekommen zu Mann und Sohn. Sie hatte übersehen, dass just an diesem Montag der Karneval in Reckhölter tobte und die Ortsdurchfahrt gesperrt war. Nur über weite Umwege war sie bis in den Reckhölter Hagen gelangt und dennoch fröhlichen Nachbarn in die Arme gefallen. Die ließen die junge Mutter nicht so ohne weiteres aus und luden sich selbst noch zu einem Umtrunk ins Forsthaus ein. Der hatte sich ausgedehnt. „Weiß eigentlich jemand hier, warum es bei uns so verrückte Karnevalstermine gibt? Die sind doch bekloppt. Die in Rechterfeld feiern vierzehn Tage vor Rosenmontag, die in Reckhölter eine Woche davor, und ich kenne Käffer, die suchen sich die Sonntage oder die Weiberfastnacht aus. Verrückt, so was. Das schmeißt doch den ganzen Kalender durcheinander."

„Du meinst auch, die Münsterländer sollten sich nach den Kalendervorgaben des Westdeutschen Regierungsfunks richten, oder? Demnach wäre Karneval eben dann, wenn die feinen Kölner Gesellschaften ihn verkünden." Kattenstrohts antirheinischer Impetus schwoll mal wieder der Kamm: „Vergiss nicht, es gibt auch so etwas wie die Regionalkultur, und für die gibt es sogar, was nur wenige wissen, im Münsterland wie in allen Regionen Nordrhein-Westfalens eine eigene Politik und pro Jahr sogar ein paar hunderttausend Euro."

„Aber darum müssen die doch nicht den ganzen Kalender durcheinanderwerfen!", wandte Kathrin Eilers ein.

„Das gebe ich zu. Dieses Karnevalsdurcheinander hat irgendwas mit kirchlichem Brauchtum zu tun. Ich kriege das jetzt nicht mehr richtig auf die Reihe, garantiere dir aber in den nächsten Tagen unbedingt Aufklärung!" Kattenstroht blieb tatsächlich mal eine Antwort schuldig, wie seine Assistentin verdutzt feststellen musste.

„Also gut, kommen wir zu unserem Fall zurück. Das Opfer ist eindeutig identifiziert, aber wir haben kein richtiges Packende. Es fehlt vor allem ein Obduktionsergebnis. Wir haben uns zuerst das berufliche Umfeld angeschaut, weil die Sökeland ihre letzten Stunden offensichtlich im Kreise ihrer Kolleginnen zugebracht hat, tanzend wie einst Apollo mit seinen Musen. Ob uns im Kreise der kreisenden oder meinetwegen kreiselnden Juffern überhaupt eine Aufklärung dieses Todesfalls gelingt, bleibt abzuwarten." Kattenstroht registrierte die ob inkorrekter Anspielungen hochgezogenen Augenbrauen seiner Kolleginnen und sah sich zu Erklärungen genötigt: „Gestattet mir doch die Verwendung landeskundlicher Begriffe. Die Lehrerin auf dem münsterländischen Dorf heißt nun mal über Jahrhunderte auf Plattdeutsch die Juffer, womit über ihren natürlichen Zustand nichts ausgesagt ist!" Übrigens glaube er nicht an eine Täterin aus diesem Kreis, fasste Kattenstroht zusammen: „Immerhin bin ich ja auch mit einer Lehrerin verheiratet, und irgendwie passt mir rein vom Gefühl her ein raffinierter Mord nicht in diese Klientel. Sollte es sich um Mord handeln, kann ich mir eine sensible Grundschullehrerin noch nicht einmal im Ansatz als Täterin vorstellen. Die soll auf eine noch unbekannte Weise unser Opfer vom Leben zum Tode befördern, dann die Dame gezielt entkleiden und sie den Tieren des Waldes und den Vögeln des Himmels zum Fraße vorwerfen?"

Er schaute in die Runde, erhielt aber keine merklichen Reaktionen. Das Schweigen seines Teams erschien als Zustimmung. „Betrachten wir unsere Verhörergebnisse von gestern, dann ist überall eine klare Linie zu sehen. Die kann abgesprochen sein, muss es aber nicht: Das Kollegium der CBGGS, so kürzen die sich ja gerne ab, zieht sich an diesem Wochenende zu den schon traditionellen Bildungstagen auf die Bockhorster Höhen zurück. Es kommen alle mit. Sie sind alle ein Herz und eine

Seele. Sie kochen, essen, trinken und reden miteinander. Dann kommt der schöne Pedro und reißt die Damen in seinen Tänzen hin. Sie halten gemeinsam Mahl. Fehlt nur noch, dass der Vollmond über dem Brinketal leuchtet. Dann trennen sie sich, und die Schulleiterin verschwindet im Nirgendwo." Kattenstroht verdrehte die Augen: „Mein Gott, von so viel pädagogischem Harmonie-Gesülze wird einem ja ganz schlecht. Das gibt es nicht, dass bei neun Frauen, die allesamt eine gute Ausbildung und notwendig eigentlich einen klüftigen Kopf haben, nur Friede – Freude –Eierkuchen herrschen. Das mögen die erzählen, wem sie wollen. Bitte nicht mir. Wie war das noch, Kathrin, was bemerkte der Tanzmeister über die Stimmung am Samstagabend?"

Kattenstroths Assistentin räusperte sich: „Er sprach davon, dass eine gewisse Spannung herrschte." Kathrin Eilers blätterte in ihren Notizen: „Pedro hat es nicht ganz verstanden, aber er sagte, es sei um die Arbeit in der Schule gegangen, um Planungen für die Zukunft. Das muss aber schon ein Vorspiel gehabt haben, denn unser Tänzer meinte, die Damen hätten sich schon am Freitagabend oder am Samstagmorgen drüber gestritten."

„Das müsste aber schon verdammt tief greifen. Ich kann mir nicht vorstellen, dass sich akademisch gebildete Lehrkräfte wegen eines Hausaufgabenkonzeptes, wegen einiger Entlastungsstunden oder gar wegen krauser Aufsichtspläne umbringen!", spottete Kattenstroht.

Schaap warf ein, seine Schwester sei auch in der Ausbildung zur Grundschullehrerin und im Referendariat. Das sei manchmal doch ein ganz schöner Schlauch für die jungen Leute. Der Kommissar runzelte die Stirn und fragte laut, ob denn die Schwester Schaap auch schon daran gedacht hätte, ihre Ausbilder zu meucheln. Der junge Kollege grinste: „Unsere Iris ist 'ne ganz Nette! So weit würde die auch nicht gehen!"

„Aber Nickeligkeiten untereinander?", bohrte Kattenstroht nach. „Da dürfte doch einiges möglich sein." Er stutzte: „Wir sollten aber weiterhin die Möglichkeit einbeziehen, dass die Sökeland vielleicht durch einen unglücklichen Zufall ums Leben gekommen ist und hier etwas vertuscht werden sollte."

Damit war klar, dass kriminalistische Breitenarbeit vonnöten war: Aufdeckung der Lebensumstände des Opfers und eine möglichst genaue Analyse seiner Beziehungen.

Da Beucking an diesem Morgen zu einer wichtigen Konferenz ins Landeskriminalamt einbestellt worden war, hatte er seinen Kollegen Ternarde geschickt, der über den Fundort der Cäcilia Sökeland aus der Sicht der Spurensicherung berichtete: „Wenn wir also unterstellen, dass der Fundort nicht der Tatort ist und die Frau bereits tot war, als sie dort abgelegt wurde, setzt das eine Anfahrt von etwa 25 Kilometern, gerechnet ab Haus Bockhorst, voraus. Schaut man sich das Straßennetz an, kann man feststellen, dass der Täter, nennen wir ihn mal so, die Gegend gut kennt. Ohne genaue Ortskenntnis wäre er nie auf diesen abgelegenen Winkel gekommen. Aus den Rodorper Bergen kommt er nur über Umwege dahin, er muss kleine und kleinste Verbindungsstraßen benutzen, weil die größeren Landstraßen anders verlaufen.“ Auf der Leinwand leuchtete die Karte mit dem Straßennetz im östlichen Brinkekreis auf. „Dieser Winkel am Hegemer Bach ist wirklich abgelegen. Die Verkoppelungsstraße, die über die kleine Brücke führt“, hier blendete Ternarde ein Luftbild ein, „hat nur einen Anlieger im Hof Pelkmann.“ Der Zeiger des Pointers huschte über das Luftbild. „Auf der anderen Seite im Süden dann ein verzwickter Anschluss an die Kreisstraße nach Stockhem. Unser Täter muss also diesen Weg genommen haben – und er muss ihn gut kennen, wie wahrscheinlich die ganze Gegend.“

„Gab es noch Spuren im Waldstück selbst?“, fragte Tim Schaap nach.

Ternarde zoomte das Waldstück heran, so dass man nicht nur die kleine Brücke über den Hegemer Bach, sondern sogar die versteckte Lichtung im Büschchen deutlich erkennen konnte. „Da haben wir ein schwieriges Spurenbild. Wir gehen davon aus, dass der Transporteur der Sökeland ganz einfach am Straßenrand geparkt hat. Das war wegen des feuchten Grundes riskant. Wir haben aber keine Abrutscher am Grabenrand und keine Reifenspuren mehr bekommen. Wir gehen im Augenblick davon aus, dass die Tote noch in der Nacht zum vorletzten Sonntag, also vom 19. auf den 20. Februar, dort abgelegt wurde. Was rede ich? Abgelegt? Wer immer sie dort verbrachte, wusste, was er tat: Die Leiche wurde ausgekleidet und so an einen jungen Baum gelehnt, dass praktisch von allen Seiten her Zugriff auf sie möglich war. Dann kamen die täglichen Regenfälle und die recht hohen Temperaturen. Das erklärt den Zustand der Leiche und die Probleme bei den Kollegen der Rechtsmedizin.“

„Ist von den Kleidungsstücken irgendetwas gefunden worden?"

Energisch schüttelte Ternarde den Kopf: „Nichts, nicht einmal eine Socke. Natürlich haben wir die Damen befragt, was denn die Verschwundene an Textilien getragen hat oder getragen haben dürfte. Das ist so die typische Liste an Freizeitkleidung bis hin zur warmen Regenjacke. Zudem haben wir gestern noch gehört, dass auch ein schöner und stabiler Stockschirm aus dem Besitz der Sökeland beim Aufbruch auf Haus Bockhorst nicht gefunden werden konnte. Den hatte sie wahrscheinlich dabei, übrigens auch eine Taschenlampe zur Sicherheit."

Der Kommissar grübelte: „Mal zurück zu einem eventuell existierenden Täter. Hatte der eine Chance, sein Opfer im Dunkeln auszukleiden und dort zu platzieren?"

„Schwierig, Herr Kattenstroht, sehr schwierig. Wir neigen dazu, davon auszugehen, dass die Frau andernorts irgendwie ums Leben kam, dort ausgekleidet, vielleicht sogar in eine Folie gewickelt und dann an den Hegemer Bach gefahren wurde. Die Kleidung ist wahrscheinlich irgendwo verbrannt, die Folie dann ebenfalls entsorgt worden, ohne Spuren zu hinterlassen."

„Noch mal bitte zurück!" Kattenstroht sah weitere Probleme in der Aufklärung. „In der Nacht, in der die Sökeland verschwand, waren wir zwar knapp vor Vollmond oder hatten ihn sogar schon, aber es kam immer wieder zu hoher Bewölkung und auch zu einzelnen Regenschauern. So wie ich das Gelände da gesehen habe, kann der Täter unmöglich ohne Lampe in das Büschchen gekrabbelt sein, schon gar nicht mit einer toten Frau auf dem Rücken. Wir müssen also über die Lichtquelle nachdenken. Dann weiter: Er fährt von Süden, also aus Richtung Stockhem – Rodorper Berge, auf Hegemer zu. Er kommt nach Niederort, und wir müssen prüfen, ob die Leute von diesem Bauernhof auf der anderen Talseite, das ist doch diese Familie Pelkmann, etwas merken oder sehen konnten. Gut, die schlafen in der Nacht wahrscheinlich den Schlaf gerechter Münsterländer. Aber ein Restrisiko bleibt. Dann weiter: Er parkt am Straßenrand und muss sich die Tote aufladen. Was ist, wenn ein weiterer Nachtschwärmer vorbeigesaust kommt? In der Gegend ist Karneval. Manche junge Leute fahren doch Auto, trocken oder nicht, und die Kollegen von der Verkehrskontrolle sind auch nicht ohne. Mich wundert das hohe Risiko, das der Täter eingegangen ist. Ihr könnt mir erzählen, was ihr wollt, der Punkt ist abgelegen, aber das Restrisiko für den Täter erstaunlich hoch!"

„Und wenn er den Platz eben doch gut kannte?", warf Austrup ein. „Mir hat der Schulte Niederort erzählt, sein Büschchen da werde durchaus von jugendlichen Freiensleuten im Frühling und Sommer heimgesucht. Das würde auch den Fund einiger fast verrotteter Kondome erklären, die uns Kollege Ternarde bisher schamhaft verschwiegen hat. Wer immer die Sökeland dort ablegte, er kannte auf jeden Fall den Platz sehr genau. Und wenn ich mir noch eine weitere Bemerkung erlauben darf: Die weite Fahrt in einer solchen Nacht aus den Rodorper Bergen heraus macht dann besonderen Sinn, wenn sie zugleich in gewisser Weise Heimfahrt ist. Sollte mich nicht wundern, wenn unser Täter in Hegemer oder gar in Münster wohnen würde. Aber ohne ein klares Obduktionsergebnis kommen wir nicht weiter."

Ternarde hatte wortlos noch einmal die Karte mit dem Straßennetz eingeblendet und zoomte sie nun so nah heran, dass auch die südöstlichen Randgebiete Münsters sichtbar wurden. Austrups Überlegung machte Sinn und wurde ohne weitere Kommentare akzeptiert. Ternarde griff den Gedanken seines Kollegen auf:

„Auch wir erhoffen uns Hinweise von der Obduktion, ohne die wir absolut nicht weiterkommen. Immerhin hat neben dem Zahnschema auch ein DNA-Abgleich die Identifizierung des Fundes als Cäcilie Sökeland bestätigt."

Kattenstroht runzelte die Stirn und warf Ternarde einen kritischen Blick zu: „Schön, dass ich das auch mal höre! Man sieht mal wieder, wie fix unsere Spurensicherung ist."

Der Spurensicherer grinste breit: „So werden Sie ganz einfach Opfer Ihrer eigenen Empfehlungen, lieber Kollege Kattenstroht. Wer rät uns eigentlich immer wieder, uns doch innerhalb der eigenen dienstlichen Kontakte möglichst breit aufzustellen und uns im Zweifelsfall gegen die Hierarchien zu vernetzen? – Spaß beiseite: Ich hatte Geertsma wegen eines Spurenbildes angerufen, und dabei hat er mir das beiläufig erzählt. Das schnelle Ergebnis ist übrigens nur Ihrer eigenen Gefälligkeit zu verdanken. Sie hatten schon am letzten Dienstag eine Haarbürste aus der Wohnung Sökeland mitgehen lassen. Das hat der Rechtsmedizin sehr geholfen. Die wollen spätestens morgen einen vorläufigen Bericht fertig haben. Aber da scheint nicht viel bei herauszukommen."

Dann schlug er seine Akten weiter auf und ließ einige Bilder vom Fundort aufleuchten, allerdings ohne den Leichenfund einzublenden. „Wir haben an den Stellen, die der Täter benutzt haben müsste, um von dem Weg auf die Lichtung zu gelangen, besonders intensiv nach Spuren gesucht. Da ist vor allem unsere Hoffnung auf Faserspuren an den Fichten, den niedrigen Gebüschen und auch den Rankengewächsen. Auch da spielt der Regen dem Täter in die Hände, so wie bei eventuell denkbaren Fußspuren. Es ist wenig genug, was wir bisher überhaupt gesichtet haben. Darunter viele Tierhaare. Nehmen wir mal nur den Finder, diesen Schulte Niederort, der trug, als wir ihn am Sonntagmittag vernahmen, eine dieser Wachsjacken, wie sie bei Jägern sehr beliebt sind. Da reißt oder reibt sich an Pflanzen kaum was ab, jedenfalls ist so etwas wie eine Spur schwer zu finden und noch schwerer zu identifizieren."

„Also auch da noch kein Weiterkommen.", konstatierte der Kommissar trocken und sah in die Runde. „Wir haben nur eine Leiche und schließen aus den Umständen einigermaßen logisch auf ein Gewaltverbrechen. Aber, Kolleginnen und Kollegen, wir haben noch keine Todesursache, wir wissen nicht einmal, ob es überhaupt eine Gewalttat gab; wir haben keinen Tatort und kein Tatwerkzeug, erst recht keine Motivlage und können von einem Täter nur träumen, weil wir nicht mal wissen, was und wie er es getan haben könnte! Fleck und Kottmann aus unserem eigenen Labor haben nichts zu tun, weil wir ihnen nichts liefern können. Das alles, weil uns die grundlegenden Ergebnisse fehlen." Kattenstroht schaute missmutig in die Runde und schwieg einige Augenblicke. Ternarde und Austrup schlugen ihre Aktenmappen zu. Das Rascheln von Papier und Karton stand im Raum. Mia Kunsleben klapperte mit ihrem Kugelschreiber.

Der Kommissar riss sich aus seinen Gedankengängen geradezu heraus: „Es hilft nichts: Dann mal ran an die kriminalistische Feinarbeit. Kathrin, Kollege Schaap und ich nehmen uns heute Vormittag die Wohnung des Opfers vor. Es wäre schön, wenn uns jemand von der Spurensicherung begleiten könnte. Wir fahren dann im Mittag zu dritt nach Rechterfeld raus und treffen uns da im Rathaus mit Schücking und seinem Team. Dann wollen wir, und das fand ich einen guten Vorschlag, noch einmal zum Haus Bockhorst fahren, nicht mit allen Damen, aber wenigstens mit der Konrektorin und ihrer Vorgängerin. Beide scheinen eine wichtige Rolle zu spielen." Kattenstroht wandte sich seiner Büroleiterin zu: „Frau Kunsleben, es wäre nett, wenn Sie dies Schücking noch mitteilen könnten, dann können wir sofort aufbrechen. Die Schlüssel zur Sökeland-Wohnung habt ihr doch schon einbehalten, oder? Haben wir sonst noch was vergessen?"

Als Antwort wurde die Tür geöffnet, und der Chef schneite herein, unter dem Arm ausgerechnet eine Pressemappe. Er wolle nicht stören, betonte der Präsident, aber er wolle doch wenigstens die Kolleginnen und Kollegen in diesem Fall besonders nachhaltig unterstützen.

„Kriegen wir also die zwei Leute mehr, die wir brauchen?", warf der Kommissar flink ein und landete gleich auf der diplomatisch eleganten Seite seines Chefs: „Mein lieber Kattenstroht, mal wieder ein Fall im Brinkekreis. Das ist doch was für Sie, das ist doch für Sie und Ihr Team ein Kinderspiel. Zudem: Mit so einer guten Pressearbeit, wie sie als Ergebnis Ihrer gestrigen PK herauskommt, können wir uns doch alle sehen lassen. Dafür wollte ich mich besonders bedanken." Er hielt die Sonderseite der Kreiszeitung hoch und wies auf die breite Berichterstattung hin, die von dem Redakteur Frie verantwortet wurde. „Alles prima, nicht ein einziger falscher Zungenschlag drin! Ich wusste doch, dass ich mich bei einer so sensiblen Sache auf Sie verlassen kann."

Dann aber holte er den Artikel eines Boulevard-Blattes mit besonders großen Buchstaben hervor: „Die haben natürlich trotz Ihrer gegenläufigen Bitten Kinder aus der Klasse des Opfers befragt. Da werden alle Gefühle hochgekocht. Bitte behalten Sie das im Auge. Solche Berichterstattungen können im Umfeld kleinerer sozialer Einheiten leider zum Selbstläufer werden."

Kattenstroht machte auf schneidig: „Vor allem dann, wenn wir den Pressefritzen erzählen, dass wir nicht einmal genug Leute haben, eine richtig schlagkräftige Mordkommission aufzustellen!"

Im Auto auf dem Weg zur Wohnung der Cäcilia Sökeland knurrte Kattenstroht noch über seinen Chef: „Der meint auch manchmal, er muss nur einen Schalter umlegen, und schon kriegt er den Fall aufgeklärt. Soll mal auf den Kalender gucken! Die Frau verschwindet in der Nacht zum vorletzten Sonntag. Vorgestern, einen Sonntag später, wird die Leiche gefunden und gestern überraschend schnell als identifiziert gemeldet. Wir haben noch nicht mal ein Obduktionsergebnis, und schon hat er Sorge um seine Presse." Der Kommissar fühlte sich im Maul-Modus anscheinend wohl: „Das hat der Polizist davon, wenn er Verwaltungschef wird."

Schaap, der den Dienstwagen steuerte, erinnerte daran, dass er mit Austrup bereits am letzten Dienstag eine erste Begehung der Wohnung durchgeführt hatte, und Kathrin Eilers ergänzte: „Am selben Nachmittag haben wir den Tänzer in der Schule getroffen."

Kattenstroht fasste zusammen: „Was lehrt uns das? Der Fall startete in der Wirklichkeit mit dem Leichenfund – und der war vorgestern!" Nach kurzem Überlegen schob er nach: „Wir dürfen bei der jetzigen Entwicklung auf gar keinen Fall vergessen, den schönen Pedro noch einmal zu befragen. Und sein Alibi will ich mir wirklich selbst anschauen."

Die Wohnung Sökeland fand sich in einem modernen Apartmenthaus an einer alten Parkanlage. Noch kahle Trauerweiden hingen über dunklen Wassergräben, Enten wackelten über den noch bräunlich-grünen Rasen; im Sommer war dies ein beliebter Spielplatz, auf dem sich immer Kinder tummelten, die hier Ball spielten und unter den Augen ihrer Begleitung herumtoddelten. „Man denkt gar nicht, dass man so dicht am Stadtzentrum ist", wunderte sich Kathrin Eilers. „Aber sag mal, Klaus, was ist eigentlich dieser merkwürdige Unterschied ‚in Mauritz' zu ‚auf Mauritz'? Beides ist immer wieder zu hören."

Das war natürlich für Kattenstroht ein die Stimmung hebender Köder. „Die alte Mauritzkirche und das Gebiet drum herum bilden historisch eine Immunität, also ein eigenes Rechtsgebiet, das früher mit Wall und Graben umgeben war. Zu sagen hatten es hier die adeligen Herren eines eigenen Kapitels. Das Stift wurde aber wie alle geistlichen Einrichtungen unter Napoleon 1810 aufgehoben. Die Ecke hier aber blieb das Zentrum einer eigenen Gemeinde und eines eigenen preußischen Amtes. Wer ‚auf Mauritz' wohnt, wohnt in den Mauern der alten Immunität, also sehr edel; wer ‚in Mauritz' wohnt, wohnt immerhin in der alten preußischen Gemeinde. Vor Jahrzehnten wurde das alles in die Stadt Münster eingemeindet. Da es hier grün ist, unmittelbar Wälder und Felder anstoßen und der Kanal als Münsters größte Sommer-Badewanne ein eigenes Erholungsgebiet ist, wohnen die Leute hier besonders gerne. Also legen die Immobilienfürsten Wert darauf, dass ihr Angebot ‚auf Mauritz' verortet wird. Das hebt das Renommee und natürlich den Preis. Mauritz ist umgangssprachlich damit viel größer geworden als die historische Vorlage. Es hat funktioniert: Mieten und Immobilienpreise sind in den letzten Jahren förmlich explodiert." Der Kommissar schaute neugierig an der schönen Backsteinfassade des dreistöckigen Hauses hoch: „Ich frage mich mal vorsichtig, wie unsere Cilly Sökeland sich als Grundschullehrerin diese Butze hier leisten konnte."

Tatsächlich erwies sich die Butze als Haus mit acht Eigentumswohnungen, von denen zwei im Dachgeschoss lagen. Mit Hinweis auf seinen sensiblen Rücken benutzte der Kommissar den modernen Lift, der durch das von Licht durchflutete Treppenhaus führte. Kathrin Eilers und Tim Schaap stiegen demonstrativ sportlich die Treppen hoch. Auf den Treppenabsätzen hingen gerahmte Kunstdrucke farbkräftiger Bilder von modernen Meistern. Die ganze Anlage wirkte gepflegt – und teuer, wie Kathrin Eilers sich insgeheim dachte.

Die Eigentumswohnung der Cäcilia Sökeland im zweiten Stockwerk entpuppte sich als Quartier von etwa 100 Quadratmetern. Nachdem sie die Siegel entfernt hatten, betraten die Beamten die Wohnung und verschafften sich erst einmal einen Überblick. Von der Wohnungstür, die mit einem Spion versehen war, führte ein recht breiter Flur geradeaus in ein großes, die ganze Wohnungsbreite umgreifendes Wohnzimmer. Am Flur lagen rechts ein kleines Gäste-WC, ein Haushaltsraum und schließlich eine modern eingerichtete Küche. Auf der linken Seite führten drei Türen in ein Schlafzimmer, das Bad und ein verhältnismäßig schmales Arbeitszimmer mit beidseitig angebrachten hohen Bücherregalen. Hier stand vor dem Fenster ein Schreibtisch mit Computer und Bildschirm. Der Flur erhielt natürliches Tageslicht aus dem großen Wohnraum;

über den großen, halbrunden und zum Teil überdachten Balkon fiel der Blick hinaus ins Grüne. Die fast drei Meter breite Glasfront bezog den Balkon und den Park mit seinen hohen Bäumen in gewisser Weise in die Wohnung mit ein. „Nach der Lage zu urteilen, hatte sie hier ab Mittag Sonnenschein. Clever gebaut, das Ganze!", kommentierte Kattenstroht. „Mit dreieinhalb Geschossen etwas zu hoch für Mauritz, aber auch da sorgen die Investoren aus ihrer Sicht für Realitäten."

Passierte man die Glastüre vom Flur zum Wohnzimmer, fand sich auf der linken Seite eine Sitzgarnitur in schwarzem Leder, an den Wänden waren Bücherregale und eine technisch hochmoderne Musikanlage zu finden. Der rechte Teil des Wohnraumes war mit einer mittelgroßen Tischgruppe und einem Sideboard möbliert. Die Möbel hier wie auch im Arbeitszimmer waren anscheinend aus massiver Buche gefertigt: „Die Bücherregale sehen aus wie auf Maß gemacht!", hatte der Kommissar anerkennend genickt und in einigen Fächern die Buchrücken einer kursorischen Betrachtung unterzogen. Auch die Musikaliensammlung fand sein Interesse. Bei der Inspektion eines Faches voller Programmhefte bemerkte er zu Schaap, eigentlich hätte er, Kattenstroht, das Opfer kennen müssen, denn offenbar habe man einen weitgehend identischen Geschmack in Bezug auf Theater und Musik. „Mitglied der Bürgerinitiative für eine Musikhalle in Münster war sie auch!", bemerkte der junge Assistent und tippte auf einen Flyer, der demonstrativ über der CD-Sammlung aufgestellt war. Die Frau werde ihm immer sympathischer, meinte Kattenstroht und setzte sich dann leicht erschöpft auf einen der Stühle am Esstisch. Kathrin Eilers erschien und berichtete, in Bad und Schlafzimmer sei auf den ersten Blick nichts Aufregendes zu finden. Der Kommissar bremste sie: „Ich denke nicht, dass wir jetzt eine ernsthafte Durchsuchung machen. Das überlassen wir, sollte es überhaupt nötig sein, den Kollegen von der Spurensicherung. Wichtig wäre mir der Dokumentenbestand, also Akten zur persönlichen, beruflichen und wirtschaftlichen Situation unserer Cilly."

Kathrin Eilers machte sich erneut auf die Suche, kam kurz darauf zurück und berichtete, sie habe im Arbeitszimmer in einem Unterschrank der Regale seitlich des Schreibtisches eine Reihe von Stehordnern entdeckt, die offensichtlich genau den Wünschen des Herrn Kommissars entsprächen. Das reiche von Urkunden und Zeugnissen über Versicherungen, Beihilfen, Gehaltszetteln und Bankgeschäften bis zu allerhand persönlichen Unterlagen.

„Das sollten wir mitnehmen“, beschied Kattenstroht seine Begleitung. „Ich habe da eben im Haushaltsraum einen ordentlichen Wäschekorb gesehen, den packen wir mal voll und können dann den Kram in Ruhe im Büro durchsehen.“

Während Assistentin und Assistent sich an die Arbeit machten, blieb der in seinen Bewegungen mal wieder retardierte Kommissar auf seinem Stuhl hocken und inspizierte von dort aus die Bereiche der Wohnung, die vor ihm lagen. Sein Blick blieb immer wieder an einem Ölgemälde hängen, das in einer Größe von etwa 100 x 70 Zentimetern in einen fast zehn Zentimeter breiten Rahmen aus dunkelrot gestrichenem Holz gefasst war. Auf den Rahmen waren lebhafte Dekors in Blattgold aufgetragen, die mit ihrem Schwung immer wieder über diesen Rahmen hinauswiesen.

Kattenstroht erhob sich etwas schwerfällig und stellte sich in gemessenem Abstand vor das Sideboard, über dem diese Stadtansicht hing. „Ich muss auch mal wieder zum Augenarzt!“, durchschoss es ihn. Dann wandte er sich den Details des Bildes zu und studierte das, was er sah, intensiv. So fand ihn Kathrin Eilers vor. Gerade hatte sie ihren Kollegen Schaap gebeten, den Korb mit den Akten schon einmal zum Auto herunterzubringen.

Der Kommissar war fasziniert: „Was siehst du, Kathrin?“, begann er, seine Assistentin zu examinieren.

„Einen Platz in einer Stadt im Süden. Viele Kirchen und Türme, ein Brunnen in der Mitte und ein Obelisk. Da ist die Auswahl überschaubar: Wahrscheinlich ein Platz in Rom!“ Kathrin Eilers wollte sich schon abwenden und zum Aufbruch blasen.

„Irgendein Platz in Rom!“ Kattenstroht schüttelte den Kopf und wies nicht ohne Dramatik auf das Bild. „Nicht irgendein Platz in Rom! Der römische Platz als Ouvertüre für die ganze Stadt: Piazza St Maria del Popolo. Hier kommt schon die antike Via Flaminia an, und alle Reisenden aus dem Norden müssen hier durch. Martin Luther hat hier links im Kloster gewohnt und sich über das flotte Renaissance-Leben der Römer gewundert. Für Königin Christine von Schweden wurde, als das gute Kind katholisch wurde, das großartige Tor gebaut, auf dem wahrscheinlich unser Maler saß und skizzierte. Goethe hat hier seine Ankunft und seinen Abschied zelebriert. Übrigens, hier zwischen den beiden so gleich aussehenden Kirchen geht's den Corso herunter. 250 Meter auf der linken Seite, da hat er gewohnt, mit Tischbein, dem Maler."

„Warum bist du eigentlich Polizist geworden? Das frage ich mich immer wieder." Kathrins Eilers' blonde Locken flogen wieder einmal. „Aus dir hätte doch noch was ganz anderes werden können. Professor für Kunstgeschichte – oder Geschichte allgemein. Zur Zeit eures Abiturs stand doch noch alles offen! Jetzt ist unser Klaus gemeiner Münsterländer Bulle!"

Damit konnte die Eilers aber bei ihrem Chef nicht landen: „Du solltest mal Schillers Antrittsvorlesung in Jena lesen. Da spricht er vom Brotberuf, den selbst der philosophische Kopf ausüben darf, um sich über Wasser zu halten. Du weißt genau, dass ich gerne Kriminalist bin. Und", dies ergänzte er nicht ohne einen Anflug flirtenden Charmes, „ohne meinen Beruf hätte ich dich auch nicht kennengelernt. Ich habe einen tollen Job, bin Lebenszeitbeamter, habe jeden Monat abgezähltes, aber festes Geld und kann mich in meiner Freizeit meinen Hobbys und der väterlichen Bibliothek widmen. Stell dir vor, ich wäre Kunsthistoriker geworden. Ich wäre nach Italien gegangen, hätte mich in Rom in eine ‚signorina molto bella' verliebt, hätte meine Doktorarbeit geschmissen und müsste den Rest meines Lebens als Hungerkünstler mehrmals in der Woche völlig desinteressierte Oberstufengruppen aus Deutschland über diese Piazza führen. Grauenhaft! Unterirdisch! – Denk dran: Alles, was man nicht machen muss, fällt leicht! Das zitierte vor kurzem ein mir bekannter Kunsthistoriker, der sich auch in den öffentlichen Dienst geflüchtet hat. Der Rock von Vater Staat ist kurz und knapp, aber er hält warm! Und so erfreue ich mich an so vielen Dingen, die ich mir aussuchen kann und die ich nicht abarbeiten muss."

„Ich will ja nicht drängen, aber da du das Bild nicht mitnehmen kannst, musst du mir wohl oder übel hier vor Ort schon mal erklären, was ich noch zu diesem Piazza kapieren muss!"

Fast befremdet schaute Kattenstroht auf seine sonst so geschätzte Assistentin: „Also bitte. 60 Sekunden. Die Perspektive ist klar. Die Piazza mit den drei Straßen. Links Via Babuino, die führt direkt zur Spanischen Treppe und zur teuersten Einkaufsstraße: Via Condotti. In der Mitte die Via del Corso, rechts die Via Ripetta. Die führt zum kleinen Tiberhafen, und die Pflasterung dieser Straße haben im 16. Jahrhundert die Huren bezahlt, die hier zahlreich wohnten. Anliegerbeiträge im wahrsten Sinne des Wortes. In der Mitte der Brunnen mit dem Obelisken. Von hier aus gehen strahlenförmig die Straßen durch das Rom der Renaissance und des Barock. – Aber das ist nicht entscheidend.“ Der Kommissar holte ein wenig Luft. „Das Bild selbst ist verdammt gut gemalt. Schauen wir mal auf die Kutschen und die Kleidung der Leute. Hier vor dem Haus zum Beispiel, da ist heute eine berühmte Eisdiele. Das Bild ist zweite Hälfte des 19. Jahrhunderts. Noch keine Autos, keine Straßenbahnen. Wenig Menschen, kaum Bewegung. Aber das Licht! Schau mal, wie die Hitze auf dem Platz flimmert. Die Luft kocht ja richtig. Man hört den kühlen Brunnen förmlich rauschen. Es ist Mittag, um Ferragosto, also im August. Die richtigen Römer sind am Meer oder in den Bergen, die in der Stadt bleiben müssen, in der Mittagsruhe.“ Der Kommissar prüfte noch einmal das ganze Bild: „Der Maler hat sich nicht geoutet: Hier unten rechts steht nur sein Monogramm.“ Kattenstroht beugte sich vor und versuchte, die ineinander verschlungenen Buchstaben zu identifizieren: „Ein T und ein A kann ich erkennen. Und die Jahreszahl: 1888. Das war in Deutschland das Dreikaiserjahr. Wilhelm I. starb, Friedrich regierte 100 Tage, und dann kam Wilhelm II., mit dem das ganze Elend begann.“

Der Kommissar lehnte sich wieder zurück. „Das ist verdammt gut gemalt. Der Künstler – oder war es vielleicht eine Künstlerin? – muss den Engländer Turner gekannt oder mal gesehen haben. Er ist nicht so mutig wie Turner und seine Nachfolger, er wird nicht wirklich impressionistisch, aber ein gewisser Schwung ist schon da.“ Kattenstroht schaute auf die Uhr: „Noch etwas zum Zustand: Vor kurzem frisch gereinigt und neu gefirnisst. Der Rahmen ist etwas später, hat schon Anklänge vom Jugendstil, passt aber total gut. Wie kommt so ein Bild, das einiges kosten dürfte, in die Wohnung der Schulleiterin von Rechterfeld?“

Nicht ohne deutliche Bewunderung und mit einem kleinen Hauch Eigenstolz auf sein fundiertes Wissen zog der belesene Kommissar sein neues Handy aus der Tasche und fotografierte das Gemälde, dann versuchte er, das Monogramm gesondert und möglichst groß zu erfassen. „Vielleicht hilft mir Vaters Literatur weiter", bemerkte er bei einem letzten Rundblick durch den Wohnraum.

Im Auto auf dem Wege nach Rechterfeld grübelte Kattenstroht vor sich hin. Tim Schaap steuerte den Dienstwagen, Kathrin Eilers saß auf dem Rücksitz. Plötzlich wandte sich der Kommissar nach hinten und fragte seine Assistentin ziemlich unvermittelt: „Sag mal ehrlich, Kathrin, komme ich eigentlich manchmal ein bisschen eitel rüber?"

Assistent und Assistentin, beide brachen in selbiger Sekunde in schallendes Gelächter aus. Den Grund dafür verstand Kattenstroht tatsächlich nicht sofort.

Im Rathaus trafen sie zur verabredeten Zeit auf Schücking und zogen sich dann in den Sitzungssaal zurück, wo er seine Erkenntnisse ausbreiten wollte. Für jede Teilnehmerin an der Freizeit auf Haus Bockhorst hatte man eine eigene Unterakte angelegt, und der Kreiskommissar zog zunächst kursorisch Bilanz:

„Vorab so viel: Die Aussagen stimmen völlig überein bzw. ergänzen sich sinnvoll, und es gibt auch keine Brüche in den Darstellungen. Die Zeitabläufe sind erfasst und im Detail beschrieben. Der Tagesablauf war klar. Sie haben ab etwa 10.15 Uhr bis 18.00 Uhr mit diesem Tanzmeister gearbeitet. Mittags und in den Pausen gab es übrigens nur Joghurt und Obst, Mineralwasser und Säfte gleich hektoliterweise. Viel Bewegung und alles sehr entspannend. Die Damen berichten übereinstimmend, es sei eine prima Stimmung gewesen."

„Das tat allen Wirbelsäulen gut", kommentierte Kattenstroht bissig und richtete sich etwas mühsam in seinem Stuhl auf. „Wenn aber eine eingeschworene Truppe wie diese derart übereinstimmend dasselbe berichtet, kann man ja wohl getrost vom Gegenteil ausgehen."

Schücking blieb unbeeindruckt: „Dann hat der kulinarisch erfahrene Teil der Truppe das Abendessen vorbereitet: Salate, ein Fleischgericht, Vegetarisches. Als Nachtisch hatten sie Panna Cotta gekocht, gerührt und schon gekühlt mitgebracht. Die beiden Referendarinnen haben die Tafel aufgeschlagen und den Tisch gedeckt. Wir haben übrigens einige Fotos von dem Festmahl." Schücking wedelte mit Klarsichtfolien, die er Kattenstroht über den Tisch zuschob. „Ab 19.00 Uhr haben die Damen mit Pedro im großen Saal gemütlich gegessen, gegen 20.30 Uhr abgeräumt und sich von ihrem Meister verabschiedet. Es ist unstrittig, dass die Sökeland und die schon pensionierte Kollegin Gildehaus den Tänzer draußen auf dem Hof verabschiedet haben. Das war gegen 20.45 Uhr. Offensichtlich haben dieser Pedro und die Gildehaus unser Opfer als Letzte gesehen. Nach seinem Bericht und der Aussage dieser Pensionärin wollte die Sökeland sich noch einmal die Beine vertreten. Sie ist wohl mit ins Vestibül mitgekommen, hat sich dann Mantel, Schal und Regenschirm geholt und ist aufgebrochen. Aber schon diesen Aufbruch hat niemand mehr beobachtet. Sie hat sich auch bei niemandem verabschiedet. Die Gildehaus sagte uns gegenüber aus", Schücking warf einen Blick auf die vor ihm liegende Akte, die Chefin habe auf sie deprimiert gewirkt und eine sehr resignative Stimmung gehabt."

Der Kommissar hatte sich die Fotos nebeneinandergelegt und studierte sie gemeinsam mit Kathrin Eilers. Dann schoben sie Schaap die Serie zu. Kattenstroht räusperte sich: „Die Sökeland ist doch die Dame in der Mitte am Tisch. Da sehe ich aber weder Resignation noch Depression. Die ist doch ganz gut drauf."

Zweifelnd wiegte Schücking seinen Kopf leicht hin und her: „Was wir von der Persönlichkeit der Sökeland wissen, von den Kolleginnen und auch von der Schulsekretärin gehört haben, war sie stets auf Haltung bedacht. Ich glaube, sie tat nichts Unüberlegtes, spontane Reaktionen und Gefühlsausbrüche waren eigentlich nicht ihre Sache. Sie wahrte immer die Contenance, wie es die Gildehaus, die wohl mit ihr am engsten befreundet war, formuliert hat. Eine richtige Dame also."

„Und der Rest des Corps de ballet? Was wissen wir über unsere anderen Ballettratten?" Der Kommissar trieb das Gespräch voran.

Schücking sortierte seine Akten: „Wir haben festgestellt, dass es bei den Lehrkräften dieser Schule wie in jeder Gruppe Parteiungen und Gruppierungen gibt. Wenn man sich dieses Kollegium anschaut, dann sind das ja eigentlich nur acht feste Kräfte inklusive der Schulleiterin. Eine Dame, der Name tauchte hier erst einmal gar nicht auf, ist längerfristig erkrankt und wird mit durchgezogen, wie die das nennen. Die beiden Referendarinnen gehören zwar zum Kollegium und geben auch selbst Unterricht, laufen aber doch schon aufgrund ihrer Jugend auf einer anderen Schiene. Ich habe mir mal die Altersstrukturen angeguckt: Die Konrektorin mit dem langen Doppelnamen: Frau Weldermann gt. Laumann ..."

Schon unterbrach der Kommissar: „Das ist kein Doppelname, sondern ein münsterländisches Bezeichnungs-Spezifikum. Das lassen wir hier besser mal weg."

Schücking machte ungerührt weiter: „Die Konrektorin Weldermann und ihre Kollegin Torck-Dieckmann ..."

„Das ist jetzt ein Doppelname!", warf Kattenstroht ungefragt ein.

„... sind nicht nur von ein und demselben Jahrgang, sie haben auch zusammen studiert, waren im selben Seminar und wurden nach ihren Prüfungen zeitgleich hier eingestellt. Die haben inzwischen eine gemeinsame Dienstzeit vor Ort von 31 Jahren. Der Unterschied zwischen beiden scheint mir die Tatsache zu sein, dass die Weldermann Junggesellin, die Torck-Dieckmann verheiratet ist und Familie mit erwachsenen Kindern hat." Schücking machte eine kurze Pause und griff sich zwei weitere Akten. Die Damen Wedding-Hübers und Bröckling-Kemper, beide Doppelnamen-Damen mit Bindestrich und verheiratet, sind 47 und 48 Jahre alt, gemeinsame Dienstzeit an der Schule: 22 Jahre." Schücking warf einen ironischen Blick auf den Kommissar: „War das präzise genug?" Er selbst verstand die Frage rhetorisch und machte ungerührt weiter. „Das Nesthäkchen im Kreise der verbeamteten Frauen ist nun Tina Lüke: 28 Jahre alt, seit drei Jahren an der Schule. Frisch, munter und locker dabei, jedenfalls machte sie im Gespräch noch den lebendigsten Eindruck. Dann haben wir die beiden Referendarinnen Mary Schalkamp und Anne Hassel. Die beiden Damen, 23 und 24 Jahre jung, sind seit einem Jahr an der CBGGS in Rechterfeld." Der Kreiskommissar überblickte seine Akten und Listen und prüfte, ob er noch jemanden vergessen haben könnte. „Richtig, die Kollegin Bahrenau: Diese Dame ist seit dem letzten Sommer leider schwer erkrankt und fällt wahrscheinlich für das ganze laufende Schuljahr bis zum kommenden Sommer aus. Zurzeit kurt sie in einer Rehaklinik an der Ostsee. Die Schule fängt die Stunden zum Teil über die Referendarinnen auf, dann ist da noch aus dem Vertretungspool eine junge Dame namens Ulla Stermann mit zwölf Stunden. Die war bei dem Treffen auf Haus Bockhorst auch nicht dabei, weil sie das lange Wochenende für einen Kurztrip nach Paris mit ihrem Freund genutzt hat."

„Das war immerhin eine schöne Alternative. Was ist denn dann mit Parteiungen und Gruppierungen?", wollte Kathrin Eilers wissen.

„Das fängt schon mit dem Alter an. Die Schulleiterin ist 60. Die beiden folgenden Damen in etwa derselben Alterskohorte, um das mal im Demographie-Neudeutsch zu sagen, sind 55 Jahre alt. Nehmen wir die pensionierte Konrektorin Gildehaus mit ihren 64 Jahren dazu, dann haben wir eine nette Viererbande: Rektorin, Konrektorin, pensionierte Konrektorin, Studienfreundin! Tatsächlich sind diese vier Frauen seit Jahrzehnten eng befreundet, sie verreisen gelegentlich zusammen, haben einen Kochclub und spielen alle vier Wochen Karten."

„Wahrscheinlich Doppelkopf. Da wird dann alles durchgehechelt und besprochen. Mit vier Stimmen im Vorfeld wälzen die dann ja auch das übrige Kollegium platt!“ Kattenstroht bewies wieder einmal seinen taktischen Verstand.

„Streng genommen haben sie ja nur drei Stimmen. Die Gildehaus ist Pensionärin, aber erst seit einem Jahr in der Ruhephase der Altersteilzeit. Das sagt aber nichts zum Thema Einfluss aus. Entscheidend ist ja oft nicht ein Amt, sondern die Fähigkeit, die richtigen Strippen zu ziehen. Aus der zweiten Reihe schießt es sich zudem besser.“ Der Vortrag Schückings stieß auf Interesse, und aufmerksam hörten die anderen Beamten seinen Ausführungen zu:

„Schauen wir mal weiter. Die im Altersrang folgenden Kolleginnen Wedding-Hübers und Bröckling-Kemper sind verheiratet und haben drei bzw. vier Kinder, davon die meisten im anstrengenden Alter. Logischerweise sind die nicht so auf die Schule fixiert wie die Junggesellinnen, schon gar nicht in einer Phase, wo sie selbst mit Pubimäusen unter einem Dach leben. Wenn wir das richtig sehen, hängen die beiden Damen eng mit dem Führungsquartett zusammen. Dementsprechend trennt die jüngere Frau Lüke praktisch eine ganze pädagogische Generation von der Leitungselite. Die Dame ist mal gerade 28 Jahre alt, verheiratet, noch kinderlos. Sie hat ein Bombenexamen gemacht und nach einem Einsatz in diesem Vertretungspool in Rechterfeld ihre erste feste Stelle bekommen. Sie ist seit wenigen Wochen erst auf Lebenszeit verbeamtet. Von der kollegialen und der Ausbildungsseite her kümmert sie sich am meisten um die beiden Referendarinnen. Eine, die Schalkamp, hat sie mit sechs Stunden zur Ausbildung bei sich in der Klasse. Das junge Fräulein Hassel ist bei der Konrektorin Weldermann angesiedelt. Beide Referendarinnen machen noch sechs Stunden bedarfsdeckenden Unterricht, abgekürzt BDU, in dem sie selbständig in anderen Klassen arbeiten müssen oder meinetwegen dürfen.“

„BDU war früher der Befehlshaber der U-Boote!“, kommentierte Kattenstroht trocken. Er hatte auf einer Kollegiumsliste mitgezählt. „Rechnen wir mal die Kinderzahl von Rechterfeld und die Kolleginnenzahl. Die Schule läuft zweizügig. Die Schulleitung braucht also acht Klassenlehrkräfte. Offiziell machen die Lehrerinnen 28 Stunden die Woche, ein ganz schöner Schlauch. Ich weiß aber auch, dass viele wegen der Familie oder der Gesundheit ihre Stundenanzahl gekürzt haben. Neun Schuljungfern waren auf Haus Bockhorst, davon war eine schon Pensionärin. Da hätten wir – zwei Refis abgezogen – also sechs Vollzeitkräfte vor Ort. Eine ist in der Klinik, die Vertretungskraft in Paris. Bei der Kinderzahl um 200 ist Rechterfeld aus meiner Laienperspektive äußerst knapp besetzt. Die Sökeland musste sich wahrscheinlich seit Jahren eine Klassenleitung aus den Rippen schneiden und selbst noch Stunden geben. Wissen wir wie viele?"

„Zwölf! Zwölf eigene Stunden neben den Aufgaben der Schulleitung!" Schücking meinte, es sei doch gut, dass der Kommissar aus Münster auch dem Schulfach verbandelt sei. So gelange man doch noch zu vertieften Einsichten. Sicherheitshalber habe er aber am Morgen beim Kreis den zuständigen Schulamtsdirektor Behring angerufen und um Rat gebeten. „Der war sehr hilfsbereit, und ich habe sein Angebot, uns etwas gründlicher zu informieren, gern angenommen. Er kann um 14.00 Uhr zu uns stoßen!"

„Klasse Idee!", zeigte sich Kattenstroht von Schückings Vorarbeit angetan. „Da ist ja noch Zeit für einen Kaffee. Ich meine, mich zu erinnern, dass hier gleich um die Ecke ein schönes altmodisches Café ist, wo prima Kuchen gibt. Das schaffen wir in der Dreiviertelstunde bequem – und bringen dem Schulrat auch noch einen Bienenstich mit."

Genau so machten sie es denn auch und trafen sich kurz vor 14.00 Uhr mit dem Schulaufsichtsbeamten. Heinz Behring, um die 60, groß, schlank, sportlich, grauhaarig und Träger einer auffallend modischen Brille, zeigte sich als geschickter und qualifizierter Informant. Er ließ Kattenstroht und Schücking kurz zusammenfassen, was die Beamten bereits in Erfahrung gebracht hatten, und klinkte sich dann bei den verschiedenen Themen ein.

„Sie haben richtig auf die Altersgliederung beim Rechterfelder Kollegium hingewiesen. Nun ist das ein Problem, das wir in allen Schulen im Lande seit den 1970er Jahren haben. In den 1960er Jahren gab es einen gewaltigen Lehrermangel. Man setzte seitens der Landesregierung dagegen mit einer Verbesserung der Situation der Lehrergehälter. Die wurden damals übrigens von denen der Polizisten und Finanzbeamten abgekoppelt. Das Eingangs-, aber letztlich auch das Endamt der Grund- und Hauptschullehrer wurde die Gehaltsklasse A 12."

Kattenstroht sah sich zu dem Einwurf genötigt, Polizisten würden also weiterhin mit dem Beamteneid das Gelübde der ewigen Armut ablegen. Der Schulamtsdirektor überhörte diesen Einwurf taktvoll.

„Man bildete fleißig Leute aus, besonders auch für die Grund- und Hauptschulen, und hat bis zu Beginn der 1980er Jahre mit Blick auf das Ausbildungsmonopol, das ja beim Land blieb, und mit Blick auf den politischen Druck aus vielen Richtungen ganze Ausbildungsjahrgänge eingestellt, ohne auch besonders auf Noten und Leistungen zu achten." Behring rührte ein wenig versonnen in seiner Kaffeetasse. „Natürlich war das Boot irgendwann voll, und man stellte über viele Jahre fast niemanden mehr ein. Das Ergebnis sah man zur allseitigen Überraschung 20 Jahre später, obwohl es ebenso vorhersehbar war wie der Heilige Abend: Es fehlte ein sinnvoller Altersaufbau der Lehrerkollegien, es gab keine Durchmischung der Generationen mehr. Zumeist sind, zumindest in den Landkreisen, heute viele ältere, keine mittelaltrigen, erst wenige junge Leute im aktiven Dienst. Das verheißt auch bei der Verteilung von Lasten und Wehwehchen nichts Gutes. Bestimmte Qualitäten wie bestimmte Beschwerden binden sich vorzugsweise an bestimmte Altersstufen. Die 60 Jahre alte Kollegin haut sich bestimmt nur sehr ungern die Nacht in der Jugendherberge um die Ohren, die 25 Jahre alte Lehrkraft dürfte kaum die Beratungskompetenz für eine schlingernde Familie haben. Dass Leute beruflich ausgebrannt sind, das gibt es zudem überall. Natürlich gibt es in den Schulen wie in allen Arbeitsbereichen die berühmten vier Prozent Suchtkranke. Früher konnte sich ein cleverer Schulleiter darauf verlassen, dass er immer einiges an Stunden in der Hinterhand hatte, um im Plan zu schieben. Heute wird schon bei uns in der Schulaufsicht Spitz auf Knopf gerechnet. Das heißt aber auch: Chef oder Chefin können niemanden mehr verstecken. Die Elternschaft ist dabei mucker bis kritisch geworden und verzeiht der Schule eigentlich nur noch wenig."

Im Anschluss beleuchtete Behring die gewandelte Rolle von Schulleitern. „Sie können davon ausgehen, dass Hierarchien nicht mehr funktionieren. Den Posten zu haben bedeutet nicht zugleich, auch wie ein König agieren zu können. Mal vorsichtig gesagt: So wie Cilly Sökeland in ihrer Schule und in Rechterfeld herrschen konnte, das können heute nur noch wenige – und in Zukunft wird das niemand mehr können. Die Umfelder, das jeweilige Rollenverständnis, die Auftragslage seitens des Gesetzgebers, all das lässt sich nicht mehr hierarchisch organisieren."

„Genauso wenig wie Unterricht?", warf Kattenstroht kritisch ein.

„Genauso wenig!" Der Schulamtsdirektor nickte entschieden. „Die Kinder sind anders geworden, das Leben ist anders geworden, Schule ist nicht mehr das allein bestimmende Element in der Lebenswirklichkeit junger Menschen, sie ist eines von mehreren. Ich sage nur das Stichwort ‚Neue Medien'! Und wie die Elternhäuser mit dem Bildungsauftrag umgehen, das ist ebenso wandelbar wie der Mond. Der ist aber wenigstens noch nach verlässlichen Regeln zu beobachten. In dem Umfeld wird Schule komplizierter, und die Arbeit der Lehrkräfte löst sich von festen Vorstellungen und starren Arbeitsformen. Die Reaktionszeiten von Lehrkräften werden notwendigerweise immer kürzer. Ich muss einräumen, dass auch in Rechterfeld, einer brillant organisierten Schule, die inhaltliche Arbeit von Schul- und Unterrichtsentwicklung – sagen wir mal – aus meiner Sicht eher mit der linken Hand gemacht wurde. Ich bin froh, dass die konzeptionelle Arbeit der jüngsten Kollegin, der Frau Lüke, übertragen wurde und dass die Altersehrenabteilung die junge Dame wirken lässt."

„Das gab keine Konflikte, auch nicht mit der Frau Rektorin?", setzte Kathrin Eilers so vehement nach, als könne sie sich in die Situation der jungen Lehrerin versetzen.

Behring verneinte: „Cilly Sökeland war so clever, dass sie die Frau Lüke agieren ließ. Frau Gildehaus ist schon in den Ruhestand gegangen. Die jetzige Konrektorin, Frau Weldermann, ist in ein paar Jahren so weit. Aus der Mittelabteilung der Rechterfelder Schule ist kein innovativer Schwung zu erwarten. Wir werden jetzt umgehend die Leitungsstelle ausschreiben, und ich werde sie in jedem Fall extern besetzen. Ich hätte gerne einen Mann dort, aber die gibt es als Grundschullehrer ja auch nicht mehr. Wir werden sehen."

„Wie dicht war die Sökeland denn an der Pensionsgrenze?", warf Schücking ein. „Na ja", Behring rechnete, „sie hätte rein rechnerisch noch fast sechs Jahre vor sich gehabt. Vor ein paar Jahren war sie schwer erkrankt und hatte seitdem einen Status als Schwerbeschädigte. Demzufolge hätte sie ohne Senkung der Bezüge zeitnah in Pension gehen können. Das war auch das, wozu ich ihr vor zwei Wochen geraten habe. Außerdem war sie meines Wissens wirtschaftlich ganz gut aufgestellt."

Kattenstroht wandte sich noch einmal an Schücking: „Wissen wir denn, worüber die Damen gestritten haben?"

„Das waren wohl Kleinigkeiten. Ausgangspunkt muss die Einführung eines neuen Leselehrganges gewesen sein, der von Frau Lüke ins Gespräch gebracht und von den Referendarinnen unterstützt worden war. Dann fing aber das Karussell an, sich zu drehen, und hinterher kam das ganze Schulprogramm auf den Tisch. Darüber haben sich die Damen dann zerlegt. Am Ende dürfte die Rektorin gemerkt haben, dass ihr Stern im Sinkflug war, denn außer ihrer Doppelkopfrunde wollte ihr wohl die andere Hälfte der anwesenden Damen nicht mehr folgen."

Es herrschte Stille in der Runde. Schaap tippte mehr als demonstrativ auf seine Uhr und erinnerte an den Folgetermin. Kattenstroht räusperte sich, bedankte sich bei Behring und dem Kollegen Schücking und sah doch sein Kernproblem noch nicht gelöst: „Halten Sie es eigentlich bei all Ihrer Kenntnis und Einschätzung für denkbar, dass der Tod der Rektorin Sökeland in irgendeiner Weise mit dem Tun und Lassen anderer Damen des Kollegiums zusammenhängt?"

Der Schulamtsdirektor zögerte etwas und kam zu einer vorsichtigen Beurteilung: „Da, wo Menschen in Gruppen zusammen sind, kann alles an Gefühlen wirken, von der Liebe bis zum Hass. In einem so kleinen Kollegium mit teilweise sehr starken Persönlichkeiten kann man sich nicht mal aus dem Wege gehen. Da sich die Kollegien speziell durch die schulscharfen Ausschreibungen die Leute gerne ausgucken, ist selbst bei angemessener Altersmischung eine gewisse Versäulung solcher Gruppen denkbar. Aber Gewalttätigkeiten untereinander? Ich weiß nicht: Ich habe zwar schon wahre Mobbing-Exzesse erlebt und bis in die Substanz gehende Streitigkeiten. Ab einem bestimmten Punkt, wo der Schulfrieden gefährdet ist, greifen wir dann schulaufsichtlich ein.

Uns bleibt dann nur das Mittel von Versetzungen aus dienstlichen Gründen. Das führt mit Sicherheit zu Dauererkrankungen und vor das Verwaltungsgericht, und es gibt noch mehr Misshelligkeiten untereinander, aber das Wohl der Kinder muss obenan stehen." Behring hielt an und wog seine letzten Worte sehr fein ab: „Dass eine Kollegin der Rechterfelder Grundschule für den Tod der Rektorin Sökeland mitverantwortlich ist, das ist aus meiner Sicht nicht nur unwahrscheinlich; ich halte es nach bestem Wissen und Gewissen eigentlich für undenkbar."

Kapitel 12

Von Rechterfeld aus fuhren sie hinaus in die Rodorper Berge zum Haus Bockhorst. Kattenstroht steuerte den Wagen selbst, weil er trotz des noch mäßigen Frühlingswetters die Landschaft auf sich wirken lassen wollte. Er wählte die ruhige Kreisstraße nach Brinkbergen, bog aber vor dem Ort ab, querte die Autobahn an der Abfahrt „Brinketal" und steuerte auf Stockhem zu. Von dort war es nicht mehr weit bis zu ihrem Ziel. Schücking hatte ein Treffen mit dem Hausverwalter verabredet, jedoch liefen die Polizeiautos etwas zu früh auf, und Kattenstroht nutzte die Wartezeit, um über die seitlichen Terrassen in den Garten und den Landschaftspark von Haus Bockhorst zu gelangen. Mit Kathrin Eilers stand er auf der Freitreppe, die hinunter zum Gartenparterre mit einem Brunnen führte, und genoss den nach Süden völlig freien, durch seitliche alte Bäume gerahmten Blick herunter in das Tal der Brinke. „Dahinten, rechts nach Westen, das ist Reckelsum. Und vor uns, so etwa auf elf Uhr, müsste Edelbroicks Hotel-Schuppen liegen. Da habe ich mir im Wellness-Center den Rücken ausgeklinkt."

„Was sind das denn da unten für merkwürdige Kulturen?", fragte Kathrin Eilers ihren Chef und zeigte auf lange Reihen heckenartig angepflanzter Gehölze, die teils durch Tunnel teils von Planen abgedeckt waren und sich schnurstracks über Hügel und durch kleinere Talgründe zogen.

Der sonst so landeskundige Kriminalist zuckte mit den Schultern: „Sieht aus wie Obstkulturen, oder so was? Müsste man sich näher anschauen!"

Hinter ihnen wurden unter dem geschwungenen Altan die großen Türflügel des Gartensaales von Haus Bockhorst geöffnet, und Schücking stand wie ein Hausherr huldvoll winkend im Portal. In der Zwischenzeit war der Beschließer erschienen und hatte von der rückwärtigen Seite aus den Eingang des schlossartigen Herrenhauses geöffnet. Nun wurden die Vorhänge beiseitegezogen, und Kattenstroht und Eilers betraten so das Haus über die elegante Gartentreppe. Schücking stellte den Beschließer als Friedrich Overhues vor: „Wissen Sie, Herr Kommissar, wir betreuen das Haus sozusagen schon in dritter Generation. Unser Kotten liegt 200 Meter weiter im Wald, und als damals die

Frau Laurids-van Rheder sich dieses Schlösschen leistete, hat sie meinen Opa schon als Gärtner und Betreuer eingestellt. Dann hat mein Vater das 40 Jahre lang gemacht. Jetzt habe ich als Rentner genug Zeit. Und Spaß macht 's auch, so einen schönen Besitz zu betreuen."

„Die Bauherrin ist doch lange tot, wenn ich mich richtig erinnere. Wie ist das denn jetzt eigentlich organisiert?", wollte Kattenstroht wissen.

Schücking spulte seine Kenntnisse zügig ab: „Nach dem Tode der Laurids-van Rheder wurde ihr Vermögen an Geld, Land, Kunstwerken und zwei solcher Kleinpaläste in eine Stiftung eingebracht, die sich kulturellen Zwecken widmen soll. Haus Bockhorst soll immer als Begegnungszentrum gepflegt und erhalten werden. Das aber übersteigt die Möglichkeiten der Stiftung. Die ist nämlich ehrenamtlich organisiert. Deshalb hat man von dort das ganze Haus an einen Banken-Dachverband vermietet, der es als Tagungs- und Ausbildungszentrum nutzt. Zugleich sind die jetzigen Mieter verpflichtet, den Festsaal und die anderen Räume im Erdgeschoss an zwölf Terminen im Jahr für die Kulturarbeit des Landkreises zur Verfügung zu stellen. Dieses Recht ist mit der Kommunalreform von 1975 auf den neuen Brinkekreis übergegangen. Es wird auch wahrgenommen. Ich bin eigentlich im Sommer fast regelmäßig hier oben!"

„Ich auch!", ergänzte der Stockhemer Polizist Ritzmann, der inzwischen dazugestoßen war und die Kollegen vom Kreis und aus Münster herzlich begrüßte. „Haus Bockhorst ist und bleibt einer der schönsten Plätze im ganzen Kreis. Schauen Sie sich doch nur mal um! Die Geschichte mit der Frau Sökeland passt eigentlich gar nicht in so einen Rahmen."

Kattenstrohts Neugierde war aber noch nicht befriedigt. Er ließ sich von Friedrich Overhues durch das Haus führen, studierte beeindruckt das Vestibül, warf einen Blick in die seitlichen Kabinette, die auf der einen Seite als Garderoben dienten und zusätzlich eine zeitgemäße Toilettenanlage aufgenommen hatten. Die beiden Kabinette auf der anderen Seite waren zu einem Raum zusammengefasst worden und hatten eine hochmoderne Kücheneinrichtung bekommen, die unmittelbar an den Festsaal anschloss. „Wenn man genau hinschaut, Kathrin, ist Haus Bockhorst fast so gebaut wie euer Forsthaus. Ein Vestibül mit vier seitlichen Kabinetten in Symmetrie, ein Durchgang genau auf der Mittelachse zu einem zentralen Saal, dann die Gartentreppe oder Veranda. Einziger Unterschied. Der große Kamin hier an einer Seite des Vestibüls. Sonst hätte das derselbe Architekt sein können: Totaler Historismus."

Overhues sekundierte, einen kleinen Prospekt in der Hand. „Das Haus wurde von einem Architekten aus Münster schon vor dem Ersten Weltkrieg geplant und in den 1920er Jahren realisiert. Hier steht, dass es französischen Vorbildern folgt!"

„Na bitte, was ich sagte!" Kattenstroht war's zufrieden. „Wie kam denn die Frau Laurids-van Rheder an die notwendige Kohle für diesen Palazzo?"

„Oh, das war nicht irgendeine. Sie war eine reiche Erbin mit Besitz in Holland und England. Textilindustrie und so, eine Millionärin. Da saß was hinter, aber nicht in Reichsmark. Die Inflation nach dem Ersten Weltkrieg hat der nichts getan. Dabei war sie eine Dame von Welt, die aber mit den kleinen Leuten konnte. Mit meinem Opa und unserm Papa hat sie sogar immer nur Platt gesprochen. Und sie liebte Land und Leute, vor allem das Münsterland. Daher auch die große Stiftung in ihrem Testament."

„Betrachten wir jetzt mal die Übernachtungsmöglichkeiten: Gab es da irgendwelche Auffälligkeiten?", lenkte Kattenstroht den Blick der Ermittler auf ein anderes Thema.

„Ich denke, es ist das Beste, wir schauen uns oben mal um!", schlug Overhues vor. Gemeinsam stiegen also die Beamten und der Hausmeister die Treppen hoch und besichtigten die Schlafräume, die einfach, zweckmäßig und sauber waren.

„Die Stiftung hat viel Geld investiert und vor zehn Jahren in alle Räume Nasszellen eingebaut. Da mussten wir uns sogar mit dem Denkmalschutz abstimmen. Hier oben haben wir acht Räume, können also 16 Personen unterbringen. Bei den Rechterfelder Lehrerinnen waren es ja nur neun Damen. Zwei haben in einem Raum gemeinsam geschlafen, die anderen sieben hatten also je ein Einzelzimmer", erinnerte sich der Beschließer.

„Wie ich die Institution Schule kenne, mussten die beiden Referendarinnen eine kleine Bude ohne Aussicht in die Landschaft beziehen, wetten?“, knurrte der Kommissar. Schücking schaute in seine Akte und nickte bestätigend: „Passt! Wette gewonnen!“

Gemeinsam ließen sie sich die Verteilung der Schlafplätze vorstellen, konnten daraus aber keine weiteren Schlüsse ziehen. Die genauen Kontrollen speziell des Zimmers der verschwundenen Schulleiterin durch die Spurensicherung hatten keine Besonderheiten ergeben, und die Habe der Sökeland war inzwischen von einer Kollegin abgeholt worden.

Nachdenklich betrachtete der Kommissar die pastellfarbenen Tapeten im Flur, auf denen klassische Kupferstiche mit italienischen Landschaften einen mediterranen Charme verbreiteten: „Kann man sich vorstellen, dass hier jemand in der Nacht noch Besuch empfangen hat?“

Der Hausmeister verwies auf die automatische Schließung des Hauses: „Ab 22.00 Uhr kommt man, wenn es nicht anders geschaltet ist, nur mit einem der Generalschlüssel wieder ins Haus. Ich habe vier zusammen mit den Zimmerschlüsseln ausgegeben, einen habe ich bis jetzt nicht wiedergekriegt. Den muss die Frau Sökeland bei sich gehabt haben.“

„Ist es vorstellbar, dass eine der Damen eventuell noch nächtlichen Besuch zu sich bittet?“, überlegte Schücking. „Immerhin sind sie in Einzelzimmern untergebracht. Die Referendarinnen allerdings teilen sich ein Zimmer. Da unterstellen wir mal normales Sozialverhalten.“

„Na, wie wäre mal Folgendes?“ Kattenstroht entfaltete wieder einmal seine Phantasie: „Unser „chef de ballet“ fährt mit seinem Auto los, parkt es einen Kilometer weit an der nächsten Waldesecke und macht sich auf Freiersfüßen zurück nach Haus Bockhorst auf den Weg. An der Garderobe ist zu späterer Stunde ein Fenster nur angelehnt, und schwupps: Hell sang die Nachtigall ihr Liedchen in die Nacht! Die Liebe ist eine Himmelsmacht!“

„Es fehlt dann nur noch, dass die Sökeland das Glück entdeckt, stutenbissig agiert und im Eifer des Geschlechtes gemeuchelt wird!“ Kathrin Eilers schüttelte ebenso ungläubig wie abfällig den Kopf. „Das glauben die Herren doch selber nicht! So einen Quatsch, können sich meine Kollegen nicht mal realistisch in die Gefühlslage von Frauen versetzen?", ärgerlich wandte sich die Assistentin ab und stieg schon mal die Treppe zum Vestibül hinunter.

„Wieso? Habe ich die psychologisch fundierte Volksweisheit von den alten Scheunen zu vertreten, die umso besser brennen? – Glaubt mir, diesen Don Pedro schaue ich mir noch mal ganz genau an." Der Kommissar war krampfhaft bemüht, seinen Ideen eine gewisse Seriosität zu verleihen. Erfolg erntete er allerdings damit nicht.

Also versuchte er abzulenken: „Wie lässt sich denn ein Haus dieser Art mit 16 Schlafplätzen führen?", wandte er sich wieder dem Hausmeister zu. „Die Küche und der Saal sind doch auch auf eine größere Gruppe angelegt."

Overhues nickte: „Hinter dem Wäldchen, außerhalb der Blickachse von Haus und Park, haben wir seit zehn Jahren ein modernes zweigeschossiges Bettenhaus stehen. Da kriegen wir in 15 Zimmern noch einmal 24 Betten hin. Sechs Einzelzimmer und neun Doppelzimmer. Da war aber am vorletzten Wochenende keine Belegung."

Vom Treppenhaus aus führte eine große Tür auf den Altan hinaus, wo der Blick ins Tal noch einmal überhöht wurde. Die fünf Polizisten und der Hausmeister betraten die geflieste Fläche, stellten sich in Grüppchen an das schmiedeeiserne Geländer und genossen den Ausblick ins Tal, das langsam in Dämmerung und Dunst zu versinken begann. Längst waren vielerorts die Lichter aufgeflammt.

„Wie sieht es hier eigentlich mit Verbindungswegen aus?", wollte Kattenstroht wissen, und schon schlug Schücking eine Flurkarte mit kleinem Maßstab auf.

Overhues war fix: „Anfahrt mit dem Auto ist nur auf der Bergstraße möglich, an der sonst nur noch unser Hof hängt. Das ist 'ne Sackgasse. Unten am Berg liegt ein Parkplatz. Bis dahin, da steht ja auch unser Tor mit den großen Pfeilern, ist die Straße öffentlich. Vom Parkplatz gehen dann Wanderwege ab. Man kann auf Pättchen eigentlich rund um den Berg und um Haus Bockhorst gehen und sich den Park anschauen. Wir haben aber bis heute den geschlossenen festen Zaun und einen Parkzugang nur über die seitlichen Terrassen unmittelbar am Haus. Wir wollen hier im Park eigentlich keine Touristen sehen, höchstens Hausgäste. Natürlich lässt sich nicht verhindern, dass auch mal einzelne Wanderer oder auch spielende Kinder über den Zaun gehen, aus Neugierde, Unkenntnis oder Dreistigkeit; aber im Prinzip haben wir Ruhe und im Park an den Brunnen und Lauben bis jetzt keine Schäden. Zum Glück!"

„Und die Wanderwege, haben die Anbindungen?"

„Na klar!", wies Schücking auf die Karte. „Die Pättkes auf den Rodorper Höhen sind mit dem Hauptwanderwegnetz des Westfälischen Heimatbundes verknüpft. Die Anbindungen gehen in alle Himmelsrichtungen. Ob aber die Wege in einer Februarnacht so besonders angenehm sind, wage ich zu bezweifeln. Die meisten haben maximal eine wassergebundene Decke und Asphaltbelag nur auf den Verkoppelungswegen. Außerdem wissen wir nicht, wohin Cilly Sökeland getippelt ist und ob sie doch noch jemanden zwecks einer Weiterreise getroffen hat. Wir wissen nicht, ob sie zum Haus zurückgekehrt ist. Sie konnte mit Regenjacke, Taschenlampe und Stockschirm von der Bockhorster Höhe in jener Nacht praktisch in jede Richtung auskneifen."

„Oder abtransportiert werden. Also ist auch hier mal wieder alles nach allen Seiten offen", resümierte Kommissar Kattenstroht. In seiner Ermittlung sah er noch immer kein wirklich ermunterndes Packende. Dementsprechend befand sich seine Stimmung im Sinkflug.

Noch auf dem Vorplatz von Haus Bockhorst bimmelte sein Handy. Es meldete sich der Redakteur Frie von der Kreisausgabe der Regionalzeitung. Ob man sich nicht doch zu einem kurzen Gespräch über den Fall Sökeland treffen könne. Selbstverständlich streng vertraulich, selbstverständlich ohne Einschaltung der Pressestelle und selbstverständlich außerhalb der Kladde!

Eigentlich hatte Kattenstroht an solchen Gesprächen keinerlei Spaß. Normalerweise mied er die Pressefritzen wie der Teufel das Weihwasser. Jedoch angesichts der noch völligen Offenheit seiner Ermittlungen geriet er jetzt ins Wanken. Immerhin war Cäcilia Sökeland bereits vor zehn Tagen verschwunden, ohne dass die Polizei irgendetwas Substantielles in der Hand hatte. Was konnte es schaden, ein paar Hintergrundinformationen zu bekommen, ohne selbst welche weiterzugeben? Zudem wäre eine Negativ-Kampagne durch die Presse das Schlimmste, was jetzt passieren könnte.

Der Kommissar überwand sein Unwohlsein, fand es jedoch besser, diesen Kontakt für sich zu behalten. Also zog er sich mit seinem Handy an den Rand des Parkplatzes zurück und traf die Verabredung, ohne seine Kollegen darüber in Kenntnis zu setzen.

Ein Café am belebten Hauptbahnhof in Münster wurde als Treffpunkt für den frühen Mittwochmorgen ausgemacht.

Kapitel 13

Es war noch dämmerig und etwas kühler geworden, und es nieselte sogar ein wenig, als sich der Kommissar am nächsten Morgen auf den Weg zu dem ungewöhnlichen Treffen machte. Er stellte seinen Wagen in einem Parkhaus hinter dem Hauptbahnhof ab und tauchte in den Pulk der Pendler ein, die mit den verschiedenen Bahnlinien in die Provinzialhauptstadt einfielen, um zu ihren Geschäften, Praxen und Dienststellen zu eilen. Nachdem Kattenstroht den Tunnel unter den Gleisen und die Haupthalle des Bahnhofsgebäudes passiert hatte, schlug er sich sogar den Mantelkragen hoch und kam sich dabei vor, als eile er zu einem konspirativen Treffen.

Das moderne Café, auf das er sich mit dem Redakteur geeinigt hatte, lag unmittelbar dem Hauptbahnhof gegenüber, war hell erleuchtet und durch große Frontscheiben größtenteils einsehbar. Allerdings waren die Sitzgelegenheiten durch Trennwände gegliedert und zu des Kommissars Erleichterung hatte Frie sich einen Platz im Hintergrund des Gastraumes gesucht, der von außen nicht einsehbar war. Der Redakteur saß vor einem großen Pott Kaffee und blätterte interessiert in einer überregionalen Tageszeitung. Als Kattenstroht an seinen Tisch trat, blickte Frie kurz auf, erhob sich aus der Enge von Bank und Tisch und grüßte seinen Gesprächspartner freundlich: „Wie wär's mit einem Pott Kaffee? Der ist hier wirklich sehr gut!"

Kattenstroht freute sich, dass die benachbarten Plätze unbesetzt waren und dass der Redakteur ihn weder mit Namen noch Funktion angesprochen hatte. Er nickte nur kurz und bemerkte: „Kaffee wäre in Ordnung. Und die andere Zeitung ist besser als unser Blatt?" Dabei deutete er auf das überregionale Journal, das Frie just an die Seite legte.

Der winkte zunächst der Bedienung an der Theke zu, hielt seinen Kaffeepott hoch und erledigte seine Bestellung mit zwei ausgestreckten Fingern. „Ach, die Kollegen kochen auch nur mit Wasser, aber sie haben manchmal eben doch einen anderen Blick oder was anderes im Stehsatz. Übrigens danke, dass Sie kommen konnten. Ich weiß, dass das nicht selbstverständlich ist."

„Und ich weiß nicht, warum ich Ihre Einladung angenommen habe", seufzte Kattenstroht, während er Jacke und Mütze ablegte und sich hinter den Tisch klemmte. Sorgfältig achtete er darauf, der Tür und der

Theke den Rücken zuzukehren. „Mal ehrlich: Wir stehen mit unseren Ermittlungen ein wenig im kurzen Hemd da. Das Opfer ist vor elf Tagen verschwunden und wurde vor vier Tagen tot aufgefunden. Mehr habe ich nicht, mehr weiß ich nicht, und selbst wenn ich Ihnen was erzählen wollte, könnte ich das nicht, weil ich nichts Substantielles vorzuweisen habe."

Der Redakteur deutete ein Lächeln an und begann, mit seiner kleinen Brille zu spielen: „Und warum sind Sie dann trotzdem hergekommen?"

„Das muss ich Ihnen doch nicht erzählen. Immerhin traue ich Ihnen zu, dass Sie Hintergründe kennen. Bei allem, was ich bisher sehe, ist mir die Rechterfelder Fassade zu glatt. Die Schule ist ordentlich, die Schulleiterin patent, führungsstark und präsent, die Kolleginnen spuren, die Schule hat ordentliche Ergebnisse. Ein paar interne Reibereien fallen nicht auf. Der persönliche Hintergrund des Opfers, soweit ich das sehe, ist geordnet. Die Kriminalistik lehrt uns, dass 95 % der Opfer ihren Mörder kennen. Aber ich sehe da nichts, was mich bisher stutzig machen sollte, oder sehen Sie was?"

Der Journalist lächelte der Kellnerin freundlich zu, die gerade zwei große Tassen mit heißem Kaffee auf den Tisch stellte. Sorgfältig öffnete er ein Tütchen Zucker und ließ diesen in den Kaffee rieseln: „Sagen wir mal so: Cilly Sökeland war schon eine ungewöhnliche Frau, und ich habe das Problem, zu der Trauerfeier in der kommenden Woche einen Nachruf für mein Blatt schreiben zu müssen. Es gibt aber noch keine Freigabe der Leiche, keine Erklärung zur Todesursache und auch keinen Termin für die Beisetzung. Ich hänge aus meiner Sicht also auch in der Luft. Ich dachte mir, ich versuche, dieses Gefühl einmal mit dem Herrn Kommissar Kattenstroht zu teilen."

„Haben Sie denn was mit der Beerdigung zu tun?" Jetzt wurde der Kommissar doch aufmerksamer: „Verwandtschaft oder Bekanntschaft? Oder sind Sie Rechtsnachfolger meines Opfers?"

„Nichts dergleichen. Ich kannte Cilly nur sehr gut. Sehen Sie, ich kam vor knapp 20 Jahren in die Kreisredaktion. Zwar sollte man auch als Journalist mal häufiger wechseln, aber ich bin gerne dort im Brinkekreis unterwegs. Ungefähr zur gleichen Zeit wurde die Cilly Sökeland Schulleiterin in Rechterfeld. Muss ich Ihnen erzählen, welche Scheu oder welche Bewunderung manche Leute angesichts unseres Berufes empfinden? Man hält uns mit unserem Blättchen für die Henker, Lenker und Herren der öffentlichen Meinung. Dabei habe ich es immer mit Oscar Wilde gehalten, der mal geschrieben hat, eine öffentliche Meinung gebe es nur dort, wo Ideen fehlten!“

„Andererseits ist es doch die öffentliche Meinung, die dein Treiben überwacht!“, warf der Kommissar ein. „Hatten Sie denn Probleme mit ihr – oder gar der Frau Rektorin?“

„Nichts dergleichen. Ich habe damals, nach der entscheidenden Schulausschuss-Sitzung in Rechterfeld, ein erstes Porträt der neu gewählten Schulleiterin Cäcilia Sökeland geschrieben. Wir haben uns zwei, drei Stunden unterhalten – und waren uns vom ersten Augenblick an sympathisch. Ich hatte mal einen Chef, der meinte immer, ein cleverer Behördenleiter müsse einmal im Jahr mit den Pressevertretern um die Pöste ziehen und auch die Zeche zahlen. Cilly Sökeland tat genau das. Einmal im Jahr gingen wir diskret zusammen was essen, meistens ins Landhotel Edelbroick oder hier in Münsters besten Fress-Tempel. Sie lud ein, sie hatte Stil, sie brachte Zeit mit. Sie hat mich informationell nie beschissen, ich habe sie nie hereingelegt. Zusammen haben wir damals zum Beispiel die öffentliche Meinung für den Grundschulneubau gemacht.“

„Ach, also doch öffentliche Meinung“, entfuhr es dem Kommissar, „war das denn keine gute Idee?“

„Und was für eine, aber stellen Sie sich mal den Gemeinderat von Rechterfeld vor 20 Jahren vor. Alle Herren sind schon da, alle Herren, alle! Da kommt so eine junge Schulmeisterin aus der Stadt daher, ist ein halbes Jahr im Amt und will einen Schulneubau haben. Hat man so etwas je gehört? Und überhaupt, da kann ja jede kommen! Das hat's in Rechterfeld noch nie gegeben, was rede ich: Im ganzen Brinketal nicht.“ Frie lachte leise über seinen eigenen Rückblick.

„Und wie ging es aus?“, wollte der Kommissar wissen.

„Die Grundsteinlegung war im Folgejahr im Spätsommer, Einweihung war etwa ein starkes Jahr später. Der brillante Architekt kam aus Münster. Das lief alles wie geschmiert. Der Baulöwe aus Rechterfeld hatte enorme Probleme, überhaupt noch den Auftrag für seine Firma zu retten. Zu unserem Glück saß er im Gemeinderat in der Mehrheitsfraktion. Bevor er unter dem Feuer der vielen Elternleserbriefe sein Geschäft wegschwimmen sah, hängte er sein Mäntelchen in den Wind. Dann hatte die Sökeland als Nächste Bürgermeister und Amtsdirektor an der Angel. Es lief auch prima beim Landrat und beim Regierungspräsidenten wegen der Landesförderung. Es waren gute Jahre damals. Und die Sökeland hatte das alles im Griff!" Frie schaute etwas betrübt: „Mich natürlich auch, jedenfalls für viele Jahre."

„Und was war mit Gegnern?", fragte Kattenstroht nachdenklich.

„Ach, wissen Sie: Cilly Sökeland war eine Dame. Sie war hoch gebildet und fuhr eigentlich mit dem Job einer Grundschulleiterin weit unter ihren Möglichkeiten. Sie kam aus einem guten Stall. Ihr Vater war irgendwie wirtschaftlich hochklassig verbandelt und hat ihr angeblich auch ein ordentliches Vermögen hinterlassen. Sie musste den Schuljob nicht machen, schon gar nicht bei uns auf dem Lande, war aber mit dem Herzen dabei. Sie war Lehrerin durch und durch. Für ihre Schule und für ihre Schulblagen tat sie einfach alles. Sie hatte immer Mittel und Wege, Geld für ihren Schulalltag und die Programme aufzutreiben. Sie hatte irgendwo einen blauen Beutel im Tresor, prall gefüllt mit schwarzer Kohle. Und übrigens – auch immer einen hervorragenden Braunen im Schreibtisch. Cognac, aber vom Besten, der war in eingeweihten Kreisen legendär. Kam mal wieder eine Kollegin verzweifelt heulend und jammernd über die schlecht erzogenen Kinder fremder Leute zu ihr rein, kamen erst mal zwei Gläser auf den Tisch. Manchmal wurde auch die Presse so getröstet."

Der Kommissar kannte die Geschichte zwar schon, zeigte dies aber nicht und machte auf misstrauisch: „Verkappte Alkoholikerin etwa?"

„Nichts da! ‚No drugs' und ich denke auch ‚no sex'. Überzeugte Junggesellin! Rock'n Roll, ja! Sie war begeisterte Musikfreundin und lag ständig in Theatern, Konzerthallen und auf Sommerfestivals. Für mich war das sehr bald klar: Für Rechterfeld war die eine Nummer zu groß."

„Und doch ist sie geblieben." Kattenstroht schaute auf: „Woher dann der Rat der Schulaufsicht, sie solle vorzeitig in den Ruhestand gehen?"

„Ach, Sie haben mit Schulrat Behring gesprochen!" Der Journalist war auf dem Stand. „Ich hörte davon." Er machte eine kleine Pause: „Hat er Ihnen denn was von den schlechten Stimmungen und Hintergründen erzählt?"

Der Kommissar schüttelte den Kopf: „Ich hab wohl nicht richtig zugehört. Es ging intern wohl um Leselehrgänge, neuere pädagogische Entwicklungen und schulische Konzepte!"

„Na klar, Konzeptionitis gravissima", grinste der Journalist. „Der Schulkrieg im westlichen Brinkekreis soll natürlich unter der Decke bleiben. Dabei hat der mehr Stimmung gemacht als irgendwelche Kopiervorlagen zum Vorlesen oder Lesenlernen."

„Um welchen Krieg geht es?" Kattenstroht zog die Augenbrauen hoch.

„Sie haben die Karte vom Brinkekreis im Kopf?" Der Journalist zog ein Notizblatt hervor und legte eine Strichzeichnung an: „Hier unsere geliebte Provinzialhauptstadt. Die Autobahn, im Osten unsere Kreishauptstadt. Auf der westlichen Seite bitte erst Reckhölter, weiter nach Süden Rechterfeld und schließlich Brinkbergen im Tal. Drei Gemeinden mit jeweils einer eigenen Struktur über Jahrhunderte, mit Kirchengemeinden, Schulgemeinden und Schützenvereinen. Die waren sich alle selbst genug, und einmal im Jahr gab es auf dem Schützenfest ein bisschen Döllerei. Wie sagen die in Brinkbergen? Wen der liebe Gott straft, dem gibt er eine Frau aus Reckhölter. Dasselbe sagen die aus Rechterfeld von den Frauen aus den anderen beiden Gemeinden, und alles gilt dann für alle drei vice versa!"

Kattenstroht brummte vor sich hin, das sei nichts Besonderes: „Gibt's anderswo aber auch!"

„Richtig", stimmte Frie zu, „aber jetzt kommt seit einigen Jahren die demographische Katastrophe oder, wie man verharmlosend sagt, der demographische Wandel. Auch die münsterländischen Familien kriegen nicht mehr so viele Kinder. Durch die Autobahnabfahrt bei Reckhölter, am nächsten nach Münster, ist ausgerechnet dieses Kaff in Vorsprung gegangen. Neubaugebiete, Zuzüge vor allem junger Familien mit Kindern, steigende Schülerzahlen verschieben die gewohnten Gewichte. Die Grundschule in Reckhölter platzt aus allen Nähten, die in Brinkbergen hält sich noch so gerade, die in Rechterfeld wird immer kleiner. Als Cilly Sökeland anfing, hatte sie fast 300 Kinder in ihrem Bestand. Heute sind es noch rund 200. Das hat auch zur Folge, dass die Schulleiterin selbst mehr Unterricht machen muss. Viel wichtiger ist aber, dass es zwischen den drei Gemeinden Streit um die weiterführende Schule gibt. Der Gemeinderat in Reckhölter peilt offen eine eigene Gesamtschule an, weil ihm zu viele Kinder nach Münster fahren. Die Hauptschule in Rechterfeld blutet aus, viele Kinder gehen nämlich auf direktem Weg zu weiterführenden Schulen in die Kreisstadt. Jetzt denkt man dort über eine Sekundarschule nach. Die Brinkbergener kungeln aber auf der anderen Seite mit denen aus Reckhölter wacker gegen die Rechterfelder Kommunalpolitik. Dabei sind in allen Räten klare Mehrheiten klassischer Art gegeben, für die früher eine Gesamtschule oder eine Gemeinschaftsschule sozialistisches Teufelszeug war. Aber wie sagte doch ein Minister mit Geburtsschein aus dem Münsterland? Früher haben sie sich die Kühe geklaut, heute klauen sie sich die Kinder! Der Zweck heiligt irgendwann doch die Mittel."

„Und was treibt unsere Grundschulrektorin in dem Gekungel?"

„Sie hat aus meiner Sicht den klarsten Kopf in der Frage. Sie sitzt als beratendes Mitglied im Schulausschuss, schießt weniger für die eigene Schule als für Rechterfeld. Der Behring will einen Schulentwicklungsplan, bei dem die klassische Rolle dieser Gemeinde abgeräumt wird. Natürlich wehren sich die Rechterfelder, und Cilly Sökeland hat wie eine heilige Johanna für ihren Schulstandort gekämpft, obwohl sie ihren Wohnsitz gar nicht vor Ort hatte. Ich war in einer Reihe von öffentlichen Sitzungen und Bürgerversammlungen, an denen die Sökeland mit ihrer Entourage aufgetreten ist. Schneidig, kann ich nur sagen. Und sie hat sich Feinde gemacht."

„Aber wegen einer Schulreform entführt man doch keine Lehrerin! Vom Umbringen ganz zu schweigen." Kattenstroht war nicht überzeugt.

„Nein, aber Feindschaften entstehen auf merkwürdigste Weisen. Wenn ich mir die Stimmungen in den Gasthäusern der drei Gemeinden anschaue, das Hisshassen in den Versammlungen, die Berge von Leserbriefen, die ich schon gar nicht mehr ins Blatt rücke, dann weiß ich, dass da ein Potential drinsteckt, das man nicht unterschätzen sollte. Cilly Sökeland hat immer ein offenes Wort und intellektuell eine scharfe Klinge geführt. Eben eine kluge Frau. Das reicht doch für gewisse Leute als Grund, jemanden zu hassen.

Der Kommissar schwieg, schaute versonnen auf seinen Kaffeepott und versuchte, sich ein Bild zu machen. Dann räusperte er sich: „Auf jeden Fall war diese Rektorin keine graue Schulmaus, das habe ich immerhin schon kapiert!“ Er trank aus, stand auf, griff zu Jacke, Mütze und Schal und verabschiedete sich von dem Redakteur.

„Ausnahmsweise, aber nur ausnahmsweise, dürfen Sie mich auf meinem Handy anrufen, wenn es ganz wichtig ist. Hier ist meine Karte, die Handynummer steht handschriftlich hinten drauf.“ Kattenstroht lächelte: „Sie sind der erste Journalist, dem ich so etwas anbiete!“

Frie lächelte breit. Diese Ehre sei er sich jetzt aber sehr bewusst: „Die Karte wird doppelseitig verglast eingerahmt und in mein Büro gehängt.“

Kapitel 14

Auf dem Flur des Präsidiums traf Kattenstroht seinen Assistenten Tim Schaap und grüßte ihn mit einem Anflug von Unmut: „Mir ist da was eingefallen. Wer bringt eigentlich unsere Frau Sökeland zur letzten Ruhe? Was ist mit Verwandtschaft? Hat Kathrin eigentlich nichts rausgekriegt?" Das sei ihm eben erst alles im Wagen eingefallen, log er wacker drauflos.

Schaap war nicht präpariert und verwies auf den Korb mit Akten, den man am gestrigen Dienstagnachmittag aus der Wohnung des Opfers mitgenommen hatte. „Kathrin kann doch erst heute Morgen anfangen, den Kram zu sortieren. Gestern sind wir schließlich mit dem Korb Papier den ganzen Nachmittag durch den Brinkekreis gejuckelt."

Das ließ Kattenstroht nicht gelten: „Rufen Sie doch bitte mal bei der Frau Gildehaus an, bei der pensionierten Konrektorin. Das war doch die beste Freundin von der Sökeland. Die muss doch wissen, wer da zuständig ist." Ziemlich genervt drehte der Kommissar in sein Zimmer ab, hängte Jacke, Schal und Mütze an die Garderobe und ließ sich vorsichtig in den Sessel gleiten. Der Rücken machte ihm wieder Malessen. Nun kam sein neues Spielzeug zum Einsatz. Er schob einen kleinen Schaltkasten unter der Tischplatte her, bediente eine Taste, und schon senkte sich der Schreibtisch summend auf die zuvor eingestellte Sitzhöhe. Die ausgefeilte Technik hob Kattenstrohts Stimmung schon mal leicht an. Aber er musste sich dennoch etwas quälen, um sich vorzubeugen und den Rechner einzuschalten. Er warf einen Blick auf seine E-Mails, kontrollierte den elektronischen Kalender und schaute seufzend auf seinen Aktenbock. Dann maß er in Gedanken den Abstand zwischen dem Schreibtisch und den aufgetürmten Ordnern, wog ab, welche Schmerzintensität er für die rechtzeitige Durchsicht der Mappen in Kauf nehmen müsste – und verzichtete. Er rollte seinen Stuhl noch dichter an den Tisch, griff zum Hörer und rief Schaap an. Die Tagespost solle bitte sein Assistent durchsehen und nur die Unterlagen heraussuchen, die dem Fall Sökeland zuzuordnen seien. Der Rest müsse eben auf andere Zuständigkeiten verteilt werden.

Wo denn überhaupt die Kunsleben bliebe, und von Austrup oder Pötter sei auch noch nichts zu sehen und zu hören. Hierzu wusste Schaap Bescheid: „Frau Kunsleben liegt mit einer dicken Erkältung im Bett und wird mindestens heute nicht kommen. Die Kollegen Austrup und Pötter helfen gerade Kathrin, die Akten zu sortieren. Sie hat sich dafür den großen Besprechungsraum geben lassen. Und auch das noch: Kathrin möchte heute nicht mit auf Außentermine, sie fühlt sich nicht wohl! Wenn Sie mich fragen, ist das unser nächster Krankheitsfall. Sollte mich wundern, wenn die den Tag im Dienst überhaupt übersteht."

Der Kommissar grummelte was von Ober-Bronchialräten, die man mit heißem Bier abgefüllt ins Bett stecken müsse, sah aber ein, dass miese Laune nicht zielführend wirken würde. Immerhin überwand er sich, Tim Schaap um die Besorgung eines großen Potts Kaffee zu bitten, rief dann Kathrin Eilers zu sich und legte sich seinen Tagesplan zurecht.

Seine Assistentin sah wirklich schlecht aus und stand offensichtlich kurz vor dem Ausbruch eines fiebrigen Infektes: „Ich habe bisher erst die Sachen mit Hilfe von Austrup und Pötter oberflächlich sortiert. Was mir jetzt schon auffällt, ist die Tatsache, dass unsere Frau Sökeland eine verflixt gute Partie war. Sie war die einzige Tochter ihrer Eltern, hat viel geerbt und als Schulleiterin immerhin die Gehaltsklasse A 13 für Beamte gehabt."

„Aber bei den Umständen: Steuerklasse 1, ledig, keine Kinder! Die zahlte sich doch dumm und dusselig an Steuern!", warf Kattenstroht ein.

„Mag sein, sie legte aber auch tüchtig an!" Kathrin Eilers kam jetzt in Schwung. „Überraschung: Das Haus auf Mauritz, in dem sie selbst wohnte, ist ihr Eigentum. Das bedeutete die monatliche Miete von sieben weiteren Wohnungen. Ich habe einen Grundbuchauszug gefunden, der vier Jahre alt ist. Da liegen nur wenige Kredite auf dem Besitz. Sollte mich nicht wundern, wenn sie das Haus weitgehend aus freien Mitteln ihrer Familie bezahlt hat, aus einer Erbschaft vielleicht. Die Eltern hatten richtig was an den Füßen, und die Sökeland war Einzelkind. Verwandtschaft ist noch unklar."

„Weit und breit nicht Huhn noch Hahn? Wo bleiben denn Kapital und Lehen in diesem Fall?"

Schaap warf ein, er habe inzwischen die Gildehaus erreicht und von der erfahren, dass eine weitläufig verwandte Familie für Betreuung im Alter und die Erbschaft, wenigstens zum Teil, vorgesehen war. Vorsorgevollmacht, Testament und Patientenverfügung seien bei einem Notar hinterlegt. Der junge Polizist warf einen Blick auf seinen Notizblock: „Da ist eine Familie Fleitmann gt. Große Konerding in Kerkhövel im Spiel. Die wohnen in der Bauerschaft Northoven."

„Große Konerding, Fleitmann, Schulte Northoven! Wie sagte doch der selige Pastor Reckmann immer: Das sind Namen, die klingen! Da haben wir wieder den ganzen Bauernadel aus dem Brinketal an der Angel", lästerte der Kommissar. „Immerhin werden wenigstens Schaap und ich Landlust verspüren, ein paar schöne Höfe zu sehen kriegen." Dann fügte er nun sorgenvoll hinzu: „Was macht denn deine Gesundheit, Kathrin?"

Die junge Mutter schaute nur gequält auf: „Thomas liegt schon seit Montag flach, Niklas hatte letzte Nacht Fieber, und wenn ich Gertrud Wortmann nicht hätte, ginge es gar nicht mehr. Die treue Seele kommt zurzeit jeden Tag. Es ist zum Glück in der Gärtnerei nicht viel los, und den Marktstand hat ja inzwischen ihr Neffe übernommen."

Kattenstroht erinnerte gut sich an die Gärtnerin von der Reckhölter Aa, die er in seinem ersten gemeinsamen Fall mit Kathrin Eilers kennen gelernt hatte.* Inzwischen waren die beiden so unterschiedlichen Frauen Nachbarinnen und sogar Freundinnen geworden: „Lass den Kram liegen, das Sortieren erledigen dann Austrup und Pötter zunächst mal. Und du fährst jetzt nach Hause und legst dich ebenfalls ins Bett. Kommt doch nichts bei raus! Arbeit unter Fieber!"

Seine Assistentin zögerte noch und erklärte, sie wolle es wenigstens bis zum Mittag probieren. Der Kommissar winkte resignierend ab, ließ sich von Schaap die letzten Unterlagen zum Fall Sökeland erklären und kündigte dann seinen Aufbruch an. Etwas wackelig stand er auf und startete mit einigen Bewegungsübungen. Schließlich bat er Schaap, er möge den Wagen fahren, und machte sich ein wenig unsicher auf den Weg zum Parkplatz.

Eine Stunde später traf er sich im Rechterfelder Rathaus mit Schücking. Der berichtete zunächst von den weiteren Nachsuchen, die man bei Haus Bockhorst gestartet hatte. „Wir haben mit Suchhunden noch

* Vgl. „Stoppelland": Kommissar Kattenstrohts erster Fall

einmal alle Wanderwege abgesucht, die Gräben durchforstet und mit knapp 100 Polizeischülern die Hänge der Bockhorster Höhe nach Süden wie nach Norden abgesucht. Gefunden wurde nichts. Keine Spuren von Frau Sökeland. Der Schirm bleibt verschwunden. Mütze, Schal, Kleidung – nichts!"

„Wie weit sind die Befragungen auf den Höfen gediehen?", wollte Kattenstroth wissen. Schücking wies auf seine Karte: „Es sind der Reihe nach am Fluss etwa ein Dutzend. Die gehen wir seit gestern ab. Bisher haben wir keine Hinweise."

„Dann gilt eben nur: Weitermachen!", fasste Kattenstroht zusammen. Er verabredete mit dem Kreiskommissar Maßnahmen und Befragungen, verabschiedete sich von seinem Kollegen und wurde gleich anschließend zum Rechterfelder Bürgermeister Schmitz gebeten, bei dem er kurzfristig um einen Termin gebeten hatte.

Der Erste Bürger der Gemeinde empfing die beiden Beamten aus Münster in seinem schönen Dienstzimmer, das einen Blick über das Dorfzentrum von Rechterfeld ermöglichte. Kattenstroht umriss, ohne auch nur ein Wort über seine Quellen zu erwähnen, das Bild, das er in den letzten Tagen von der verstorbenen Schulleiterin gewonnen hatte. Müller bestätigte alle Eindrücke seines Besuchers und setzte hinzu: „Frau Sökeland war für unser Dorf, für unsere Gemeinde enorm wichtig. Sie kannte ja praktisch alle Haushalte, alle Kinder von klein auf mit Namen, steuerte viele Familien mit Rat und Tat durch gelegentliche Untiefen und hatte immer eine enorm praktische Ader, Probleme anzugehen. Dabei war sie mit einem politischen Feingefühl ausgestattet, das ich in meinem Gemeinderat nirgendwo sonst gefunden habe. Der Vorteil war, dass eigentlich alle unsere Ratsmitglieder sich wenn schon nicht überzeugen, dann doch beeindrucken ließen."

„Nur den Schulamtsdirektor konnte sie wohl nicht mehr beeindrucken, oder?", warf Kattenstroht ein.

„Der Behring soll mal aufpassen, dass er sich nicht in die Nesseln setzt hier im Brinketal", konterte der Bürgermeister ziemlich scharf. „Schulpolitik vor Ort ist noch immer Sache der Kommunen, nicht des Landes. Als Gemeinden sind wir verantwortlich für die äußeren Schulverhältnisse, wie es so schön heißt. Wir sind die Schulträger. Wir bauen die

Schulgebäude und unterhalten sie. Wir organisieren den Schulbusverkehr. Der fällt uns finanziell immer schwerer. Wir kaufen alles, die Kreide ebenso wie den neuen Computer. Behring soll zusehen, dass er sich nicht zu sehr in unsere Sachen reinhängt."

„Und zwischen der Sökeland und dem Behring gab es Knatsch?"

Müller nickte nachdrücklich mit dem Kopf: „Cilly ist ihm in Sachen der Zusammenlegung von Schulen der Sekundarstufe I im Kreis ziemlich in die Parade gefahren, auch öffentlich. Das wollte der Herr Direktor nicht auf sich sitzen lassen. Aber wenn die Sökeland antrat, dann hatte sie was von dem Mut alter Weiber! Den schönen Begriff habe ich mal in einer Kurzgeschichte gelesen. Der Behring konnte ihr einfach nicht imponieren. Den konnte die Cilly nicht ernst nehmen. Darum ging es. Das hat er ihr übelgenommen."

Kattenstroht überlegte. Einen Augenblick war es still im Raum. Dann fragte er: „Hatte denn eine Seite in der Sache recht – oder lagen beide falsch?"

„Das Thema ist komplex. Wir haben zu wenige Kinder für die vorhandene Infrastruktur. Wir haben gut eingerichtete Kindergärten, Schulen, Sportplätze und Busnetze aufgebaut. Jetzt brechen uns die Kinderzahlen ein. Die Kosten steigen und fressen uns auf, wenn wir nicht zu intelligenten Lösungen kommen. Die Grundschulen sind unstreitig: Kurze Beine – kurze Wege. Das ist der Slogan. Natürlich müssen die Gemeinden bei den weiterführenden Schulen zusammenarbeiten. Gegeneinander klappt es nicht. Wer aber als Erster zuckt in dem Spiel, der verliert. Rechterfeld hat als Schulstandort die zentrale Position im Kreis westlich der Autobahn. Wir haben die besseren Schulgebäude, überhaupt die besseren Voraussetzungen. Wir können und wollen die Sekundarstufe nicht aufgeben. Wir brauchen die Schulen vor Ort, weil ohne sie die Dörfer nicht leben!" Müller erhob sich langsam mit Blick auf die Uhr: „Der Ausgang dieser Auseinandersetzung ist aber noch offen."

„Na ja, das meinen die von Brinkbergen und Reckhölter wohl auch!", schloss der Kommissar das Gespräch.

Im Treppenhaus lief ihnen zufällig der Gemeinde-Archivar Wilmans über den Weg. Herzlich begrüßte er den Kommissar und seinen Kollegen, und erst mit kleiner Verzögerung fiel Kattenstroht wieder ein, welche wichtige Hilfestellung der Lokalhistoriker seinerzeit bei der Aufklärung der Ermordung des Theo Lütke Dreischkamp geleistet hatte.* Der schlaksig wirkende Mann, inzwischen musste er die 50 hinter sich gelassen haben, hatte sich immer noch so etwas wie jugendliche Frische bewahrt: „Und was macht die Suche nach unserer Juffer?", fragte er und erntete dafür einen kritischen Blick von Tim Schaap, der auch gleich meinte, nachhaken zu müssen: „Ich finde den Begriff Juffer etwas merkwürdig, irgendwie despektierlich. Sind Sie mal froh, dass die Kollegin Eilers oder unsere Büroleitung das nicht hören!"

Damit konnte der junge Polizist aber den älteren Archivar nicht einfangen. Noch auf dem Treppenabsatz gab er den Polizisten ein kleines Kollegium über die Geschichte der Mädchenschulen im Münsterland: „Juffer, also hochdeutsch Jungfer bzw. Jungfrau, hat in unserem Zusammenhang nichts mit irgendwelchen biologischen oder sozialen Situationen zu tun. Schulmeisterinnen wurden seit dem 17. Jahrhundert ausschließlich die so genannten ‚Virgines devotessae', also die frommen, einem Gelübde geweihten Jungfrauen. Als nach 1670 in den größeren Gemeinden im Münsterland die Mädchenschulen entstanden, brauchte man Lehrerinnen. Die waren immer Angehörige der so genannten Dritten Orden, die ohne einen Konvent, eine Gemeinschaft also, in der Welt lebten, sich aber an monastischen Idealen von Armut, Keuschheit und Gehorsam orientierten."

„Das heißt also, dass die Gehälter knapp und die Betten kalt waren!", beschied Kattenstroht grimmig.

„Knapp ist gut!", meinte Wilmans. „Wenn ich mir die Einkünfte der Lehrerinnen hier bei uns anschaue, dann halte ich die Gelübde für Heuchelei. Die bekamen so wenig, das glaubt man nicht. Das wichtigste Element war das Schulgeld der Kinder, dann gab es noch etwas Kleingeld aus Kapitalien und das Recht an einem Garten auf der Breide hinterm Dorf. Den durfte die Lehrerin bestellen. Das war's dann. Ach ja, die Wohnung hatte sie noch, natürlich in der Schule, und einen Wagen mit Brandholz aus der gemeinen Mark."

Eifrig berichtete der Archivar, er habe vor einigen Jahren eine Schrift über die 325-jährige Geschichte der Rechterfelder Mädchenschule ver-

* Vgl. „Kuchentage": Kommissar Kattenstrohts dritter Fall

fasst. Wenn Kattenstroht einen Augenblick Zeit habe, könne er ihm eben ein Exemplar der kleinen Arbeit aus seinem Dienstzimmer holen.

Der Kommissar hatte die Zeit und wartete mit Schaap, während er sich sicherheitshalber an das Treppengeländer anlehnte. Der junge Kollege wollte wissen, wie lange denn die Sache mit den Jungfern in den Schulen angehalten habe, und musste sich wundern, als Kattenstroht ihm eigene Erfahrungen berichtete: „Bis zum Zweiten Weltkrieg war es so, dass alle Lehrerinnen in den Volksschulen unverheiratet sein mussten. Es gab tatsächlich eine Bestimmung, dass die Lehrerin mit dem Schulhalbjahr, in dem sie sich verheiratete, den Dienst zu quittieren hatte. Ich weiß noch, dass in Westerbau er, also im Dorf meines Opas, die Familien kopfstanden, als in den 1960er Jahren erstmals eine schwangere Lehrerin bis kurz vor der Niederkunft in der Grundschule unterrichtete. ‚Sodom und Gomorrha!', schrien vor allem die Mütter da. Dabei war das der treffende Ansatz zu einer vernünftigen und lebensnahen Sexualkunde."

Bald kam Wilmans zurück, überreichte seine kleine Schrift und verabschiedete sich von den Polizisten. Vor dem Rathaus bimmelte Kattenstroths Handy, und es meldete sich Frau Professor Dr. Schulte Natrup aus der Rechtsmedizin. Sie habe leider keine durchschlagenden Neuigkeiten, wolle aber entgegen der Praxis Kattenstroht persönlich über die Ergebnisse der Obduktion informieren. Der Kommissar studierte seinen Terminkalender, und man kam überein, sich am frühen Donnerstagmorgen vor Ort zu treffen.

„Wir haben Probleme, lieber Herr Kattenstroht, und ich kann Ihnen keine großen Hoffnungen machen, dass ausgerechnet unsere Arbeit die Aufklärung dieses Falles vorantreibt."

„Ach, wissen Sie, liebe Frau Professorin, wir machen uns jetzt erst mal über den Rechterfelder Karneval her. Dann sind wir morgen vielleicht in besserer Stimmung und für schlechte Nachrichten gerüstet."

Bernie Wegmann, der vermeintlich oberste Hüter des Frohsinns von Rechterfeld, bewohnte ein Einfamilienhaus in einer Wohnsiedlung am Rande des Dorfes. Schaap hatte den Termin abgesprochen, hatte auf die Empfehlung des Schulhausmeisters hingewiesen und gewissermaßen offene Türen eingerannt: „Mein Freund Lohmeier hatte mich ja auch schon vorgewarnt, aber ich weiß nicht, wie wir Karnevalisten bei dieser schlimmen Sache mithelfen könnten!“, bemerkte der grauhaarige Rentner, während er den Kommissar und seinen Assistenten in das gemütliche Wohnzimmer bugsierte. Tatsächlich war der Tisch gedeckt; Frau Wegmann hatte Kaffee gekocht und einige Stücke Marmorkuchen bereitgestellt.

„Sehen Sie, Schaap, hier auf dem Lande wird die Polizei auch noch als Obrigkeit geehrt!“, hatte Kattenstroht seinem jungen Kollegen zugeflüstert. „Unser Besuch wird als Visite verstanden! Da lassen wir uns doch nicht lange nötigen!“ Sprach' s und versenkte einen ersten Würfel Zucker im dampfenden Kaffee.

„Dass wir uns richtig verstehen, lieber Herr Wegmann, wir haben keinerlei Idee, der ungeklärte Tod der Schulleiterin von Rechterfeld habe irgendetwas mit den Karnevalisten dieses Dorfes zu tun. Speziell Sie wurden uns nur als jemand geschildert, der das Dorf ganz gut kennt. Wir tappen noch immer im Dunkeln und greifen nach jedem Ansatz von einer Spur. Uns ist aufgefallen, dass Sie in Rechterfeld am vorletzten Wochenende Ihr karnevalistisches Hochfest hatten – und die Schulleiterin verzieht sich mit ihrem ganzen Kollegium praktisch auf die Bockhorster Höhen.“ Mit seiner Kuchengabel stocherte er in dem wunderbar lockeren Marmorkuchen herum. „Geht so etwas denn an?“

„Sie dürfen nicht vergessen, Herr Kommissar, dass das mit dem Karneval bei uns so eine besondere Sache ist. Erst einmal haben wir seit vielen Jahrzehnten unseren eigenen Termin: Zwei Wochen vor Beginn der Fastenzeit. Dann ist eine andere Sache viel wichtiger: Wir feiern hier in den Ecken des Dorfes, so heißt das hier. Das sind einzelne Straßenzüge und Dorfteile, die große Nachbarschaften bilden. Dazu gehören bis zu 20 / 30 Haushalte und durchaus noch über 150 Leute: Väter, Mütter, Kinder, Omas, Opas, alles, was Beine hat. Und die halten in ihren Ecken auch gut zusammen. Wenn Lohmeier Sie zu mir geschickt hat, dann bestimmt nur deswegen, weil ich derzeit der älteste unter den Ecken-Präsidenten bin. Ich bin aber bei den sieben Rechterfelder Ecken auch nur einer unter Gleichen. Wir müssen uns immer absprechen, und das Ehrenamt des Prinzen geht reihum durch das Dorf. Die Bauerschaften sind übrigens nicht dabei. Karneval ist bei uns Dörflersache!"

„Sie haben aber einen richtigen Umzug in Ihrem Karneval?" Schaap klinkte sich ein.

„Natürlich, immer zwei Wochen vor Rosenmontag. Wir feiern ja eigentlich so wie die Leute im Fernsehen, aber eben alles nur zeitversetzt zwei Wochen früher. Unser Umzug kommt jedes Jahr durchs Fernsehen, weil er wahrscheinlich der schönste im Münsterland ist. Das hat wieder mit den Ecken zu tun. Weil alle, vom ältesten Opa bis zum jüngsten Blage, im Kostüm mitgehen. Da kann Ihnen meine Lisbett was zu sagen!" Wegmann richtete sich in seinem Sessel auf. „Lisbett, komm doch mal dazu!"

Umgehend erschien die Hausfrau, so als habe sie unmittelbar hinter der Tür gestanden, und nahm zunächst erfreut die Komplimente der Beamten über Kaffee und Kuchen entgegen. „Es gibt in jedem Jahr ein Motto für den ganzen Zug. Wir stimmen uns dann in allen sieben Ecken darüber ab, was wir genau wollen. Das passiert immer so etwa im frühen Herbst. Dann legen wir die Themen im Detail fest – und sogar schon die Grundfarben. Ab Oktober wird genäht, und zum Karnevalszug sind wir dann fertig. Wir von unserer Ecke sind da immer ganz stolz, denn wir haben zum Glück noch genug Frauen, die mit der Nähmaschine umgehen können." Lisbett Wegmann stupste ihren Mann an: „Weißt du noch, wie wir alle als Erdbeere gegangen sind? Da gab es dünne und dicke Erdbeeren und ganz kleine wie im Kindergarten. Sogar Dangemanns Dackel hatte ein Mäntelchen als Erdbeerkostüm um, und Wessels Eva, die war noch kein Jahr alt, saß damals als Erdbeere im Kinderwagen. Und dann, Herr Polizist, müssen Sie sich vorstellen, dass alle sieben Ecken mit so einer Sache im Zug auftauchen. Die Männer müssen dann noch den passenden Wagen dazu bauen, und so kriegen wir den schönsten und buntesten Zug weit und breit zustande."

„Alle sind dabei, keiner schließt sich aus!", unterstrich Wegmann. „Bei uns lebt noch was von der Dorfgemeinschaft, nicht nur im Karneval. Beim Schützenfest ist es genauso. Wenn es Krankheiten gibt in den Familien, haben wir wirklich Nachbarschaftshilfe, und unsere Toten tragen wir auch noch selbst zu Grabe."

„In einem Jahr sind wir alle als Herzen gegangen." Mutter Wegmann redete sich jetzt in Begeisterung. „Da war das Thema was mit der Krankenversicherung. Stellen Sie sich vor, unsere Ecke war mit mehr als 100 roten Herzen im Zug unterwegs. Wieder ganz große und ganz kleine. Die Kinder verstehen das bei uns von klein auf."

„Deswegen vererbt sich dieser Bazillus auch in den Familien!", betonte Wegmann. „Genau das ist es, weshalb die Schule damit nichts zu tun hat. Sie wissen ja aus dem Fernsehen, dass es in den Schulen am Rhein eigene Feiern gibt und diese Umzüge aus den Schulen und den Stadtvierteln schon am Sonntag vor Rosenmontag. Das haben wir alles nicht. Die Schule hat mit dem Karneval nichts zu tun, das ist Sache der Ecken. Deswegen gibt es auch keinen Schulkarneval – und genau deswegen konnte Frau Sökeland unseretwegen gerne Freizeit machen oder auf Tagungen fahren."

Die Hausfrau band sich ein: „Das ist aber auch immer so eine Sache für sich, wenn die Lehrer mitfeiern. Da ist Alkohol im Spiel, und wenn die Stimmung dann manchmal freier wird, dann geht's ja auch ganz schön rund. Das ist für Schule dann auch nicht so passend, wenn die Kinder zugucken. Was haben sie sich nicht alle das Maul zerrissen, wie beim Reckhölter Karneval vor Jahren einer von den hohen Herren aus dem Rathaus mit dieser jungen Lehrerin durchgebrannt ist. Wie war das noch? Der hatte ihr doch zuerst die Perücke geklaut und dann ..."

„Ach, das war bloß so'n Geküerssel!"*, unterbrach Wegmann seine lebhafte Frau. „Gerüchte, da wollen wir nichts von wissen. Aber sehen Sie, auch für die Älteren ist das ja vielleicht nicht so prickelnd, wenn die Lehrerschaft zuschaut oder gar mitmacht. Ich gebe ja zu, wenn die jungen Leute so ins richtige Alter kommen, ist das manchmal schwierig. Wir hatten in der Ecke mal so ein Trüppchen junger, wirklich hübscher Mädchen, und die traten im Karnevalszug, da ging es um Tiere, als Kätzchen auf. Jungedi, was waren die herausgeputzt. Unsere jungen Männer, aber auch die alten, wurden alle wehrig. Die Mädels waren

* Niederdeutsch: Geküerssel = Geschwätz

mal höchstens 15 Jahre alt und zogen bei der Prunksitzung nach dem Zug auf dem Saal eine Show ab. Ich sag es Ihnen!" Der alte Herr wedelte wissend mit der rechten Hand: „Das müssen die Lehrer nicht unbedingt alles sehen!"

Seine Frau assistierte ihm. „Und hier Bentrups Paul, der war damals in genau so einem Alter. Das ist ja nun mal so, Herr Kommissar, die jungen Büllekes gehen dann auch im Karneval erstmals so richtig ans Trinken ran. Das sind dann mehr so Mutproben. Aber die kippen sich richtig einen hinter die Binde. Da stand also der Paul Bentrup an dem Wagen unserer Ecke und musste da mit aufpassen. Da der Zug gerade mal wieder anhielt, packte er sich in sein Kostüm und holte sich sein Pülleken raus. Ich weiß nicht mehr, was es war, aber es war was Gemixtes, Obstsaft mit was drin. Der Junge setzt an, kippt sich einen. Schon tippt ihm von hinten jemand auf die Schulter und meint, er wolle auch mal probieren. Das war dann sein Klassenlehrer. Der Paul war damals in der 8. oder 9. Klasse, meine ich, und kriegte prompt einen Hustenanfall. Jedenfalls ist das ein kitzeliges Problem."

Kattenstroht war bemüht, das Thema aus den Niederungen des allgemeinen Frohsinns wieder auf seinen Untersuchungsgegenstand zu lenken: „Haben denn die Frau Sökeland oder die anderen Lehrkräfte der Grundschule und meinetwegen auch der Haupt- oder der Realschule aus Rechterfeld hier überhaupt schon mal mitgemacht?"

Wegmann winkte ab: „Sie dürfen eines nicht vergessen: Heute wohnt von den Lehrkräften unserer Schulen fast niemand mehr vor Ort. Früher war das klar. Da gab es die Lehrerdienstwohnungen, die Pauker mussten sogar da wohnen, wo sie Schule hielten, und gehörten zum Dorf dazu. Heute kommen die alle mit dem Auto, meist aus Münster oder aus einer der umliegenden Gemeinden. Die Autobahn hat diese Entwicklung noch beschleunigt. Und außerdem: Mit diesen verschiebbaren freien Tagen in der Schule haben die an unserem Blauen Montag frei, 14 Tage vor dem amtlichen Rosenmontag, und müssen dann zur Schule, wenn vor allem das Rheinland feiert und das Fernsehen tobt. Bei uns ist mit unserem Veilchendienstag Schluss mit lustig."

„Ach, dann haben Sie morgen keine Weiberfastnacht hier in Rechterfeld?", fragte Schaap erstaunt.

„Absolut kein Thema bei uns. Wir sind hier fast schon seit zwei Wochen in der Fastenzeit angekommen.“ Der alte Mann griff zur Kaffeekanne und goss nach. „Die Ecken und der lokale Termin halten in gewisser Weise die Schulen aus unserem Karneval heraus. Die Frau Sökeland war übrigens kein Kind von Traurigkeit, und wir haben, als sie noch jünger war, auch mal zusammen gepflegt einen getrunken. Sie vertrug Spaß und konnte selbst auch austeilen. Keine Frage. Das merkte man immer auf dem Schützenfest. Da hängte sie nämlich immer am Montag, wenn bei uns Vogelschießen ist, die Schule schon im Mittag ab und machte mit. Karneval, das war wohl nicht ihr Ding.“

Schaap hatte noch ein anderes Problem und erinnerte daran, dass die Leute im benachbarten Reckhölter ebenfalls einen eigenen Karnevalskalender hätten. „Unsere Kollegin Eilers hat doch vorige Tage berichtet, sie sei von ihren Nachbarn zum Feiern mehr oder weniger genötigt worden. Das war aber erst am letzten Wochenende. Geht das mit dem Feiern hier die Brinke auf und ab?“

„Die in Reckhölter sind immer verquer, ob mit dem Termin oder mit ihrem Schlöffken. Das ist das so ein Brauch, da rennen die Männer in einer bestimmten Uniform immer mit einem Holzschuh an dem einen und einem Lederschuh am anderen Fuß am Donnerstag vor ihrem Karneval durchs Dorf, singen so ein komisches Lied und sammeln Mettwürste ein. Das soll Karneval sein? Was will man machen, in Wolbeck bei Münster verehren sie einen Ziegenbock zur Fastnacht!“

„Und wieso diese verrückten Termine?“, ließ der Assistent nicht locker.

Wegmann lächelte: „Die haben mit unserer Frömmigkeit im Münsterland zu tun. Wir sind eben das, was man einen ‚kathollschken Verein‘ nennt. Das ist so etwa 150 oder 175 Jahre her, da hat der damalige Bischof von Münster das Vierzigstündige Gebet eingeführt, eine Kette von Andachten verteilt über drei Tage zur Vorbereitung auf die Fastenzeit. Also Beten in der Kirche nach Gruppen und Ständen geordnet: Kinder und Alte, Männer und Frauen, Jungfrauen und Witwer, Vereine, Sodalitäten, Bruderschaften, Nachbarschaften und so weiter. Alle wurden beschäftigt, ursprünglich ununterbrochen Tag und Nacht. Als Termin wurden ausgerechnet die letzten Tage vor Aschermittwoch bestimmt.“ Wegmann hatte sich angesichts der langen Gebetsübungen dennoch seinen Spaß bewahrt: „Natürlich sind auch unsere Voreltern in Rechterfeld fromme Leute gewesen und haben auf ihren Pastor gehört. Sie sind brav in die Kirche gelaufen und haben stundenlang tüchtig gebetet. Der Zweck der Übung war es aus Sicht der Obrigkeit, da haben die Preußen übrigens schön mitgeholfen, die Leute vom Saufen und vom leichtfertigen Umgang mit dem anderen Geschlecht abzubringen. So nannte man das damals. Sprich: Die Statistik der unehelichen Kinder hatte neun Monate nach Fastnacht starke Ausschläge nach oben! Da ist auch bei uns im Kreis der Karneval wirklich ‚ausgebetet' worden, jedenfalls in den meisten Gemeinden. Bei uns in Rechterfeld wurde das Vierzigstündige auch eingeführt. Da taten sich aber die Wirte und der Junggesellenverein zusammen und verlegten einfach die Fastnacht um 14 Tage vor, die in Reckhölter gaben sich nur eine Woche sündigen Vorlauf vorm Beten. Deshalb haben wir hier die schönen Karnevalstermine. Andere Dörfer machen's auf einem Sonntag, wir sind aber bei unserem ‚Blauen Montag' geblieben.

Das fand auch Lisbett Wegmann, und sie wies noch auf einen weiteren Umstand hin: „Weil wir mit unserem Zug so früh sind, kommen jedes Jahr Karnevalsvereine aus anderen Gegenden, sogar vom Rhein. Die begucken sich unsere Ausstattungen für die großen Gruppen, und wenn denen das vom Thema her passt, kaufen die uns so einen ganzen Bestand ab. Mein Gott, das gibt nicht so furchtbar viel Geld, so eine Arbeit kriegt man ja nie bezahlt, aber es hilft der Eckenkasse und wenigstens das Geld für das Material kriegen wir oft wieder rein.“

„Was nicht heißen soll, dass wir keine Sorgen haben“, warf Wegmann ein. „Karneval wird bei uns mehr und mehr zur Frauensache. Wir haben manches Jahr Probleme damit, einen geeigneten Prinzen zu finden, und der Nachwuchs fehlt uns mindestens so wie denen vom Sportverein. Wären wir nicht über die Ecken organisiert, wo einer den anderen in der Nachbarschaft zum Mitmachen motiviert, wären wir wahrscheinlich sehr bald am Ende mit unserem Karneval in Rechterfeld.“

Mit diesem allgemeinen Hinweis auf die drohende demographische Katastrophe drohte das Gespräch so weit ins Allgemeine abzugleiten, dass Kattenstroht zum Aufbruch blies. Kommissar und Assistent bedankten und verabschiedeten sich. Beim Einsteigen bemerkte Schaap nur beiläufig: „Und was haben wir jetzt davon?"

„Sagen wir mal so", lächelte Kattenstroht feinsinnig, „wir können immerhin was ausschließen. Wegen des Karnevals ist die Sökeland wohl nicht ums Leben gekommen; sie scheint ja vor dem Trubel in Rechterfeld förmlich weggelaufen zu sein. Der Termin der Tagung auf Haus Bockhorst ergibt sich also aus der Tatsache, dass die Schule am Blauen Montag geschlossen ist. Dass die Schule beim Karneval nicht mitmacht, erzeugt bei den Rechterfelder Narren keine Aggressionen. Ein weiteres Feld menschlichen Treibens fällt also aus unserer Motivsuche heraus. – Sind Sie froh, lieber Schaap! Sie haben auch mal wieder was gelernt!"

Als sein Assistent fragend rüberschaute, begann der Kommissar einen Exkurs über den münsterländischen Humor, den man in seiner Pfiffigkeit nicht unterschätzen solle. „Schauen Sie sich mal Beten und Feiern an! Wenn der Herr Pastor möchte, dass man viele Stunden betet, dann wird das eben übernommen und gemacht. Für die Gelegenheit zur Sünde wird der Kalender neu eingerichtet. Fastnacht ist also zwei Wochen früher, und in diesem Sinne werden auch die Termine zur Sündenvergebung verschoben. Hier scheitern alle Anstrengungen der sehr ehrenwerten Geistlichkeit, so hat das die Droste mal formuliert. Und dieser rheinische Kabarettist hat ja doch recht: Als Katholik kannst du beruhigt sündigen; dann geh am Samstag zur Beichte; fort ist der ganze Sündenkram."

Auf den flotten, hoffärtigen Spruch folgte alsbald eine Strafe des Himmels. Schücking meldete sich mit der Botschaft, er habe wegen eines aktuellen Falls in der Kreisstadt überraschend vier seiner Leute abziehen müssen. „Könnten Sie uns vor der Heimfahrt nach Münster, das ist ja ein kleiner Umweg, gebe ich zu, noch drei von den Höfen befragen, die unterhalb von Haus Bockhorst im Tal liegen? Es geht dabei um die Betriebe Bartels, Wehning und Spennemann. Die liegen alle schön der Reihe nach an der Straße und sind leicht zu finden. Kattenstroht hatte auf die Uhr geschaut, hatte seinen Assistenten aufmunternd angelacht und schließlich trotz dessen saurer Miene zugesagt.

Kaum 30 Minuten später waren sie an den Hängen von Haus Bockhorst und sahen das kleine Schlösschen mit seinen Säulen und Terrassen im späten Licht einer milden Februarsonne auf der Höhe liegen. Sie klapperten der Reihe nach die Höfe ab und fragten nach, ob es irgendwelche Besonderheiten am vorletzten Wochenende gegeben hatte. Auf allen drei Höfen wurden sie freundlich empfangen, überall gab man ihnen zu verstehen, dass – bei aller Hilfsbereitschaft – nichts beobachtet oder bemerkt worden war. Schaap notierte sich in den einzelnen Fällen die Daten, und man fragte auch nach den sonstigen Mitarbeitern. Jedoch hatte die winterliche Ruhezeit noch überall Platz gegriffen, und selbst beim größten der Betriebe, dem Hof Spennemann, war das sonst so starke Personal noch im Winterurlaub in Polen und Rumänien. Da der Betriebsschwerpunkt, die Produktion von Äpfeln und Steinobst, den Kommissar wirklich interessierte, warfen er und Schaap sogar noch einen Blick in die modernen Gebäude mit ihren Sortier- und Verpackungsanlagen. „Wir liefern gerade unsere letzten Äpfel der Vorjahresernte aus“, hatte der junge Spennemann ihnen erklärt und wollte ihnen gleich je ein Körbchen als Aufmerksamkeit und Werbung für das Folgejahr mitgeben.

Kattenstroht, korrekt wie immer, bestand jedoch auf Bezahlung.

Kapitel 16

An diesem Abend war im Hause Kattenstroht Ruhe eingekehrt. Die beiden Jungen waren zum Sport und bei Freunden unterwegs. Der Kommissar und seine Frau hatten sich ins Wohnzimmer zurückgezogen und es sich bequem gemacht. Betty hatte das viel gerühmte schwarze Sofa mit Beschlag belegt, der Kommissar sich für einen der gemütlichen Sessel entschieden. Zuvor hatten sich die beiden in freundlicher Übereinstimmung über die Äpfel aus dem Brinketal hergemacht. Im gemessenen Abstand folgte ein schlichter Rotwein aus dem Burgenland. Die Hausherrin studierte die Tageszeitung, der Kommissar blätterte in der Festschrift zur Geschichte der Schule in Rechterfeld. Bald stieß er auf eine Textpassage, die ihn beeindruckte:

„Hör dir das mal an. Da berichtet die Schuljungfer von Rechterfeld über den Zustand ihrer Schule anno 1809, dass ihre Räumlichkeiten viel zu eng sind, an manchen Tagen im Winter 20 oder 30 Kinder stehen müssen und zudem aus einem höher an der Straße gelegenen Mistfall die Jauche bis in die Schule fließt und unter den Bodenbrettern für das passende Klima sorgt. Beachtlich: Das Ganze findet statt in einem kleinen Häuschen am Kirchplatz von Rechterfeld, wo zudem die Lehrerin selbst im Haus wohnen und ihre 79 Jahre alte Vorgängerin versorgen muss."

„Wie viele Kinder hatte sie denn zu betreuen in ihrer Schule? Von Klassen kann ja wohl keine Rede sein", wollte Betty wissen.

Kattenstroht blätterte hin und her: „Eine genaue Zahl finde ich hier nicht, aber hier, schau mal, der Grundriss für ein Schulzimmer anno 1822. Eine Schulklasse mit 198 Plätzen für diese eine Lehrerin. Unfassbar!"

„Na ja, da hatten sie zwischendurch wohl begonnen, die Schulpflicht ernst zu nehmen. Zeig mal bitte her!" Betty richtete sich zwischen grüner Decke und weißen Kissen auf und ließ sich von ihrem Mann den Plan eines Schreiners aus dem Jahre 1822 erklären. Der praxiserprobten Lehrerin kam auch bald die Erleuchtung: „Zu der Zeit wird Schreibunterricht verpflichtend. Jedes Kind braucht einen Sitzplatz und einen Tisch, also kommen diese Konstrukte mit sechs Kindern in einer Bank. Sieh mal, der beanspruchte Platz wird in drei Stufen größer, sprich, bei normal verlaufendem Wachstum passen dann eben nur noch fünf oder vier Kinder in die entsprechende Bankbreite. Die Lehrerin hatte wahrscheinlich nie alle Plätze besetzt, aber es stimmt schon nachdenklich, was man da sieht."

„198 Blagen? Respekt!" Kattenstroht begann zu sticheln. „Ihr stöhnt doch heute schon, wenn ihr über 25 Kinder in der Klasse habt. Hier saßen vor 200 Jahren fast 200 Kinder zu Füßen der Lehrerin – und wahrscheinlich konnten am Ende der acht Schuljahre die meisten wenigstens lesen und ihren Namen schreiben. Das wird heute angeblich nicht einmal mehr in kleineren Klassen immer erreicht."

„Es regierte die Rute! Die Kinder hielten den Mund und redeten nur, wenn sie gefragt wurden. Sie kannten alle Kirchenlieder auswendig, den Heiligen-Kalender und ein bisschen was von Gartenbau und Hausarbeit. Und das war's dann!", schoss Betty zurück. „Ich bitte meinen lieben Herrn Kriminalkommissar darum, die gesellschaftlichen Verhältnisse mal objektiv zu betrachten. Wir haben ganz andere Zeiten, ganz andere Herausforderungen und ein riesiges Problem: Schule ist nicht mehr die einzige Institution, die die Kinder bespielt. Heute gibt es dazu den Sport und die sonstigen Freizeitaktivitäten und – wohl am mächtigsten – die neuen Medien. Unsere Kinder wissen heute alles, wollen alles und dürfen – leider – oft schon alles. Als Kriminalbeamter könntest du ja vielleicht auch mal einen kritischen Blick auf die Familien werfen!"

„Na gut, bei Oma und Opa hieß es immer: ‚Was der Pastor in der Kirche und der Lehrer in der Schule sagen, das wird bei uns am Tisch nicht diskutiert!'", räumte Kattenstroht gönnerhaft ein.

„Na bitte! Sogar bei den kritischen Kattenstrohts in Westerbauer gab's mal Demut und Ehrfurcht vor der Obrigkeit!", setzte Betty noch eins drauf. „Auch wenn sie eifrig Tabak und Kaffee aus den Niederlanden über die Grenze schmuggelten, fromm waren sie allemal. Aber das ist nicht das wirkliche Problem, das wir haben! Schule hat einfach nicht mehr den gesellschaftlichen Stellenwert und die Lehrerschaft schon mal gar nicht. Stell dir mal vor, was passiert wäre, wenn dein Großvater in der Schule so um 1920 das Jack voll gekriegt und sich darüber zu Hause bei Vater und Mutter beschwert hätte."

Kattenstroht bewies Sachkunde und Familiensinn: „Der hätte noch eine Ladung zusätzlich draufgekriegt! Irgendwie waren die Welten von

Schule und Familie natürlich völlig getrennt. Ich glaube aber auch, dass die Aufgabenverteilung klarer war. Hier die Familie, der Hof, Garten und Feld, auf der anderen Seite Schule und Kirche. Gingen Pastor und Lehrer durchs Dorf, zog jeder den Hut."

„Richtig! Und wer aus der Schule ausplauderte, der wurde bestraft. So einfach war das. Heute haben wir in den Familien die berühmten 1,3 Kinder pro Paar, und um die wird ein Riesenbohei gemacht. Schule muss das alles leisten, was die Elternhäuser nicht mehr leisten können und wollen. Von der Politik rede ich gar nicht erst."

Der Kommissar schlug das Büchlein zu, als wolle er sich der politischen Gegenwart zuwenden: „Was hat denn deiner Meinung nach die Politik damit zu tun?"

Die beste Ehefrau von allen griff mit Entschlossenheit zum Rotweinglas, schwenkte es ein wenig und nahm dann einen gehörigen Schluck: „Sieh mal, ich bin jetzt selbst etwa 20 Jahre in der Schule tätig und kann auch schon einiges überblicken. Meine Kollegin Hilde, die Ende des Schuljahres in Pension geht, ist fast 40 Jahre dabei, weil sie jung anfangen konnte. Wenn die aufzählt und ich ergänze, klingelt es einem in den Ohren. Stell dir die Aufgaben vor, die nach Ansicht der öffentlichen Meinung die Schule übernehmen muss. Ich weiß von Hilde, dass sie einmal im Deutschunterricht gegen die Fließbandarbeit angehen musste. Die Schule hatte über Mitbestimmung der Arbeitnehmer zu informieren und für die Aussöhnung der Völker zu werben. Dann hatten wir die Flüsse und ihre Fische zu retten, danach die Wälder und ihre Bäume. Schließlich ging's ewig lange um die Gleichberechtigung der Frau. Nebenbei gesagt, haben wir jetzt ein Jungenproblem! Die bringen die schlechteren Ergebnisse, stellen weniger Abiturienten, und die Schulen verweiblichen total. Dann mussten wir unsere Migranten integrieren und die Polkappen vorm Abschmelzen retten. Neulich las ich, wir sollten den Blagen den richtigen Umgang mit Geld beibringen. Für alles und jedes wird die Schule herangezogen, jedenfalls öffentlich und von der Politik. Niemand stellt sich die Frage, ob die Institution Schule das überhaupt leisten kann oder soll und ab wann sie damit möglicherweise überfordert ist. Und die Begleitmusik zu dem ganzen Quark bildet dann der Gesang der Wale!"

Kattenstroht überlegte einen Augenblick: „Könnten diese Anfordernisse auch eine Rektorin Sökeland entmutigt haben?"

„Aber sicher! Es ist doch in jedem Beruf so, dass man entmutigt wird, wenn man die eigentlichen Aufgaben nicht mehr erfüllen kann und immer mehr oben draufgepackt wird. Ich rede jetzt gar nicht mal von irgendwelchen zentralen Aktionen, Prüfungen, Berichten oder der allgemeinen Konzeptionitis. Du brauchst oft fachlich oder unmittelbar kein reales Ergebnis mehr, Hauptsache, du kannst ein Papier vorweisen, das man vorzugsweise noch auf die Homepage stellt. Ein konkretes Ergebnis ist heute meist uninteressant, Hauptsache, du hast prozessorientiert gearbeitet. Der Weg ist das Ziel! Ich behaupte, dies ist der allgemeine bereichsübergreifende Trend, der überall in der Gesellschaft vorgegeben ist. Vergleiche mal deine Schreibtischtätigkeit heute mit der vor 20 Jahren, als du bei der Polizei angefangen hast. Damals träumten alle vom papierlosen Büro, das der Computer ermöglichen würde, tatsächlich werden unermesslich viele Waldflächen zur Gewinnung von Druckerpapier abgesägt, und wir ertrinken in Papierfluten." Betty hielt einen Moment inne: „Ja, ich denke schon, dass das eine gewachsene pädagogische Persönlichkeit entmutigen kann. Vergiss dabei nicht die Verrechtlichung des Schulalltags. Du hast für alles und jedes heute Rechtssituationen, die von den Eltern und ihren Anwälten, man hat ja schließlich eine Rechtsschutzversicherung, ausgetestet werden. In jedem Jahr kann ich dir Fälle nennen, wo die Verwaltungsgerichte gegen Lehrer und Schulen entscheiden, was hier und da formalrechtlich richtig sein mag, pädagogisch und vom Standpunkt des vernünftigen Mannes, meine Engländer sprechen da vom ‚reasonable man', oder meinetwegen nach Ansicht aller billig und gerecht denkenden Menschen völlig daneben ist. Ich will keine Richterschelte betreiben, hinterher musst du sonst noch gegen mich ermitteln, aber die regelmäßige Lektüre der Fachzeitschriften der Lehrerverbände ist schon ernüchternd."

„Es ist doch normal, dass sich gesellschaftliche Umstände ändern und sich damit auch die Schulen ändern müssen, oder etwa nicht?", entgegnete Kattenstroht

„Ich erinnere an die Politik!" Wieder wurde Betty bissig: „Wer viel verspricht, der muss auch viel halten. Wenn man der Bevölkerung den

Service-Charakter von Schule verkauft und den Eltern quasi gelobt, dass man die Kinder unbedingt da abholt, wo sie stehen, sie an die Hand nimmt, sie entspannt und belastungslos ein Stück weit begleitet und letztlich in jedem Fall individuell so fördert, dass niemand mehr sitzen bleibt, dann macht man zwangsläufig Fehler. Besonders wenn man das alles auch noch in einer Schulzeitverkürzung um ein Jahr organisieren will. Hinzu kommt, dass ein Teil unserer Lehrer für ganz andere Aufgaben ausgebildet wurde und eine ganz andere Schule im Kopf hat."

„Na, na, mal langsam mit den jungen Pferden!", bremste der Kommissar seine Frau. „Du solltest nicht vergessen, dass es den Lehrern gelungen ist, sich gehaltstechnisch von der Polizei und den Finanzbeamten, mit denen sie mal auf einer Stufe standen, deutlich abzusetzen. Eingangsamt eines jugendlichen Studienrates z. A. ist A 13. So weit kommen nur wenige Verwaltungsleute zum Beispiel, von Polizisten ganz zu schweigen!"

„Mag sein, dass wir gut bezahlt werden, mag sein, dass auch von uns viele Fehler gemacht werden, alles möglich; wir sind auch nur Menschen. Aber man kann der Schule nicht alles übertragen, was gesellschaftlich danebengeht. Ich wundere mich immer nur, dass wir in Deutschland für jeden Kram eine Medienkampagne hinkriegen. Es gibt keine Narretei, für die sich nicht eine breit aufgestellte öffentliche Meinung engagiert. Ich höre aber nicht, dass man für die Auffassung würbe, die Erziehung sei die erste Aufgabe der Familien. Ich höre auch nicht, dass man Familien mit Kindern besonders entlastet. Jedenfalls spiegelt sich das nicht in den Medien. Bevor man also die Schule verurteilt, muss man fairerweise auch das Umfeld beurteilen."

„Aber es gibt doch so viele tolle, ambitionierte junge Lehrer! Da wird doch reihenweise eingestellt. Ihr kriegt doch frisches Blut in den Laden. Die etwas älteren Kolleginnen werden dann doch auch entlastet!"

„Ein Dankeschön von der etwas älteren Kollegin!", nickte Betty grimmig. „Nur die Wahrnehmung, die meine Kollegen und ich haben: Der Krankenstand und die Burn-out-Problematik ist bei den jüngeren Lehrkräften virulenter als bei den altgedienten Schlachtrössern. Ob geforderte neue Unterrichtsformen, vorzugsweise von Kindern selbst gesteuert, wirklich der Weisheit letzter Schluss sind, sei mal dahingestellt.

Selbst die seriöse Gehirnforschung bezweifelt inzwischen den Nutzen und die Notwendigkeit digitaler Medien im Unterricht. Ob man aber andererseits die notwendigen Vokabeln für eine Fremdsprache wirklich lernt, wenn man die Begriffe mit allen Sinnen tanzt, wage ich zu bezweifeln. Die Unis beschweren sich mehr und mehr, dass unsere Absolventen trotz strahlender Noten oft einfache Fertigkeiten nicht mehr draufhaben. Nach den Ursachen, warum ein Drittel der Studierenden das Handtuch wirft, fragt auch wirklich keiner. Es gibt nun einmal begehrte Berufsfelder, die man nur über eine Gesäßwissenschaft erreicht. Dass man arbeiten wollen muss und Sitzfleisch haben sollte, wird nicht deutlich genug vermittelt. Hauptsache, der statistische Ausstoß stimmt."

„Meine Liebe, ich gedachte eigentlich in den vorzeitigen Ruhestand zu gehen und mich auf den Lorbeeren deiner Karriere auszuruhen. Bei so viel Defätismus, befürchte ich, kriegst du keine Beförderung mehr, und ich muss bis 67 arbeiten. Das hatte ich eigentlich nicht vor", warf Kattenstroht mit gespielter Entrüstung ein.

„Ich hatte das auch nicht vor. Mich stören vor allem die Bedienungsmentalität und die Tatsache, dass wir keine Anstrengungskultur mehr haben. Wir haben Angst vor Erfolgen durch Leistung. Dabei machen wir einen riesigen Aufstand vorweg. Zuerst pushen wir über die Presse unsere Medaillenhoffnungen bei Olympischen Spielen und wundern uns, wenn es nicht so kommt, wie wir es vorab theoretisch berechnet und beschlossen haben. Dabei hatten wir doch alles eingeplant – nur eben die Lebenswirklichkeit nicht, dass es auf diesem Planeten doch noch mindestens ein Wicht geben kann, das schneller rennt als unser Mädchen!"

Betty Kattenstroht goss sich etwas Rotwein nach, lehnte sich zurück und berichtete von einem Kollegen, der auf einer Abiturfeier seine Schülerinnen und Schüler verabschiedet hatte. „Nach der offiziellen Verleihung der Zeugnisse tauchte der Vater eines, sagen wir mal, kritischen Prüfungsfalles auf, bedankte sich bei meinem Kollegen für die faire Behandlung seines Sohnes und steckte ihm mit der typischen Geste unter der Hand einen großen Euroschein in die Brusttasche seines Jacketts. So wie man am Ende einer Feier einen Oberkellner mit einem dicken Trinkgeld versieht. Die Reaktion kannst du dir vorstellen. Der Kollege verwahrte sich und ließ das Geld angewidert offen auf den Boden in den Saal fallen. Der Skandal war da. Wenn Schule zum Lieferanten wird, geht uns der pädagogische Auftrag flöten. Der war aber für die richtigen Lehrerinnen und Lehrer die Hauptmotivation, diesen Beruf zu ergreifen."

Nach einer Pause stillen Nachdenkens schloss Betty: „Ich wüsste allerdings auch ganz gerne, was deine zu Tode gekommene Schulleiterin in die kalte Februarnacht hinausgetrieben hat?"

Weiberfastnacht war gekommen, und der Kommissar hatte es nicht einmal bemerkt. Erst auf dem Weg in die Stadt fiel ihm auf, dass der Lokalsender einen Karnevalsschlager nach dem anderen spielte und geheimnisvoll von Ratshauserstürmungen und der vielerorts zu erwartenden Übernahme der Macht durch gewisse Weiber raunte. Das versprach ja ein interessanter Tag zu werden.

Bereits gegen 7.45 Uhr hatte Kattenstroht die Rechtsmedizin erreicht, parkte aber weit vor den eigentlichen Institutsgebäuden und strich etwa zehn Minuten durch den etwas ungepflegten Park des alten Militärhospitals mit seinen Laubengängen. Diese standen noch blattlos da. Es war wieder kälter geworden, und die berankten Gitter reckten sich gegen einen dunklen, aber erstaunlich tiefblauen Himmel.

Im Institut selbst wurde er von der Chefin bereits erwartet, die auch einen starken Kaffee hatte vorbereiten lassen: „Den werden wir brauchen!“, kommentierte die patente Professorin und schenkte ihnen schon einmal ein. Auf dem Tisch lag eine dicke Akte mit mehreren Teilmappen. „Dr. Geertsma wird jeden Augenblick zu uns stoßen, und dann können wir mal zusehen.“ Der große Bildschirm an der Wand leuchtete auf, und der Name der toten Schulleiterin, einige Daten und Aktenzeichen eröffneten die elektronisch gespeicherten Elemente des Vorgangs. Dann kam Geertsma in das Chefzimmer gerauscht und entschuldigte sich für seine Verspätung. Er habe als treusorgender Vater noch sein Töchterchen in die Kindergruppe bringen müssen.

„Geschenkt!“, brummte Frau Professor Schulze Natrup nur und bat ihren Besucher erst einmal um Verständnis für mehr als dreitägige Untersuchungen und die bedauerliche Tatsache, dass man kein eindeutiges Ergebnis vorzuweisen habe: „Nun, Herr Kattenstroht, ich bin zwar noch nicht so lange im Geschäft, aber ich gebe zu, dass mich der Fall schon jetzt deutlich frustriert. Wir arbeiten hier nach allen Grundsätzen der Wissenschaft, suchen aber derzeit die berühmt-berüchtigte Nadel im Heuhaufen. Aber vielleicht wollen Sie, Dr. Geertsma, anfangen.“

„Gern! Nur zur Erinnerung: Wir haben die Leiche der Cäcilia Sökeland am vergangenen Sonntag, am 27. Februar, aus dem Wäldchen bei Hegemer geborgen. Der unbekleidete Corpus war dort sieben Nächte und etwa sechseinhalb Tage auf einer Lichtung mehr oder minder versteckt. Dies müssen wir bedenken. Die Fäulnisprozesse konnten bei Tagestemperaturen von um die 10 / 12 Grad Celsius massiv einsetzen. Die Leiche zeigte also alle entsprechenden Fortschritte. Zudem bleibt ein Tatbestand zu berichten." Der Mediziner hatte zur Fernbedienung gegriffen und rief nun der Reihe nach einige Bilder auf, die die Leiche am Fundort zeigten. „Da die Tote unbekleidet war, hat sich natürlich das Wild über sie hergemacht. Insofern gibt es eine ganze Reihe von Bisswunden, Läsuren, Rissen usw., die aber eindeutig postmortal und als solche nachweisbar sind. Nicht schön, aber untersuchungstechnisch nur bedingt ein Problem."

Hier griff die Professorin wieder ein: „Das Problem liegt darin, dass wir selbst bei schärfster Inspektion und Analyse von jedem Quadratzentimeter Körperoberfläche, so weit möglich, keine vor dem Tod beigebrachte äußerliche Verletzung finden. Wir haben weder eine Stichwunde noch eine Hiebwunde nachweisen können, auch keine Schusskanäle. Kein Einschuss, keine Austrittsöffnung, kein Steckschuss. Wir haben natürlich das gesamte Skelett geröntgt und Schnittbilder gemacht, aber es gibt keine Trümmerbrüche, keine Schädelverletzungen, überhaupt gar keine Frakturen. Es sieht so aus, als sei diese Frau auf keinen Fall durch eine äußere gewalttätige Einwirkung ums Leben gekommen."

Kattenstroht rieb sich nachdenklich das Kinn: „Wie wäre es mit einer Injektion? Gift oder etwas Vergleichbarem?"

„Müsste im Blut nachweisbar sein. Wir haben natürlich ein Problem damit, beim Zustand der Leiche eine Injektion nachzuweisen. Aber ein Gift hätten wir bei der Breite unserer Kontrollmöglichkeiten im Blut finden müssen und nachweisen können." Dr. Geertsma lief zur Höchstform auf: „Für Ihre nächste Frage weiß ich auch schon die Antwort: Ich habe selbst am Montagnachmittag Bauch- und Brusthöhle geöffnet und die inneren Organe untersucht. Nein, im Mageninhalt waren keine Gifte nachweisbar. Wir haben nach Medikamenten gesucht, die die Verstorbene regelmäßig nehmen musste. Da gab es aber nur die Schilddrüsen-Hormone mit 175 mg. Die Pillen tauchen mir übrigens viel zu oft bei Lehrkräften auf. Sind wohl zu hibbelig bei der Kundschaft!"

Kattenstroht überhörte trotz der Tatsache, dass er mit einer Lehrerin verheiratet war, diese Anspielung und fasste nach: „Habe ich Sie beide richtig verstanden? Kein Schuss, kein Stich, kein Hieb, kein Gift, keine Injektion?“ Er schaute verwundert auf seine rechte Hand, denn er hatte mit den Fingern die Tatmöglichkeiten nachgezählt. „Was fehlt mir denn da? – Ach ja! Sechstens: Strangulation natürlich, Erwürgen oder Erhängen. Richtig?“

Prompt hängte sich die Professorin rein: „Keine Merkmale dafür feststellbar. Bezogen aufs Hängen muss ich Ihnen von einer unverletzten Nackenwirbelsäule berichten. Der Kehlkopf ist unbeschädigt, auf den noch prüfbaren Flächen am Hals sind keinerlei Würgemale feststellbar, auch die typischen Einblutungen in der Gesichtshaut fehlen, kein Blutstau in Richtung Gehirn nachweisbar. Erwürgen und Strangulieren fallen also ebenfalls aus wie Hängen.“ Sie machte eine nachdenkliche Pause und ließ derweil einige weitere Bilder aufspielen. „Offen gesagt, ich kann Ihnen in diesem Fall bisher keine gewaltsame Todesursache liefern.“

Der Kommissar spielte den Ball zurück: „Glauben Sie denn an einen Unfall oder sogar an eine natürliche Todesursache?“

Beide Rechtsmediziner schüttelten entschieden den Kopf, und Geertsma beurteilte die Lage aus einer eher psychologischen Sicht: „Die Sökeland stirbt. Herzschlag oder Hirnschlag können wir wohl gesichert ausschließen. Irgendeiner, der da ein klares Interesse hat, transportiert die tote Frau mehr als 20 Kilometer durch die Gegend. Er entkleidet die Leiche; wir wissen nicht, wo das geschehen ist. Kleidung und Accessoires verschwinden, bisher spurlos. Der Täter, oder wie auch immer wir ihn nennen wollen, platziert die Tote dann auf der kleinen Lichtung eines abgelegenen Waldstückes. Und just indem er sie entkleidet, verhüllt er etwas vor uns. Warum findet man die Frau nicht irgendwo in den Wäldern rund um Haus Bockhorst? Warum dieses Transportieren, Verschleppen, Verstecken? Sein Pech ist nur, dass schon nach einer Woche ein Jagdhund außerhalb jeder Jagdsaison die Leiche aufstöbert und sie daher noch vor der vollkommenen Verwesung und Skelettierung hier bei uns auf den Seziertisch kommt.“

„Ich hab doch noch was übersehen“, bemerkte Kattenstroht. „Ist ein Sexualdelikt ausgeschlossen?“

Die Professorin bejahte: „Gewiss nur noch schwer feststellbar, aber eher unwahrscheinlich. Das Spurenbild gab jedenfalls keinerlei Hinweise in diese Richtung. Übrigens sind auch die Spurenträger, die Ihr Kollege Beucking bei uns eingereicht hat, abgearbeitet. Bei den Faser- und Haarspuren, wie gesagt, befindet sich nichts Auffälliges."

„Und wie gehe ich jetzt mit einem solchen Ergebnis um?", seufzte der Kommissar nicht ohne Theatralik. „Wie kann ich damit vor meinen Chef treten?"

„Nun ja, wenn die Staatsanwaltschaft keine Einwände erhebt, geben wir heute am Nachmittag die Leiche zur Bestattung frei. Wir haben vom Amtsgericht die Adresse von Verwandten der Frau in Kerkhövel bekommen." Julia Schulze Natrup blätterte in ihren Papieren: „Hier ist die Adresse. Beerdigung oder Feuerbestattung hin oder her: Wir können zusichern, dass alle denkbaren Proben von Körpergewebe und Körperflüssigkeiten gesichert und auch fachgerecht eingelagert wurden. Sollten Sie etwa keine Lösung finden, werden eines Tages unsere Nachfolger das mit neuen Analysemethoden schaffen. Denken Sie mal an die DNA-Analyse, mit deren Hilfe wir heute 30 Jahre alte Fälle aufklären. Im Augenblick weiß ich eben nicht, wo die Glocken hängen." Es klang schon ein wenig Resignation in den Worten der jungen Professorin. „Aber vielleicht finden wir ja den Schlüssel auf eine überraschende Weise. Unser Pech ist eben, dass die Leiche der Frau Sökeland bei Auffinden schon so weit verwest war. Die Arbeit mit Faulleichen ist zudem eine besonders diffizile Sache. Das macht man nicht mal eben so."

Dr. Geertsma assistierte seiner Chefin: „Sie haben doch gewiss von dem Fall der beiden Handwerker im Rheinland gehört, die nach einem langen Arbeitstag aus ihrem Betrieb nach Hause gegangen sind und beide unmittelbar am Morgen des folgenden Tages unabhängig voneinander tot in ihren Wohnungen aufgefunden wurden. Der Fall geistert inzwischen über die Fachkongresse. Man hat bis in die kleinsten Details die Leichen der beiden Männer, die Wohnungen, den Arbeitsplatz, den ganzen Betrieb, die jeweiligen Heimwege, einfach alles untersucht: Alles wurde in Betracht gezogen, Gifte, Allergene, Medikamente, Alkohol! Nichts! Es gibt bis auf den heutigen Tag nach mehr als einem halben Jahr intensivster Forschung keine wissenschaftlich plausible Erklärung für den Tod dieser beiden Männer. Und ein Zufall kann das nicht sein! Ich sprach mit einem der beteiligten Kollegen. Die haben möglichst breit Gewebeproben und Spuren gesichert und eingelagert und setzen jetzt darauf, eines Tages die Lösung zu finden. Die Schlüssel liegen bis zum Tage der Klärung mit hoher Sicherheit in flüssigem Stickstoff. Eines fernen Tages wissen unsere Leute, wonach sie suchen müssen. Und sie werden es finden."

„Und ich glaube, dass es im Fall Cäcilia Sökeland ähnlich sein wird. Die Lösung kommt, wir wissen nur nicht, wann." Fast schien es, als wolle die Rechtsmedizinerin dem Kommissar Trost spenden. „Zudem kennen wir Sie, lieber Herr Kattenstroht, als einen Ermittler, der in klassischer Manier geduldig eine Spurenakte nach der nächsten anlegt, ausfüllt, ablegt und wieder öffnet und dann noch dreimal umdreht. Im Ernst, fast nehme ich an, dass es auf dem klassischen Wege weitergeht und uns dort die Lösung winkt."

Der Kommissar hatte einen weiteren Gedanken: „Apropos klassische Methode. Wie ist eigentlich Ihr Draht zu Professor Rollmann? Vielleicht kann es nicht schaden, ihm den Fall mal vorzutragen und sich eine weitere Meinung einzuholen."

Frau Professor Schulte Natrup reagierte sofort und positiv: „Wir sind in der Zusammenarbeit von Vorgänger und Nachfolgerin völlig schmerzfrei und ohne Aversionen. Im Gegenteil: Der alte Herr kommt regelmäßig vorbei und studiert in unserer Bibliothek. Er arbeitet die Neuauflage seines Handbuches durch, in Fachkreisen nur ‚Der blaue Rollmann' genannt. Zudem nimmt er ja auch noch Prüfungen ab, was uns sehr hilft." Sie warf einen Blick auf den Kalender. „Heute ist Donnerstag, er war, glaube ich, noch am Dienstag im Haus. Ich denke mal, ich rufe ihn an. Tatsächlich verfügt er über eine erstaunlich lange Erfahrung. Vielleicht sieht er in diesem Wäldchen etwas, was wir vor lauter Bäumen schon nicht mehr sehen."

Im Präsidium litt die gewöhnliche Arbeit schon ein wenig unter dem Ansturm närrischer Weiber. Das Büro des Präsidenten war längst von sieben Hexen gestürmt und der Chef trotz seiner erheblichen Bedenken zur Einvernahme alkoholischer Getränke im Dienst genötigt worden. Schaap, Austrup und Pötter studierten im Besprechungsraum die Akten aus dem Bestand der Cilly Sökeland und stellten hier und da ihre Rückfragen. Auch Kathrin Eilers, die heute offiziell frei hatte, zudem noch an ihrer Erkältung laborierte, wurde per Telefon hin und wieder eingebunden. Kattenstroht verkrümelte sich ins Büro und versenkte sich für mehr als zwei Stunden in den Bericht der Rechtsmedizin. Immer wieder ließ er auch sowohl die Bildfolgen aus dem Institut als auch die der eigenen Spurensicherung ablaufen. Ein Ergebnis drängte sich ihm nirgendwo auf.

Leicht resigniert begab er sich zum Mittagessen in die Kantine, wo aber auch die karnevalistische Fröhlichkeit ihr Haupt zu heben begann. Da es erkennbar keinen Sinn mehr machte, beschloss der Kommissar gegen 14.30 Uhr, alsbald auszustempeln und sich nach Hause zu begeben. Fröhliche Frauen fingen ihn jedoch noch in der Halle ab, wo auch Kattenstroht endgültig seines Schlipses verlustig ging.

Muntere Kollegen erklärten verführerisch, man könne doch gemeinsam bei den beiden großen Versicherern oder gar beim Landschaftsverband mal nachschauen, wie weit der Karneval dort gediehen sei. Schließlich seien dort die besten Feste. Der Kommissar, wenn auch allmählich quengelig werdend, wollte nicht völlig unkollegial sein und machte sich am Ende mit Austrup, Pötter und Schaap doch auf ein Bier zum Domplatz auf, wo der Prinz Karneval vom höchsten Vertreter des Landes in der Provinzialhauptstadt empfangen wurde. Kattenstroht lockte aber auch eine freundliche Erinnerung an zwei hübsche Engelchen aus der Oberfinanzdirektion, die ihm auf dieser Fete vor Jahren über den Weg gelaufen waren. Der Abend war schön gewesen, aber damals hatte Betty ihren Gatten zu später Stunde am Bahnhof aufgreifen müssen! Als hilflose Person, wie sie ihm noch jahrelang genussvoll unter die Nase gerieben hatte.

Die Engelchen aus dem höchsten Finanzamt erschienen in diesem Jahr nicht, dafür waren doch einige gute Bekannte da und eine süße, rothaarige Erdbeere aus der Bezirksregierung. Das Bier war preiswert, das Essen in Ordnung, der Nachmittag ganz nett. Unter dem verderblichen Einfluss einer hinreißenden Blondine aus der Agrarverwaltung wagte sich der Kommissar trotz seiner Rückenbeschwerden zu späterer Stunde sogar auf die Tanzfläche.

So wurde es auch in diesem Jahr an Weiberfastnacht wieder etwas später für Klaus Kattenstroht.

Am Freitagmorgen fand sich Kattenstroht um 7.30 Uhr wieder bei Klara ein, die ihm mit Nachdruck ins Kreuz fasste und zu Übungen an den Geräten verdonnerte, die ihm das lasterhafte, ausgelassene Treiben des Vortages nachdrücklich ins Gedächtnis riefen. Die junge Frau hatte ihren Spaß und freute sich, dass der Kommissar sich sogar tanzend bewegt hatte, selbst wenn ihn nur einen halben Tag später die Knochen, Gelenke und Bänder schmerzten: „Sie müssen das mal so sehen: Sie haben sich ständig über den Schmerzpunkt wegbewegt, haben keine Schonhaltung eingenommen, auch nicht an Ihre Bandscheibe gedacht und wurden wieder munter." Nicht ohne Witz setzte sie nach: „So geht's, wenn ältere Herren unter den Einfluss einer jungen Dame geraten!"

Der Kommissar prustete los: „Und hier stehe ich unter Ihrem Einfluss, liebe Klara, bin auf dieses Foltergerät gespannt und habe wieder Schmerzen! Sie sind doch auch eine junge Dame! Und dann das!"

Klara blieb unerbittlich, und Kattenstroht musste das ganze Programm im Geräteraum absolvieren. Schweißgebadet, aber dennoch entspannt und guter Dinge wurde er entlassen. Die Dusche im Präsidium tat ihm wohl, und einigermaßen aufgeräumt tauchte er anschließend bei seinem Team auf.

Das Leben der unter unklaren Situationen verstorbenen Schulleiterin lag jetzt als Flachware vor ihnen. Die Beamten hatten die Akten penibel in Themengruppen sortiert, hatten geblättert und gelesen: Ihnen wichtig erscheinende Informationen hatten sie stichwortartig in Gruppen auf Flipchartbögen notiert und an den Stellwänden befestigt. Inzwischen hatten Austrup und Pötter die Dienstakten studiert und den Berufsweg der Cäcilia Sökeland rekonstruiert: Schule, Abitur, Studium, die Zeit als Lehramtsanwärterin, Festanstellung, der Aufstieg zur Rektorin.

Jetzt wollten sie sich den wirtschaftlichen Verhältnissen zuwenden. Vor ihnen lagen Steuererklärungen aus den letzten Jahren, die Gehaltszettel und die typischen kleinen Stehordner mit Kontoauszügen verschiedener Banken. Austrup informierte seinen Chef: „Die Dame hatte einen durchaus prominenten Steuerberater, wie wir gerade festgestellt haben. Ein eigenes Büro erledigte die Hausverwaltung und machte die diversen Abrechnungen. Es hilft nichts, wir müssen im Laufe des Vormittags dort auflaufen und nachfragen. Die Staatsanwaltschaft muss das mit der Akteneinsicht auch beim Finanzamt bitte regeln." Der Kommissar versprach seinen Kollegen, sich umgehend um die entsprechenden Schritte zu bemühen.

In seinem Büro angekommen, warf Kattenstroht erst einmal die Kaffeemaschine an und legte eine CD mit klassischer Musik auf, die der Stimmung der Karnevalstage entsprach. Die Kollegen konnten bald „Eugenspiegels lustige Streiche" von Richard Strauss vernehmen, wenn sie denn die Motive dieser Suite erkannten.

Tatsächlich musste Kattenstroht bis gegen 9.15 Uhr warten, ehe sein etwas zerknitterter Assistent Tim Schaap auf der Bildfläche erschien. Der junge Beamte wirkte bleich um die Nase, und der Kommissar sagte ihm auf den Kopf zu, dass die süße, rothaarige Erdbeere aus der Bezirksregierung an seinem Zustand schuld sei. Der junge Mann wagte es nicht, sich zu wehren, und kam mit der Standardentschuldigung um die Ecke, nur einmal im Jahr sei Karneval.

„Dann will ich heute den Dienstwagen mal lieber selbst fahren. Ich war immerhin schon um 21.00 Uhr im Bett!", tat Kattenstroht ebenso gönnerhaft wie väterlich unschuldig. Kaum eine Viertelstunde später waren sie auf dem Weg. Sie passierten Stockhem mit seinem malerischen Wasserschloss und gelangten durch die Rodorper Berge nach Kerkhövel, das malerisch in einer Schleife der Brinke gelegene Dorf. Mit Navi und Karte erreichten sie schließlich die Bauerschaft Northoven und kamen so zum Hof Fleitmann gt. Große Konerding.

„Mal wieder so'n großer Kotten!", pfiff Kattenstroht anerkennend durch die Zähne. „Alles in Pinn un Poneil!" Aufmerksam musterte der Kommissar die große Hofanlage, die an der Front zur Straße mit einer altertümlich wirkenden Bruchsteinmauer eingegrenzt war. Anscheinend säumte diese Mauer die gesamte Hofstelle. Das große Hoftor führte auf eine sorgsam gepflasterte Fläche, die an der rechten Seite in einer Gruppe schon stattlicher Eichen auslief. Nächst dem Hoftor stand ein zweistöckiger Bau in sorgsam gefügten Sandsteinquadern, der ursprünglich wohl als Speicher gedient hatte, jetzt aber zum Wohnen eingerichtet war. Der große Hofraum war an der linken Seite von einem allein stehenden, zweistöckigen Wohnhaus in Backstein gerahmt, gegenüber der Einfahrt lagen längs gestreckt Stallungen, Wirtschaftsgebäude und Scheunen, über deren Dächern sich bereits die Baumwipfel des nahen Waldes erhoben.

„Jetzt schauen Sie sich mal diese herrschaftliche Stadtvilla an. Dieses Haus könnte als bürgerlicher Bau in der Größe doch durchaus auch in Münster stehen. Was soll ich sagen? 100, 120 Jahre alt? Als es den großen Bauern vorm Ersten Weltkrieg am besten ging, da bauten die sich solche Paläste. Das war doch ein Architekt aus der Stadt. Anders geht es nicht." Kattenstroht geriet ob des prächtigen neobarocken Hauses ein bisschen aus dem Häuschen

Er lenkte den Wagen unmittelbar vor die Freitreppe des großen Wohnhauses und quälte sich nach der langen Fahrt etwas schwerfällig aus dem Sitz. Schaap war naturgemäß etwas schneller gewesen und sah sich jetzt von einem Jagdhund umspielt, der heiser bellend um den jungen Polizisten herumsprang. Ein Pfiff ertönte: „Ruhig, Hasso, Platz!" Der Hund gehorchte prompt und gesellte sich zu seinem Herrn, der unter der Tür des stattlichen Hauses stand. „Sie sind bestimmt von der Polizei aus Münster?"

Kattenstroht bestätigte die Anmeldung seines Besuches. Wie Schaap zeigte auch er seinen Dienstausweis vor, und beide Beamten wurden freundlich in die Diele des Hauses gebeten. „Wir gehen am besten ins kleine Wohnzimmer des Hauses, das ist geheizt. Sie kommen wegen Tante Cilly. Gibt es denn da etwas Neues?"

„Tante Cilly?", fragte der Kommissar aufmerksam. „Also doch eine enge Verwandte?"

Der Bauer, ein aufgeweckter Mann in den Enddreißigern, winkte ab. „Ich muss mal selbst überlegen: Wir haben gemeinsam Ururgroßeltern. Ihre Urgroßmutter, also meine Urgroßtante, Angela Fleitmann, später verheiratete Dange, ist kurz vor 1870 hier auf dem Hof geboren worden. Bei unserer Familie wird der Zusammenhalt sehr gepflegt, und wir haben alle fünf Jahre einen Familientag hier in Kerkhövel im großen Saal vom Bürgerhaus. Beim letzten Mal waren wir mit 594 Leuten da."

„Merken Sie sich das, mein lieber Schaap", flüsterte der Kommissar seinem Assistenten zu. „Bei den Münsterländern wird wie bei den

Schotten das Blut bis ins zwölfte Glied geehrt! Sagt die Droste. Das sind alles Clans. Unsere Schulten tragen bloß keine Röcke mehr." Und mit wieder erhobener Stimme: „Aber das sind doch positiv zu wertende Familienzusammenhänge. Immerhin sollen Sie, wenn ich richtig informiert bin, die Beisetzung organisieren."

Der Bauer nickte: „Das stimmt. Tante Cilly hatte selbst in der eigenen Generation keine Verwandten mehr, keine Geschwister. Sie hat immer den Familienverband und das Treffen organisiert, hat sich für die Geschichte des Hofes interessiert und wollte unbedingt in unserer großen Gruft auf dem Friedhof von Kerkhövel beigesetzt werden. Den Wunsch wollten wir ihr gern erfüllen, und auch unser Kirchenvorstand hat zugestimmt. Da hatte sie der Kirchengemeinde aber auch ein gutes Werk für getan."

„Wie eng war denn der Kontakt, wenn sie doch nur eine Cousine um so viele Ecken war?", hakte sich Schaap ein.

„Solange meine Mutter noch lebte, kam sie ein paarmal im Jahr zur Visite. Ihr Vater war ja Jurist und in der Finanzverwaltung tätig. Der hatte damals in den Jahren um den Zweiten Weltkrieg herum in Münster Probleme, und seine junge Frau wohnte für etwa drei Jahre, so ab 1943 glaube ich, bei uns auf dem Hof, war zur Zeit der Bombenangriffe hier evakuiert. Nach dem Krieg hat Cillys Vater meinen Eltern in den Rechtsdingen und bei der Finanzverwaltung sehr geholfen. So kamen also entfernte Verwandtschaft und Freundschaft zusammen. Das ging bis weit in die 1970er Jahre hinein. Dann starb erst der alte Sökeland, kurz drauf seine Frau, da stand Cilly dann allein da. Auf gewisse Weise hat sie unseren Hof indirekt auch als Elternhaus verstanden."

Der Bauer stand von seinem Stuhl auf: „Entschuldigen Sie bitte, ich habe ganz versäumt zu fragen, ob Sie einen Kaffee wollen. Wie sieht es aus damit?" Kattenstroht und Schaap sahen sich an und nickten spontan. „Kaffee wird begrüßt!", meinte der Ältere der beiden. Fleitmann verschwand und schien einige Minuten wegzubleiben. In dieser Zeit erhob sich Kattenstroht etwas schwerfällig und machte sich an seine Übungen, den Bauchnabel gegen das Rückgrat zu drücken. Nun stand er völlig gerade und betrachtete dabei zwei Porträts, die über einer mächtigen alten Kredenz an der Wand hingen. Dargestellt waren in zwei Bildern, die in gleich gestalteten Rahmen des 19. Jahrhunderts gefasst waren, ein Mann und eine Frau etwa im Alter um die 60 Jahre. Der Mann war schon grauhaarig und hatte einen stattlichen Kinnbart, die Frau zeigte sich als eine harmonisch wirkende, gütige Erscheinung mit rundlichem Gesicht. Der Herr wirkte dagegen energisch und selbstbewusst. Die Porträts waren so angelegt, dass die dargestellten Personen, offensichtlich ein Paar, den Betrachter aus zwei unterschiedlichen Perspektiven in den Blick zu nehmen schienen.

Irgendetwas sprach Kattenstroht aus diesen Bildern an. Zwar setzte er seine Übungen zwischen Bauchnabel und Rückgrat fort, aber er hing förmlich an den gemalten Gesichtern und überhörte fast den Bauern, der in Begleitung einer etwa gleichaltrigen Frau erschien und seinen Gästen den Kaffee servierte.

Bernd Fleitmann stellte seine Frau Hendrike vor, und diese kümmerte sich erst einmal um die Versorgung der Gäste: „Wir waren natürlich sehr bestürzt, als wir vom Verschwinden der Cilly erfuhren. Sie war ja noch am Freitag der vorletzten Woche nachmittags hier auf dem Hof gewesen. Sie wollte hoch nach Haus Bockhorst zu einem Seminar mit Kolleginnen und sagte bei uns nur eben guten Tag. Sie war kreuzmunter, und wir haben uns für die Osterwoche verabredet. Dann war sie auf einmal verschwunden. Nun stand ja am Montag in der Zeitung, dass man da bei Hegemer eine Leiche gefunden habe, und wir haben gleich schon das Schlimmste befürchtet. Ist der Fall denn schon aufgeklärt?“, wollte die Frau des Hauses wissen.

Der Kommissar bedauerte, noch keine Lösung des Falles melden zu können. Er ließ die Fleitmanns noch die eine oder andere Geschichte über die Verstorbene berichten, hörte von ihrem Einsatz für die nachgeborenen Neffen und Nichten, von Nachhilfestunden und Zuschüssen zu Klassenreisen und Sommerlagern, von Buchgeschenken zu Namenstagen und zu Weihnachten. Vorsichtig fragte er nach, ob denn der Stammhof auch etwas zu erben erwartete. „Frau Sökeland ist zwar allein aus dieser Zeitlichkeit geworfen worden, aber es hat den Anschein, dass sie doch einiges an Vermögen hinterlassen hat.“

Fleitmann schaute seine Frau etwas unsicher an: „Da hatte sie ein Problem, das hat sie uns eigentlich sehr ehrlich geschildert. Zwischendurch hatte sie mal die Idee, unseren zweiten Jungen zu adoptieren, wegen der Erbschaftssteuer. Dazu ist es aber eben nicht mehr gekommen. Und dann weiß ich, dass sie eine Stiftung ins Leben gerufen hat, wohl auch aus steuerlichen Gründen. Die fängt aber erst nächstes Jahr richtig an, und der jeweilige Hausherr auf unserem Hof ist geborenes Mitglied im Stiftungsvorstand." Der Bauer überlegte: „Mit dem hatte Cilly aber irgendeinen Ärger, wie sie bei ihrem Besuch zu Neujahr erwähnt hat." Hendrike Fleitmann unterstützte ihren Mann: „Das hatte etwas mit Kunstwerken zu tun, die sie in die Stiftung einbringen wollte. Sie war da sehr umsichtig – und meist sehr großzügig. Cilly war einfach klasse: Eine Seele von Mensch und dabei mit beiden Beinen in der Welt. So ein Ende hat sie nicht verdient." Die Trauer der Bauersfrau wirkte aufrichtig.

Man kam zum Schluss. Die Beamten bedankten sich für die Informationen und den Kaffee, und gemeinsam verließ man das kleine Wohnzimmer, um durch die Diele zur Haustür zu gelangen. Kattenstroht fiel zum Abschied noch etwas Nettes ein: „Sie haben da übrigens zwei wunderschöne Porträts im Wohnzimmer hängen. Ich bin beeindruckt. Sind ja Bilder von Klasse!"

Der Bauer nickte bestätigend: „Mein Ururgroßvater: Bernhard Fleitmann gt. Große Konerding. Daneben seine Frau Maria. Das war eine geborene Große Drenkmann von Handrup. Die Porträts hat übrigens ein Maler gemacht, der von unserem Hof stammt. Ein Sohn der beiden. Tönne Fleitmann. Der war später in der ganzen Welt unterwegs und berühmt, ist aber leider früh gestorben. In Rom übrigens."

Kattenstroht hörte interessiert zu: „In Rom? Ist ja allerhand!"

Die Bäuerin meinte kurz entschlossen: „Kommen Sie mal mit auf den Saal!" Sie führte die Besucher durch die große Diele zu einer hohen Doppeltür, hinter der sich offenkundig der festlichste Raum des Hauses verbarg. „Hier können wir mit bis zu 30 Leuten essen, wenn wir es wollen, aber die kriegen auch wir nur noch schwer zusammen."

Tatsächlich stand in der Mitte des repräsentativen Raumes, der sich über hohe Flügeltüren zum Garten öffnete und von dort sein Licht bekam, ein großer schwerer geschnitzter Eichentisch mit einem Dutzend Stühlen drum herum. Weitere Stühle verteilten sich an den Wänden, die mit Konsolen und darüber hängenden Spiegeln angeordnet waren. Alte cremefarbige Tapeten mit gotischer Musterung gaben den durch Stuck gerahmten Wandfeldern eine fast textile Prägung. Die Decke war ebenfalls symmetrisch stuckiert, ein großer Kronenleuchter beherrschte ihre Mitte. An der rechten Seite war ein barocker Kamin aus Sandstein eingebaut, und darüber hing ein Bild, das Kattenstroht sofort faszinierte. Geradezu übereifrig eilte er an der Hausfrau vorbei und schien sich fast auf das Kunstwerk zu stürzen. „Sehen Sie nur, Schaap, das Sujet: Rom! Eindeutig. Der Rahmen! Die Technik. – Das Gegenstück hängt in der Wohnung der Frau Sökeland. – Da bin ich mir ganz sicher!"

Das Bild zeigte zwei sehr unterschiedliche Treppen, die links offensichtlich zu einer Kirche, rechts zu einem Palast, wenn auch in verschiedenen Winkeln, steil hinaufführten. Antike Statuen rahmten die Treppe rechts, und im Hintergrund erkannte man eine weltberühmte Statue: „Klar, Mark Aurel. Das Kapitol in Rom."

„Das Bild ist auch von Tönne Fleitmann. Der ist ja in Rom, dicht beim Petersdom begraben. Tante Cilly kannte die ganze Geschichte und hat für eine Ausstellung, die vor zehn Jahren mal im Kreismuseum war, die ganze Lebensgeschichte von unserem Maler zusammengeschrieben. Der war schon etwas wunderlich. Jedenfalls wollte er in Italien wohl nicht Tönne Fleitmann alias Große Konerding heißen und hat sich deshalb als Künstler Antonius Tibian genannt. Deswegen hier die beiden Buchstaben: AT!"

Kattenstroht war hingerissen, und fast euphorisch rief er: „Tibian! Um Gottes willen, Antonius Tibian!" Er schaute sich um: „Haben Sie eine Alarmanlage? Wie sind Sie versichert? Hoffentlich hoch genug! Drei Tibians allein hier im Haus? Sie wissen doch, was das heißt?"

„Für dieses Bild vom Kapitol in Rom, das soll aber keines seiner besten sein, sind uns schon mal 30.000 € geboten worden." Dem Bauern erschien der Enthusiasmus des Kommissars ziemlich befremdlich. „Tante Cillys Bild, auch ein Platz in Rom, wurde toll restauriert und ist angeblich noch mehr wert. Wir schweigen an sich über das, was wir da haben. Die drei Bilder hier unten haben wir schon mal zu Ausstellungen gegeben. Da steht dann aber immer nur dran: Leihgabe aus Privatbesitz."

„Irre, einfach irre!" Der Kommissar war platt: „Mein Vater hat sich mal mit diesem Tibian beschäftigt. Ich hatte es aber nicht mehr auf dem Schirm, dass der Mann aus Kerkhövel und sogar von Ihrem Hof kam."

Die Bäuerin war auf die Geschichte ihrer Familie stolz. „Sie müssen unbedingt mal mit dem Direktor Dierhaupt reden, das ist der Chef vom Kreismuseum Kloster. Der soll wohl der beste Kenner von unserem Tibian sein. Dem hat ja auch Tante Cilly zugearbeitet. Der hat auch Bücher und Kataloge darüber herausgegeben. Wir könnten Ihnen einen davon mitgeben. Ich muss nur mal suchen. Wo habe ich denn bloß die beiden dicken Bücher?"

Kattenstroht wurde wieder sachlich: „Die Frau Sökeland wusste also um die Schätze, die Sie haben – und um den einen Schatz, der bei ihr selbst an der Wand hing.

Fleitmann nickte: „Allerdings. Diese römische Szene in ihrer Wohnung hatte sie übrigens vor etwa 30 oder 40 Jahren mal im Kunsthandel gekauft. Damals aber zu einem deutlich günstigeren Preis. Sie hat das Bild über den schönen Rahmen identifiziert, den sie ja von uns, von hier also, kannte. Und die Signatur AT. Wir sind uns nicht ganz sicher, ob das Bild nicht ursprünglich auch bei uns hing, aber das konnte nicht genau geklärt werden. In der Generation des Malers, sein ältester Bruder war ja mein Urgroßvater, gab es immerhin sechs überlebende Kinder."

Sie diskutierten noch weiter über das Bild, und Kattenstroht nahm sich fest vor, nähere Informationen über den Künstler und sein Leben zu sammeln. Er sah sich schon in Opas Keller hocken und die Bücherregale durchstöbern.

Auf der Rückfahrt tat der Kommissar wieder einmal seine Verwunderung kund, auf welchem kulturellen Niveau die Großbauern im Münsterland doch ständen. Schaap war immerhin ermuntert, sich den Interessen seines Chefs zu widmen. Auf seinem Smartphone hatte er den Namen „Tibian" eingetippt und meinte lapidar, in seiner Suchmaschine würde der Name als Sigle für die thailändische Geheimpolizei aufgeschlüsselt. „Und ein Computerspiel mit diesem Namen gibt es auch noch!", ergänzte der junge Beamte. „Da kann man sich einen Avatar basteln und gewisse Tugenden und Stärken übernehmen."

Kattenstroht blieb nur noch, sich in Wehklagen über den Kulturverfall im Zeitalter der digitalen Techniken zu ergehen.

Kapitel 19

Gegen 13.45 Uhr waren sie wieder im Präsidium in Münster und sahen zu, auf den letzten Drücker noch ein Essen in der Kantine zu bekommen. Kattenstroht gelang es mit dem ihm eigenen Charme wieder einmal, das Bedienungspersonal, das sich nach der mittäglichen Essensausgabe gerade selbst zu Tisch begeben hatte, für sich einzunehmen. Der Fisch, der ihm und Schaap anschließend serviert wurde, war nicht schlecht und die Portion auffallend groß. „Es war heute wirklich nicht sehr viel los!", klagte eine der jungen Damen. „Alles eine Folge von Weiberfastnacht. Der Kommissar zeigte Verständnis und Mitgefühl und erhielt dafür gleich ein doppeltes Dessert. Anschließend spendierte der Dienstältere seinem jungen Kollegen einen Espresso, und dann ging es zügig an die Schreibtische. Gemeinsam gingen sie Mails durch, die zum Fall eingegangen waren, lasen die eine oder andere Akte und begaben sich schließlich gemeinsam zum Besprechungsraum, wo sie hofften, über Ergebnisse aus dem Aktenstudium von Austrup und Pötter in Kenntnis gesetzt zu werden.

Tatsächlich waren Austrup und Pötter sehr engagiert gewesen. Austrup erstattete umständlich und sehr präzise Bericht: „Sehen wir das mal klar: Die Frau Sökeland war sehr wohlhabend. Das war aber schon altes Geld, das ihre Eltern in den 1950er Jahren klug angesammelt und angelegt hatten. Sie hatte zum einen das Haus auf Mauritz, wo sie selbst ihre Wohnung hatte und immerhin mehrere Mieten bezog. Dann gehörten ihr zum anderen zwei weitere Miethäuser mit noch einmal 16 Wohnungen im Norden Münsters. Da hat sie aber kein Aufhebens drum gemacht und die Liegenschaften konsequent von einer Agentur verwalten lassen. Als Eigentümerin ist sie da wohl absichtlich nie in Erscheinung getreten."

„Klingt ja ganz gut! Von wegen arme Schuljungfer!", zeigte sich Kattenstroht beeindruckt.

„Genau, da liegen Sie völlig richtig. Ihr Gehalt als Schulleiterin war abgezähltes Geld, nicht schlecht, spielte aber in der Einkommensbetrachtung eine untergeordnete Rolle. Dann mal weiter: Etwa 420.000 Euro Geldmittel, konservativ angelegt bei zwei lokalen und regionalen Banken! – Was sagen Sie nun?" Austrup schien an seinen Ergebnissen Spaß zu haben.

„Da fragt man sich doch, was mit dem Erbe wird. Wer wird Nutznießer und hat damit, weil er vielleicht etwas zu ungeduldig ist, ein Motiv?“ Der Kommissar dachte laut: „Das wird doch keine Fiskalerbschaft! Kann ich mir jedenfalls nicht vorstellen.“

Schaap hakte nach, was denn eine Fiskalerbschaft eigentlich sei, und musste sich von seinem Chef belehren lassen, dass in einem Erbfall, bei dem weder ein Lebenspartner noch ein Ehegatte oder gar Verwandte vorhanden seien, die Erbschaft an den Fiskus fallen müsste, und zwar an das Bundesland, in dem der Erblasser zuletzt gelebt hat. „In unserem Falle also Nordrhein-Westfalen. Da sitzt dann tatsächlich bei der Bezirksregierung hier in Münster eine Stelle, die sich darum kümmern muss. Die zählen da Tacken für Tacken*, müssen den Nachlass regeln und alles, was damit zusammenhängt, im Zweifelsfall bis hin zur Beisetzung. Das Land kann übrigens die Erbschaft nicht ausschlagen und erbt dementsprechend materiell meistens nur sehr wenig. Denn von Fiskalerbschaften mit richtiger Finanz-Masse kann man ja nur träumen! Was ist mit einem Testament?“

„Das ist vorhanden und beim Amtsgericht hinterlegt. Zweitschriften gibt es übrigens bei den Banken und in der eigenen Akte der Frau Sökeland.“ Pötter reichte ein Urkundenheft über den Tisch. „Hier ist gewissermaßen unser Exemplar. Wir haben die Daten abgeglichen. Es muss die aktuelle, die letzte Fassung sein. Das Gericht eröffnet das Testament ja erst, wenn die einen Totenschein haben. Den hat die Rechtsmedizin zwar schon ausgestellt, aber das muss ja alles seinen geordneten Gang gehen!“

„Dann mal raus damit: Wen trifft es?“ Nun wollte es der Kommissar genau wissen.

„Sie hat zunächst einmal 120.000 Euro gedrittelt für die drei Kinder einer Familie Fleitmann gt. Große Konerding in Kerkhövel. Das Geld, also 40.000 € für jeden, soll ausschließlich der Ausbildung der jungen Leute dienen und wird vom Testamentsvollstrecker, das ist eine angesehene Kanzlei auf Mauritz, in Tranchen ausgezahlt, sobald die Kinder Abitur gemacht haben. Da hat sie tatsächlich eine Hürde eingebaut. Ohne Abi kein Moos. Übrigens müssten die jungen Leute bei Antritt

* Tacken: umgangssprachl. für die frühere Zehnpfennigmünze

der Erbschaft unter Berücksichtigung der Freibeträge mit je etwa 6.000 Euro Abzügen für die Erbschaftssteuer rechnen." Austrup blickte wieder prüfend in seine Listen: „Die restlichen 300.000 Euro aus den flüssigen Mitteln gehen in eine Stiftung, die heißt Tibian-Stiftung, merkwürdiger Name übrigens, und hat eine eigene Zweckbestimmung: Förderung von Kunst und Kultur. Die Stiftung kriegt auch die beiden Häuser mit den Mietwohnungen. Das schöne Haus auf Mauritz geht ebenfalls an die Kerkhöveler Fleitmanns, und zwar so, dass alle fünf, zwei Elternteile und drei Kinder, eine Wohnung selbst übernehmen sollen, die anderen gehen in das Gemeinschaftseigentum der Familie über! Dann ist da eine weitere Sache, die wir noch nicht völlig erschlossen haben. Es geht um Kunstwerke, eine ganze Reihe von Bildern, Skizzenbüchern und solchen Dingen, die ebenfalls in diese Stiftung gehen, aber als Dauerleihgabe im Kreismuseum Kloster bleiben sollen. Das alles ist die Hinterlassenschaft eines Malers mit Namen –", Austrup blätterte hin und her und provozierte so seinen Vorgesetzten:

„Tibian, Antonius Tibian, gestorben 1909 in Rom." Kattenstroht pfiff anerkennend durch die Zähne: „Alle Achtung, die Sökeland hatte aber weiten Familiensinn. Ist irgendetwas über Ansprüche anderer möglicher Erben bekannt? Hinterher kommen da noch Pflichtteilforderungen und so was aus dem Busch."

„Sie war sehr genau in diesen Fragen, hat Wertgutachten machen und sich sogar denkbare Erbschaftssteuern berechnen lassen. Das betreute ihre Rechtsanwaltskanzlei. Offensichtlich wollte sie das alles noch zu Lebzeiten regeln, ist aber nicht mehr dazu gekommen. Übrigens hat sie das Familiengrab Fleitmann auf dem Alten Friedhof in Kerkhövel weiter finanziert, das stand zumindest auf der Kippe. Und dann noch dies." Pötter schob einen Aktendeckel über den Tisch: „Eine Nachkommentafel ihrer Familie. Da stehen alle Deszendenten drin, die sich auf die gemeinsamen Ururgroßeltern zurückführen lassen."

Austrup schien die Sache Spaß zu machen: „Humor hatte sie auch. Das erste Familientreffen nach ihrem Tod soll aus einem Legat, einer Summe von 20.000 Euro finanziert werden. Die sollen die Verwandten ordentlich verfrühstücken. Das hat einfach Klasse, so etwas!"

„Mein lieber Austrup, lassen Sie mich das mal schnell überschlagen:

Schaap und ich haben in Kerkhövel gehört, dass beim letzten Treffen der Fleitmanns 594 Leute da waren. Also wird dieser Zuschuss aus dem Erbe Sökeland sich auf etwa 34 / 35 Euro belaufen. Na, sind wir großzügig, für ein Schnitzel mit Beilagen und einige Getränke wird es reichen." Der Kommissar war dennoch beeindruckt: „Das Ganze hat schon Art und Stil!" Und nach einer Pause: „Mal weiter dann, wir schauen uns noch einmal die Deszendenten an. Wenn die fünf in Kerkhövel so viel kriegen und 589 Leute nichts, dann könnte auch das Knatsch geben. Was sagt denn die Stiftungsurkunde dazu?"

Pötter bedauerte: „Dazu können wir noch nichts sagen. Der Anwalt der Sökeland hat seine Akten dazu abgegeben. Wir sind auch noch nicht so weit gewesen, um schon danach zu suchen. Bei den Unterlagen, die Frau Eilers und der Kollege Schaap aus der Wohnung mitgenommen haben, war kein Vorgang zu dieser Stiftung dabei. Sie ist aber errichtet. Jedenfalls steht sie im Internet im Verzeichnis der Stiftungsaufsicht der Bezirksregierung Münster drin."

Kattenstroht schaute etwas gequält auf seine Uhr: „Und da können wir heute wahrscheinlich niemanden mehr erreichen. Freitagnachmittag: Dann kommt das Karnevalswochenende. Vor Dienstag sind die Kollegen da auch nicht sprechfähig und kommen nicht an ihre Akten heran. Verflixt. Was machen wir da?"

Nach einigem Zögern griff der Kommissar zum Telefon und rief bei Kathrin Eilers in Reckhölter an. Ob sie in den Beständen der Sökeland-Akten etwas über eine Tibian-Stiftung entdeckt habe. Es müsse sie eigentlich geben.

Kathrin Eilers konnte ihm nur mitteilen, dass Schaap und sie alle Akten, die sich in dem Schrankfach seitlich des Schreibtisches der Sökeland befunden hatten, eingepackt hatten. „Ich gebe zu, in den anderen Fächern des Schrankes habe ich nur oberflächlich nachgeschaut."

Der Kommissar dachte laut nach: „Es muss Vorgänge geben, das ist mal klar. An die Stiftungsaufsicht hier in Münster kommen wir erst am Dienstag wieder ran. Und wenn wir die Wohnung noch einmal durchsuchen? Wir können aber auch nicht ausschließen, dass die Frau Sökeland die Akten in der Schule hatte. Da gibt es ja auch einen Tresor." Er wandte sich seinen Mitarbeitern zu: „Der Karneval klaut uns glatt drei

Tage." Dann dachte er weiter nach: „Im Kreis wird am Montag gearbeitet, die haben da ja keinen Karneval. Wir sollten versuchen, das Museum zu kriegen, diesen Direktor, wie heißt der noch – Dierhaupt, richtig, Dierhaupt. Wir sollten sofort versuchen, den zu erreichen."

Kattenstroht verabschiedete sich von seiner Assistentin, wünschte ihr ein schönes Wochenende und bot an, sie am Montag auf der Fahrt in die Kreisstadt in Reckhölter zum Dienst abzuholen. Es ließ sich nicht sagen, dass die Beamtin von dieser Aussicht gerade hingerissen war.

Das Museum war tatsächlich binnen weniger Minuten zu erreichen, der Herr Direktor Dierhaupt indes nicht. Der Chef sei verreist und in Belgien zu einem Treffen mit befreundeten flämischen Museumsleitern unterwegs. Kattenstroht ließ sich die Nummer des direktoralen Mobiltelefons geben, musste aber feststellen, dass keine Verbindung zustande kam. Reichlich genervt setzte er sich zu seinen drei Kollegen und ließ sich in die eine oder andere Akte aus dem Leben der Cäcilia Sökeland einweisen. Je mehr er las, umso mehr stieg seine Hochachtung vor dieser so trefflich organisierten Dame. Kattenstroht war sich völlig sicher, dass der Fall – ungeachtet aller Mühen und Kosten – aufgeklärt werden musste, schon um ebendieser Achtung willen.

Es war bereits später Nachmittag, als Kattenstroht nach Hause kam. Ein hervorragender englischer Tee aus dem Kramladen der Queen stand bereit. Aus der Ecke winkte das schwarze Sofa mit grüner Decke für den nachzuholenden Mittagsschlaf. Der Kommissar war sich unsicher, wie das Karnevalswochenende gestaltet werden konnte. Er fühlte auf der einen Seite den Druck, die Aufklärung des Falles Sökeland voranzutreiben, auf der anderen Seite fehlten ihm Zugänge und Packenden.

Erfreulich war immerhin, dass im Brinketal das närrische Treiben längst sein Ende gefunden hatte. Also konnte er am Montag, egal wie das Team vor Ort in Münster aufgestellt war, den Spuren und Hinweisen dort nachgehen, ohne dass er von bunten Mützen oder Konfettiregen belästigt werden würde. Und Kathrin Eilers wäre wieder mit von der Partie. Auch dies tröstete den Kommissar ein bisschen.

Ansonsten quälte ihn nämlich das unbestimmte Gefühl, er habe in der Sache Sökeland bisher nicht das nötige Quäntchen Glück gehabt.

Kapitel 20

Das erste März-Wochenende war gekommen, und es wehte ein frischer Wind, der ein vielfältiges Frühlingsahnen erspüren ließ. Der Himmel war wie geputzt, und auch dieser Samstag versprach, ein guter Markttag zu werden. Die ersten Frühblüher in Feld und Wald hatten sich aufgemacht, und auf dem Domplatz in Münster boten die Bauern und Gärtner nach dem Winter Blüten und Zweige als Frühlingsboten zur Belebung von Haus und Wohnung an. Dass gerade Karneval war, fiel hier kaum jemandem auf, auch wenn auf dem Prinzipalmarkt eine Tribüne für die für den Sonntag angekündigte Rathauserstürmung errichtet wurde. Eifrig wurden Fahnen und Transparente aufgezogen, um Münsters Ruf als Hochburg des Frohsinns zu unterstützen.

Pünktlich wie die Maurer warfen sich auch Klaus und Betty in das Marktgeschehen. In diesem Winter hatte die penible Lehrerin die Parkscheine eines jeden Samstags gesammelt und festgestellt, dass die Kattenstrohts immer in einem Zeitkorridor von maximal 3 bis 5 Minuten in der Stadt eintrafen: „Stell dir vor: Erst sind wir im Supermarkt, dann beim Bäcker, dann hier in der Innenstadt. Immer zur selben Zeit! Das muss einen doch nachdenklich machen. Sind wir eigentlich auch schon derartig eingerostete Gewohnheitstiere, wenn wir so strikt an unseren Gepflogenheiten festhalten?“

Der Kommissar hatte stirnrunzelnd die Parkscheine durchgeblättert und meinte, er wolle sich an den großen Bernhard von Clairvaux halten. Der habe schließlich gesagt, man solle die Ordnung bewahren. „Die Ordnung wird dann auch dich bewahren! – Wir gehen ja auch immer zu denselben Ständen zum Einkaufen!“

Und so geschah es. Dem Schwätzchen und Einkauf bei Käse Humborg folgte eine erste Diskussion mit Frank Sautmann über den anzupeilenden Braten zum Osterfest. „Nicht zu vergessen: Uns trennt ja nur noch die vierzigtägige Feier der heiligen Fasten von diesem Ereignis!“, hatte Kattenstroht gelehrt und dabei entgegen allen Fastenvorsätzen intensiv an die großartige Lammkeule aus dem letzten Jahr gedacht.

Von Sautmanns Wagen aus waren Klaus und Betty zu ihrem neuen Ziel geeilt, dem Stand einer vorderasiatischen Familie, die seit einiger Zeit tropische Früchte, Nüsse und allerhand kandierte und getrocknete

Leckereien anbot. Auch heute präsentierte sich dieser Stand wieder in einer unglaublichen Farbigkeit. Da das Licht noch mäßig war und die Sonne mit einigen Wolkenschleiern zu kämpfen hatte, sprangen die Angebote des freundlichen Kaufmanns aus Aserbaidschan den Betrachtern direkt ins Auge. Auf großen runden Tabletts aus Messing waren wie in einem orientalischen Bazar die Nüsse, Früchte und Beeren, die Mischungen vom bunten Studentenfutter bis zu den in Honig gebackenen Macadamianüssen hoch aufgetürmt. Es gab getrocknete Pfirsiche ebenso wie geschnittenen Ingwer in verschiedenerlei Kreszenzen, Pinienkerne, Mandeln und Beeren jeglicher Art mit oder ohne Schokoladenmantel, exotische Mischungen, Walnüsse aus Frankreich, Haselnüsse aus der Toskana und Konfekte der verschiedensten Art. Betty meckerte immer, dieser Stand unterminiere ihre Anstrengungen für eine gute Figur, aber in der Unterrichtszeit nahm sie doch gerne Tüte um Tüte getrockneter Früchte mit in die Schule. Dort waren sie eine willkommene Abwechselung im hektischen Schulalltag und wurden im Übrigen auch von einer Reihe von Kollegen hoch geschätzt.

Während Betty sich um ihren Einkauf kümmerte, schnabulierte der Kommissar an dem Probier-Arrangement herum, das die Kaufleute vor ihrer Theke für die Besucher aufgestellt hatten. In kleinen Schälchen war ein bunter Querschnitt durch das Programm aufgestellt, von süß bis sauer, von hart bis weich, von bunt bis farblos. Kleine Plastikpinzetten lagen bereit, und um dieses kostenlose Angebot versammelten sich immer zahlreiche Kunden, auch um sich die Wartezeit zu verkürzen. Als Kattenstroht gerade zu den Kaffeebohnen in Schokolade greifen wollte, war eine dunkle, fast grollende Stimme zu hören: „Nichts für dich, Klaus! Denk bitte an deine Figur!“ Der Kommissar schaute auf und erblickte zu seiner Freude den väterlichen Freund Hein Dackmar: „Hallo, Onkel Hein, wenn du aus deiner Höhle kommst, wird es ja wirklich Frühjahr! Wie schaut es aus?“

Der alte Wanderfreund der Familie Kattenstroht lachte auf seine ihm eigene Art und meinte, er freue sich, mit nun schon über 90 auch diesen Winter überstanden zu haben. „Du hast natürlich recht, man spürt in meinem Alter durchaus schon mal die Schere am Lebensfaden, wie das unser Fräulein Hülshoff so schön schreibt, aber Unkraut vergeht bekanntlich nicht. Aus unserer Abiturientia leben immerhin noch drei weitere Freunde, und wenn das alles gutgeht, feiern wir in ein paar Jahren unser 150. Semester!"

Kattenstroht schoss etwas durch den Kopf, und er beschloss, den alten Herrn näher zu befragen. Sicherheitshalber tippte er Betty auf die Schulter, wies auf Hein Dackmar, der fröhlich winkend begrüßt wurde, und verzog sich dann mit ihm an die Ecke des Standes.

„Du hast gerade deine Abiturientia und deine alte Schule angesprochen. Ich habe da gerade einen Fall, bei dem mir komplett die Hintergründe fehlen. Sagt dir eigentlich der Name Antonius Tibian was?"

„Tibian, der Maler?", kam es wie aus der Pistole geschossen. „Der hat aber mehr als fünfzig Jahre vor mir Abitur an Deutschlands ältester Penne gemacht, immerhin, ein Bundesbruder, ein Bardophone!"

„Ein – was?", unterbrach Kattenstroht die Ausführungen Dackmars.

„Ein Mitglied der Bardophonia, des Gymnasial-Gesangvereins zu Münster. Das ist eine Vereinigung von Schülern, die sich im Jahre 1858 gegründet hat. Ich war natürlich auch da Mitglied. Ich war einige Jahre Scriptor, also Schriftführer, und auch Präses, also Vorsitzender. Daher kenne ich die Bardophonia recht gut."

„Und was macht dieser komische Verein so alles?"

„Komischer Verein!", der alte Hein Dackmar schüttelte fast entsetzt seinen runden Kopf unter der schwarzen Baskenmütze. „Unglaublich respektlos von dir, mein lieber Klaus. Die Bardophonia singt, durchaus mehrstimmig. Sie ist der Pflege des Gesanges und der Geselligkeit verpflichtet, und sie begründet einen lebenslangen Freundschaftsbund!"

Der Kommissar hatte seinen Spaß: „Unser Vater hätte wahrscheinlich gesagt: Singen säggt' se, suupen doht' se!* Um noch mal auf den Tibian zurückzukommen, kannst du mir aus dem reichen Schatz deines Barden-Wissens etwas über ihn erzählen?"

„Der Tibian ist natürlich immer einer unserer Stars gewesen, schon deswegen, weil er beim Heiligen Vater am Petersdom in Rom begraben liegt. Er war aber eigentlich ein Bauernjunge, der meines Wissens aus dem Brinketal kam und die Karriere machte, die bei den Lümmels von den größeren Höfen so üblich war. Wenn der Pastor entdeckte, dass ein

* Niederdeutsch: „Singen sagen sie, saufen tun sie."

Bengel was unter der Mütze hatte, wurden die Eltern bearbeitet, ihn Latein lernen zu lassen. Das machte meist der Kaplan. So mit 14 Jahren, zur Untertertia, kam auch Tibian nach Münster ins Heerde-Kolleg und ans Paulinum. Da hat er dann Abitur gemacht, und einer seiner Kunstlehrer hat ihn entdeckt. Dann hat der Mann seine internationale Karriere gemacht. Aber ehrlich, viel mehr weiß ich da nicht drüber. Als ich selbst ein Junge war, wussten ältere Bardophonen von dem Mann zu berichten. Er ist irgendwann kurz vorm Ersten Weltkrieg in Rom gestorben."

„Eigentlich hieß der ja Fleitmann gt. Große Konerding. Höchster Münsterländischer Bauernadel. Weißt du eigentlich, wie der auf seinen Künstlernamen gekommen ist?"

Der Alte grinste: „Ja, weiß ich! Es fällt mir wieder ein, wo du den Namen Fleitmann sagst. Bei den Bardophonen hat jedes Mitglied einen Spitznamen, der latinisiert sein und dann ein Leben lang halten muss. Fleitmann hieß in der Schule nur Fleiten-Tönne, also Flöten-Anton, fleiten ist auf Platt natürlich flöten. Die Bardophonen haben daraus etwas künstlich Tibianus gemacht. Tibia ist eigentlich die Flöte, kann aber auch das Schienbein heißen. Unser Professor hielt uns immer darüber Vorträge, dass die Instrumente ursprünglich aus Knochen gemacht wurden. Der Flötist heißt auf Latein aber anders." Dackmar dachte nach, fand die Lösung aber nicht mehr. „Tibicinia ist die Flötenspielerin, das fällt mir noch ein. Egal: Tibianus klingt dagegen gut, ist aber grammatisch bestimmt falsch. Der Name blieb aber an ihm hängen, und als er hinterher berühmt wurde, hat er die Endung -us abgehängt und ihn als Künstlernamen angenommen."

Betty stieß wieder zu ihnen und übergab als Erstes ihrem Gatten die Einkaufstaschen. „Die hättest du beinahe wieder stehen gelassen, Klaus", und dann begrüßte sie den alten Freund der Familie: „Hallo, Onkel Hein, alles im Lot bei euch?"

Man tauschte sich noch ein wenig aus, erkundigte sich nach dem Gesundheitszustand von Tante Marianne Dackmar und trug dem alten Mann die besten Wünsche auf. Dann trennten sich ihre Wege.

Die Kattenstrohts tippelten noch zur Bank und ließen sich die Kontoauszüge ausdrucken, was angesichts der zu erwartenden Zinsleistungen für das Haus Ende März dem Kommissar wieder die Sorgenfalten auf die Stirne trieb: „Und dann demnächst Sebastian im Studium! Wie soll das nur gehen?“

„Völlig scheitern werden wir, wenn zwei Jahre später auch noch Benedikt auswärts studiert“, war sich Betty sicher und ließ auch gleich einige Vorschläge vom Stapel: „Dann werden als Erstes die teuren Whiskys aus Schottland gestrichen, dann der Urlaub in Italien ...“

„ ... und dann die Trockenfrüchte“, warf Kattenstroht ein.

„Im Ergebnis nimmst du dann 15 Kilo ab und hast ab sofort auch keine Rückenschmerzen mehr!“, bewies Betty wieder einmal ihre in Wissenschaft und Schule gestählte Schlagfertigkeit.

Der Hauptkommissar zog es vor, den Disput nicht fortzusetzen. Er beschloss für sich, nach dem zweiten Frühstück eine ordentliche Kanne Tee zu kochen und sich in Opas Keller zurückzuziehen, wo er weitere Erkenntnisse über den Künstler Antonius Tibian zu finden hoffte.

Kapitel 21

Am Karnevalssonntag fand in den Städtischen Bühnen Münster wie in fast jedem Jahr eine Festaufführung einer Operette statt, zu der in der Pause der Prinz Karneval mit seinem Gefolge erwartet wurde. Die allgemeine Champagnerseligkeit pflegte dann auch die feinere Gesellschaft Münsters zu erreichen, und manch einem kam es so vor, als würden die seligen Tage der unvergesslichen Festbälle des Adeligen Damenclubs noch einmal aufstrahlen. Lehárs Land des Lächelns würde den passenden Rahmen abgeben: Salonherrlichkeit, Exotik und eine schmelzende Musik. Die längeren Pausen auf den Wandelgängen würden ausreichend Gelegenheit zum Sehen und Gesehenwerden bieten, und der auch hierorts blühende Klatsch würde seine Themenvielfalt ausbreiten.

Die Kattenstrohts hatten in der laufenden Saison schon zwei ihrer Premieren-Abo-Abende im Stadttheater versäumen müssen; mal war es eine Familienfeier, mal eine dienstliche Angelegenheit gewesen, so dass Betty sich in diesem Jahr rechtzeitig um Tauschkarten bemüht hatte. Tatsächlich war es ihr gelungen, ihre üblichen Plätze in der Mitte des Parketts zu bekommen: Reihe 9 mit den Nummern 283 und 285. Betty hatte diese exklusiven Stühle in idealer Höhe mit phantastischem Blick auf die Bühne vor Jahren aus dem Abo einer Cousine mehr oder minder erkungelt und sie seitdem mit hinhaltender Zähigkeit verteidigt.

Jochen Stellmacher und seine Thea hatten sich auf Einladung der Kattenstrohts für diese Aufführung ihnen angeschlossen. Auch wenn sie nur Plätze im ersten Rang bekommen hatten, versprach das Arrangement doch einen munteren Theaterabend. Die Paare trafen sich bereits eine halbe Stunde vor Beginn der Aufführung, wie der Kommissar es ausdrückte, im steifen Staat im Eingang des Theaters und wandelten dann über die Treppen zum Foyer hinauf, wo sich der Leitende Oberstaatsanwalt erst einmal um vier Gläser Schaumwein bemühte. Munter schwätzend schlenderte man durch das Foyer, verwunderte sich über die neue Kunstpräsentation, die sich an den Wänden breitgemacht hatte, und warf durch die hohen Foyer-Fenster auch einen Blick in die schon im Dunkeln liegende Stadt. Die Türme Münsters standen angestrahlt gegen den Himmel, und trotz des kühlen Wetters war doch viel Volk unterwegs.

Hier war zu grüßen, und da war zu grüßen. Natürlich waren, wie es Stellmacher auf den Punkt brachte, Jan und Allemann da. Der Querschnitt ging durch die ganze Münstersche Gesellschaft, von der Universität über die Wirtschaft bis zum lokalen Handwerk. Auch zwei kunstinteressierte Domherren ließen sich mal wieder blicken. Da durften Professor Rollmann und seine Freundin Mia Kunsleben nicht fehlen. Das Pärchen hatte sich mit Rotweingläsern an einen Stehtisch im seitlichen Foyer zurückgezogen und beäugte kritisch das promenierende Publikum. Der Anfrage Stellmachers, ob denn die Sektgläser seines Quartetts auch bei Professoren und Büroleitungen abgestellt werden dürften, wurde positiv beschieden, und bald befand man sich im schönsten Meinungsaustausch. Kattenstroht gratulierte dem alten Rechtsmediziner zu seinem blendenden Aussehen. Dieser zeigte sich ganz als Gentleman und betonte, seine geistige wie sonstige Fitness sei nur das Ergebnis seiner Freundschaft zu Fräulein Kunsleben. Dafür wurde er trotz der so positiven Aussage von der so hoch gelobten Mitarbeiterin Kattenstrohts in die Seite geboxt. Kurz, das Lästern ging reihum. Die Stimmung stieg, und Kattenstroht kam nicht umhin, die nächste Runde zu holen. Noch war der Gong, der zur Aufführung zu rufen pflegte, nicht ertönt.

Als der Kommissar mit einem Tablett von sechs gut gefüllten Gläsern zurückkam, wurde er am Rand der Gruppe von Professor Rollmann empfangen, der offensichtlich mit ihm reden wollte. Der alte Herr zupfte Kattenstroht am Ärmel und meinte nur leise: „Wollen wir mal eben unsern aktuellen Fall aufklären?"

„Hat Frau Schulze Natrup mit Ihnen gesprochen?", entgegnete Kattenstroht.

„Hat sie. Sie hat mich am Freitagnachmittag angerufen. Nun lassen Sie uns doch mal auf etwas Abstand zu dieser disziplinlosen Truppe gehen und uns ein etwas stilleres Plätzchen suchen!" Rollmann ging gemessenen Schrittes auf eine der äußersten seitlichen Treppen zu, die vom Foyer in den Rang führten. Hier war es deutlich stiller.

„Nun, die Kollegin hat mich in groben Zügen in die Probleme des Falles eingeführt, und ich habe mir auch schon einige Gedanken gemacht. Wenn ich alles richtig verstanden habe – ich will mir in den nächsten Tagen aber auch mal die Akten, die Berichte und Fotos ansehen –, haben wir ein Problem mit der nachweisbaren Todesursache. Die Umstände weisen auf einen gewaltsam herbeigeführten Exitus hin, wir finden aber keine Spuren: Alles, was auf den ersten Blick denkbar ist, muss ausgeklammert werden: Diese arme Rektorin wurde also weder erschlagen noch erstochen, weder erwürgt noch erschossen. Weder hat man sie aufgeknüpft, noch hat man ihr Gift gegeben. Die Blutanalyse lässt keinen Rückschluss auf die Injektion irgendeines Giftstoffes zu. Organische Leiden waren nicht festzustellen. Obwohl, das ist zuzugestehen, der Zustand der Faulleichen in jeder Hinsicht problematisch ist. Die Analytik ist schwer, sehr schwer."

Kattenstroht wurde ein wenig ungeduldig und stieg von einem Bein aufs andere. Zudem ertönte jetzt der erste Gong, der die Theaterbesucher auf ihre Plätze rief: „Und was wäre Ihre Idee gewesen? Hat unser Täter vielleicht doch den perfekten Mord begangen?"

Rollmann nahm einen letzten Schluck aus seinem Rotweinglas und drehte es nun am Stiel nachdenklich hin und her: „Je mehr Möglichkeiten man ausschließt, desto weniger bleibt übrig. Man muss nur eben wissen, was noch übrigbleibt. In meiner Praxis habe ich durchaus auch schwierige Fälle gehabt, bei denen die Todesursache erst auf den dritten oder vierten Blick sicher bestimmt werden konnte." Der alte Herr blickte zu den Theaterfreunden, die paarweise, in Grüppchen oder eben allein die Treppen zu den Rängen hinauf oder zum Parkett hinuntergingen. „Ich fühlte mich nach dem Telefonat mit der Kollegin Schulze Natrup an einen Fall und an Arbeiten erinnert, die in meine Zeit als blutjunger Assistent in Würzburg fielen. Ich musste aber erst etwas in meinem Gedächtnis kramen, bis ich die Zusammenhänge halbwegs wieder beieinanderhatte." Sorgsam schwenkte der alte Herr sein Rotweinglas: „Sie erinnern sich noch an die Hundsgrotte am Lago di Agnano bei Pozzuoli? Am Golf von Neapel, nahe beim Vesuv? Vater Goethe war da und der junge Mozart, und sie wollten – wie damals alle gebildeten Reisenden auf der Grand Tour – sehen, wie man in eine Höhle gehen kann, in der ein Hund am Boden wie tot umfällt. Das Tier aber erwachte wieder zum Leben, wenn man es aus der Höhle herausgeworfen hatte. Das ganze Geheimnis war das vulkanische CO_2, das sich am Boden der Höhle sammelte und eine eigene Schicht bildete. Die menschlichen Besucher atmeten oberhalb der CO_2-Schicht. Versteht sich von selbst, dass auch Menschen in dem Gas umgekommen sind, wenn sie sich zum Beispiel bückten oder meinten, ihren Handstock aufheben zu müssen. Die waren gleich mausetot. CO_2-Vergiftung. Das ist nicht nur Verdrängung des Sauerstoffs, sondern auch Stockung der Atemfrequenz. Und genau das wäre selbst heute bei noch so spezifizierter Untersuchung – sogar beim aktuellen Fall – fast nicht nachzuweisen. Wie das bei einer Leiche, die mehr als eine Woche an der Luft gelegen hat, funktionieren sollte, ist mir ein Rätsel."

Kattenstroht meinte, sich zu erinnern, dass er eine ähnliche Erscheinung in Bad Pyrmont, also gar nicht so weit entfernt, auch schon mal besichtigt habe. Dort könne man Seifenblasen in der Luft schweben lassen, weil sie nämlich nicht in der CO_2-Schicht zu Boden sinken könnten.

Professor Rollmann nickte: „Stimmt genau! Die Dunstgrotte in Bad Pyrmont. Ein ganz ähnliches Phänomen. Ich komme aber zurück auf meine Würzburger Erfahrungen. Als Studenten sind wir natürlich am Main durch die Weinorte gezogen, haben in Volkach oder im Zehnthof in Nordheim mit unserer Verbindung oft einen ordentlichen Kommers geschlagen. Da hörte man eben von solchen Unfällen in Weinkellern, die einem dann durchaus in der Folge auf den Seziertisch kamen." Er hielt sein Weinglas demonstrativ hoch: „Das traut man Gott Bacchus nicht zu, oder? Aus einem Liter Most entweichen bei der Gärung bis zu 50 Liter Gärgas – oder eben CO_2. Sammelt sich das Zeug am Boden eines Weinkellers, wird es kritisch. Es hat keinen Zweck, eine Kerze mitzunehmen, denn die erlischt erst bei 14 / 15 % CO_2-Anteil in der Raumluft. Ein Mensch fällt schon bei der Hälfte dieser Konzentration um. Wir wissen, dass es in der Hundsgrotte am Boden eine Konzentration von bis zu 70 % CO_2 gegeben haben muss. Übrigens: Die Winzer haben das mit dem Hund bis in die Gegenwart getestet. Heute haben sie elektrische Entlüftungen."

„Arme Viecher!", entfuhr es dem Kommissar. „Wo war denn da der Tierschutzverein?"

„Sie müssen sehen, dass es eine ganz problematische Sache ist. Fällt ein Vater um, will der erste Sohn ihn retten. Der fällt aber auch um, schon springt der nächste Junge hinterher. Das hat geklappt wie bei den

Lemmingen und in der Geschichte ganze Familien ins Unglück gestürzt. Und jetzt mal vom Main nach Westfalen. Das Phänomen der CO_2-Anreicherung klappt nicht nur in Weinkellern, sondern auch in Brunnen, in Silos und in großen Jauchegruben und Güllebehältern. Wenn wir bei der verstorbenen Rektorin nun wirklich nichts nachweisen können, dann sollte mich eine Todesart auf dem Wege einer CO_2-Vergiftung nicht wundern."

„Spannende Theorie, lieber Professor, aber wir haben, soweit ich weiß, keine Spuren von Gülle oder Jauche an der Frau gefunden; Erde nur solche, die vom Fundort stammt. Ihre Kollegen meinen, die Leiche sei möglicherweise in einer Folie dorthin transportiert worden. Sehen wir mal von den Fäulniserscheinungen und den Spuren des Wildes ab, war nichts festzustellen. Andererseits", so räumte Kattenstroht ein, „war der Zustand des Corpus schon ziemlich derangiert."

Der alte Rechtsmediziner lächelte und zog den Kommissar am Ärmel in Richtung Treppe. „Wir müssen jetzt, sonst kriegen wir Ärger mit den Beschließerinnen oder, das wäre weit schlimmer, mit unseren Damen. Zudem verpassen wir dann den ersten Akt." Noch an der Tür zum Parkett raunte Rollmann: „Meinen Tipp gibt's übrigens ganz umsonst. Sollte ich in der Sache in die richtige Richtung gedacht haben, krieg ich eine kleine Kiste Roten. Vom Main! Merlot oder Pinot Noir! Einverstanden?" Der alte Mann hielt seine Hand zum Schlag hin. Kattenstroht lachte und schlug ein.

Mit Mühe erreichten die beiden Herren ihre Plätze in unterschiedlichen Reihen des Parketts. Betty Kattenstroht schaute schon reichlich missmutig, dass ausgerechnet ihr Partner eine halbe Reihe von Zuschauern wegen seiner späten Passage aufstehen lassen musste. Dann aber erlosch das Licht, die Ouvertüre setzte ein, und bald strahlte die bittersüße Geschichte der Lisa von Waldenfels auf, die sich ausgerechnet in den chinesischen Gesandten Sou-Chong verlieben musste. Der seriöse Konzertführer hatte vor einer Schmalzorgie gewarnt, bei der der Diplomat aus dem Reich der Mitte in Liebesglut und Liebesschmerz ertränke. Aber dem Publikum gefiel es, und man hörte, wie im ganzen Haus, vom Parkett bis hinauf in den dritten Rang, die bekannten Melodien mitgesummt wurden.

Eine unliebsame Störung gab es schon im ersten Akt. Als Lisa von Waldenfels ihre Liebe zu dem chinesischen Gesandten erkannt hatte, fragte man den exotischen Gast nach den Bräuchen um Liebeserklärungen in China. Das Orchester setzte gefühlvoll ein, der Dirigent öffnete alle Schleusen musikalischen Gefühls, der Sänger hob an:

„Von Apfelblüten einen Kranz
leg ich der Lieblichen vors Fenster
In einer Mondnacht im April.
Ein Lied werd' ich von heißer Sehnsucht singen
Und meine Laute soll wie Silber klingen
in einer Mondnacht im April."

Die Arie gelang, die letzten Violinenseufzer verhallten, und in die Stille vor dem unbedingt zu erwartenden Szenenapplaus erklang ein klatschendes Geräusch, so als habe sich jemand mit der flachen Hand vor die Stirn geschlagen. „Ich Idiot! Ich Idiot!", rief jemand in einem überrascht-entsetzten Ton!

Unruhe entstand im Parkett. Theaterbesucher im Umfeld der Reihe 9 erkannten auch eine Dame, die ihren Begleiter nachdrücklich zur Ordnung rufen und zur Ruhe bringen musste. Kaum flammte das Licht nach dem ersten Akt auf, war dieser Herr aufgesprungen, hatte einen älteren Herrn in der Reihe 11 zugewunken, und gemeinsam sah man die beiden sich durch ihre Reihen zwängen und ins Foyer eilen, wo sie sich in einer Ecke in eine heftige Diskussion verstrickten.

Die Fanfaren ertönten, der Münstersche Prinz Karneval zog mit seiner Garde auf und wurde vom Orchester, dem Ensemble und dem Publikum freundlich begrüßt.

Kattenstroht und Rollmann interessierte das aber nicht. Erst nach einer Diskussion von knapp zehn Minuten erschienen sie wieder im großen Haus. Beide waren sichtlich erleichtert und beschwingt und vermochten den beiden weiteren Akten der Operette ohne Störungen zu folgen. Lisa von Waldenfels verlor ihre große Liebe, Sou-Chong blieb in China und nahm sich vier Frauen, und Betty Kattenstroht hatte einen Grund mehr, sich über ihren ungebärdigen Gatten zu wundern.

Dessen Laune war anscheinend ins Unendliche gestiegen, jedenfalls wurde es noch ein fröhlicher Karnevals-Sonntagabend, der den Kommissar, den Staatsanwalt und den emeritierten Rechtsmediziner mit ihrer fröhlichen Begleitung zu Stuhlmachers am Prinzipalmarkt führte.

Kattenstroht zeigte sich generös. Als Vorschuss auf die Lösung eines aktuellen Falles stellte er den Freunden einen Bocksbeutel auf den Tisch. Aus Iphofen am Main!

Was Professor Rollmann und er ausgeheckt hatten, behielten beide Herren indes hartnäckig für sich.

Kapitel 22

An diesem Rosenmontagmorgen hing im Hause Kattenstroht der Haussegen reichlich schief. Der Kommissar war sehr früh aufgestanden, hatte Hund Snoopy ausgeführt und Brötchen besorgt. Beide Jungen hatten heute frei, und auch Bettys Schule blieb wegen Karneval geschlossen. So saß der Kommissar zunächst allein am Frühstückstisch und war in das Studium der Morgenpresse vertieft, bis seine Betty auflief und begann, sich um den Kaffee und ihren Kommissar zu kümmern. „Ich denke, ihr habt heute offiziell frei!“

„Haben wir nicht. Nur die Verwaltungsfuzzys sind heute etwas stillgelegt. Der aktive Polizeidienst bleibt aktiv, und zudem ist im Brinkekreis nirgendwo mehr Karneval. Da ermittle ich schließlich gerade. Ich sehe mal zu, dass ich mich bald vom Acker mache. Um 10.00 Uhr habe ich schon meinen ersten Termin. Schließlich soll der Gerechtigkeit zu ihrem Recht verholfen werden“, meinte der Kommissar etwas ironisch.

Betty reagierte schroff: „Ich hoffe nur in deinem Interesse, du kommst nicht auf die Idee, Kathrin abzuholen. Die ist mit ihren beiden kranken Männern derart vom Rad, dass die schön im Forsthaus bleibt. Kannst ja deinen jungen Hiwi mitnehmen, den Schaap, der gehorcht dir doch aufs Wort!“

„Du scheinst heute Morgen auf Krawall gebürstet zu sein, beste Ehefrau von allen!“, gab Kattenstroht ebenso bissig zurück. „Leider ist es nun mal so. Wir haben den Mörder der Sökeland noch immer nicht.“ Er schaute genervt in seine Kaffeetasse. „Immerhin haben wir seit gestern Abend wenigstens so etwas wie eine Idee. Dienst ist Dienst. Du hast auch nicht so 'n Bohei gemacht, als Basti und Benne klein waren!“

Der Einwand war gefährlich, und der Kommissar musste sich von seiner Ehefrau anhören, sie sei damals auch sowieso viel zu gut und viel zu dämlich gewesen. „Deine Karriere hatte auch was mit meinem Verzichten zu tun!“

Der Abschied war etwas kühl, und Kattenstroht musste sich eingestehen, dass seine Betty ihn auf einem schwachen Fuß erwischt hatte. Er hatte tatsächlich die Idee gehabt, Kathrin Eilers im Reckhölter Hagen abzuholen. Ein Kontrollanruf bei Mia Kunsleben ergab, dass sich die junge Mutter wieder hatte krankmelden müssen. Tim Schaap stand parat, musste aber im Präsidium abgeholt werden. Noch vor 9.00 Uhr starteten die beiden in einen ebenso hellen wie frischen Morgen.

„Die Karnevalisten haben ja Glück bei dem Wetter!“, meinte der junge Mann. „Und wir haben Glück, dass wir noch rechtzeitig aus der Stadt herauskommen. Da kommen die ersten Holländer mit ihren Wagen! Jetzt wird es in Münster eng!“ Tatsächlich rollten an einer der großen Kreuzungen auf dem Ring gerade riesige Prunkwagen der niederländischen Narren aus den Grenzgemeinden in der Twente mit bunten Pappmaché-Figuren und verrückten Installationen vorbei. Zahlreiche Beamte sicherten die Straße ab und sorgten für eine reibungslose Durchfahrt. „Vor ein paar Jahren gab es am Rosenmontag mal einen gewaltigen Sturm. Da wurden die großen Pappköppe unserer großen Politiker über Hecken und Zäune verblasen. War irgendwie ein sinnreiches Bild.“ Der Kommissar ließ das Autofenster auf seiner Seite herunterfahren, winkte einem ihm bekannten Kollegen zu und staunte dann doch über eine überdimensionierte Bundeskanzlerin, die jetzt bedrohlich über ihm schwebte: „Hallo, Kollege Weischer, ist ja furchterregend, die Dame. Lassen Sie uns bitte mal durch. Wir sind tatsächlich im Dienst!“

Der angesprochene Kollege lachte und meinte, eigentlich weiche er heute nur der wirklich großen Politik, gab dann aber doch die Straße für Kattenstroht frei. Der grüßte winkend und fuhr weiter in Richtung Autobahn.

Während der Fahrt berichtete Schaap, er habe doch so allerlei Erzählungen über die Festgewohnheiten in früheren Jahren in Behörden gehört. Eine Sache habe Frau Kunsleben erzählt, mit der er gar nicht umgehen könne. Demnach habe ein Kollege in einer anderen Dienststelle vor Jahren am Rosenmontag vor dem Schreibtisch liegend Rechtsauskünfte erteilt. Die Auskünfte seien übrigens fachlich nicht zu beanstanden gewesen. Sitzend aber, und dies habe ihn, Schaap sehr gewundert, sei der Beamte zu keiner dienstlichen Handlung mehr in der Lage gewesen.

Kattenstroht lachte und meinte auch, früher sei es völlig üblich gewesen, im Kollegenkreise mal im Büro feuchtfröhlich zu feiern: „Heute geht’s eben doch korrekter zu. Vergessen wir nicht, wie sehr sich die Verhältnisse im Straßenverkehr geändert haben. Heute ziehen wir ja sogar angesäuselte Radfahrer aus dem Verkehr. Die stürzen im wahrsten Sinne des Wortes ja sich und andere ins Unglück. Aber die Geschichte eines Landrates aus dem Westmünsterland ist auch wahr. Der kam in den 1920er Jahren mit seinem Dienstwagen, der von seinem Gendarmen gefahren wurde, regelmäßig nach Münster zu Besprechungen. Er betrank sich anschließend mit seinem Mann in einer stadtbekannten Kneipe, und beide Herren zogen dann Pinnken, losten also aus, wer als Chauffeur den Wagen zurück in die Kreisstadt zu steuern hatte. Immerhin auch fast 40 Kilometer. Übrigens soll einer der Wachtmeister auf dem Markt mehrfach dem Landrat ins Auto und ans Lenkrad geholfen haben. Das waren andere Zeiten, andere Sitten."

Mit derlei nützlichen Geschichten und Berichten erreichten sie über die Autobahnabfahrt die Kreisstadt und fuhren zügig in Richtung des Kreismuseums, das in einer ehemaligen Klosteranlage untergebracht war.

„Haben nicht alle Museen am Montag geschlossen?", bemerkte Schaap skeptisch. „Schon richtig", entgegnete Kattenstroht. „Aber zum einen ist hier kein Karneval mehr, und zum anderen hat der Leiter, der Dr. Dierhaupt, die letzten Tage in Belgien auf einem Kongress zugebracht. Der sitzt heute sowieso an seinem Schreibtisch. Mia Kunsleben hat ihn erreicht und für uns vergattert. Wir müssen mal sehen, was dabei herauskommt."

Der Dienstwagen rollte eine lange Eichenallee herunter, an deren Ende ein mächtiges Tor emporragte, das auf beiden Seiten von je zwei Sandsteinpfeilern gerahmt wurde. Zweistöckige Kavaliershäuschen standen symmetrisch auf der anderen Seite einer Gräfte, die den Vorhof des ehemaligen Klosters umgab. Eine Brücke aus Backstein mit gemauertem Bogen führte über das Wasser, war aber mittig durch einen Sperrpfahl gesichert. Den Wagen mussten sie seitwärts auf einem Parkplatz abstellen.

Unter dem Portal des schlossartigen Abteigebäudes erwartete sie bereits der Museumsleiter. Dr. Dierhaupt entpuppte sich als ein mittelgroßer, untersetzter, ein wenig gedrungener Mann von etwa 60 Jahren. Waren die Haare schon ergraut und auch ein wenig schütter, so hatte der Kunstwissenschaftler doch höchst lebendige Augen, wie Kattenstroht es selten wahrgenommen hatte. Eine recht große Nase und ein graumelierter, sorgfältig gestutzter Backenbart rundeten den Eindruck ab. Vollends angetan war der Kommissar von der sonoren Stimme und der markanten Ausdrucksweise des Museumsmannes.

Dr. Dierhaupt hieß die Polizisten in seinem Haus willkommen und führte sie durch das schön stuckierte Treppenhaus in den Kreuzgang des Museums. Hier war es doch noch recht kühl, und Kattenstroht war froh, dass er seine wärmende Winterjacke mitgenommen hatte. Der Museumsleiter führte die beiden Beamten in den Aufbau und die Struktur seines Hauses ein, sprach über die Rolle des Kreismuseums und die damit zusammenhängenden kulturellen Aufträge und lotste seine Gäste so in seinen Arbeitsbereich, der im ersten Stock des zweigeschossigen Abteigebäudes lag. Hier war geheizt, und es standen auch warme Getränke bereit.

„Unsere Themen sind heute also Antonius Tibian und die Tibian-Stiftung, wenn ich Ihre Frau Kunsleben richtig verstanden habe." Dr. Dierhaupt sortierte einige Akten auf dem Tisch. Das ist natürlich ein für uns schönes und wichtiges Thema."

„Genau darüber würden wir gerne etwas mehr hören. Erzählen Sie uns doch einfach mal, was Sie so wissen", ermunterte der Kommissar den Kunsthistoriker. Schaap stellte zügig sein kleines Aufnahmegerät auf und verhedderte sich dabei zunächst mit dem Mikrophonkabel.

„Fangen wir mal mit der Tibian-Stiftung an. Die Frau Sökeland hat zum Beginn dieses Jahres eine Stiftung gegründet, in die sie immerhin 300.000 € eingestellt hat. Der Zweck ist klar umrissen: Die Erträge dienen der Pflege und Erhaltung des Nachlasses von Tibian. Zur Stiftung zählen mehrere Bestände an Bildern, Zeichnungen, Skizzenbüchern und auch Korrespondenzen. Wir haben, ausgehend von unserem eigenen Bestand, vor einigen Jahren eine große Ausstellung initiiert und in Verbindung mit der Uni in Münster eine Dissertation über Tibian schreiben und ein Werkverzeichnis aufstellen lassen. Viel ist in Italien, aber wir haben, da der Mann selbst ein schönes Werkverzeichnis geführt und seine Bilder vor der Ablieferung schon hat fotografieren lassen, das Œuvre ziemlich zusammen. Die Kollegen in Italien waren sehr hilfreich. Von den Privataufträgen haben wir natürlich die wenigsten wiederfinden können. Nach 100 Jahren ist schon so manches Bild auf der Wanderschaft, aber immerhin. Seine Wanderungen durch die Castelli Romani haben wir mit zwölf tollen Gemälden hier erstmals wieder versammeln können. Die sind dann auch in einer Wanderausstellung in Italien gezeigt worden."

Der Museumsmann hatte sich in Rage geredet und dabei ganzseitige Bilder aus einem großformatigen Katalog der Reihe nach aufgeschlagen: „Hier bitte, die Villa Gregoriana in Tivoli, ein absoluter Höhepunkt romantischer Betrachtung. Oder hier, der Blick auf den Nemi-See! Einfach großartig!"

Auch Kattenstroht war angetan: „Wirklich toll. Das hier ist wohl Tusculum, die Villa Ciceros in den Albaner Bergen!"

Jetzt war Dierhaupt aber platt: „Respekt, Herr Kommissar, Respekt. Sie waren wohl schon da oben, oder?"

„Mehr oder minder gezwungenermaßen!", suchte der Kommissar nach Erklärungen. „Mein Vater war Pauker am Gymnasium. Was war uns das peinlich, als er sich in das kleine Theater da in Tusculum stellte und Vergil oder so etwas zitierte!" Kattenstroht schüttelte – nun doch etwas wehmütig geworden – den Kopf: „Immerhin, heute würde ich's vielleicht noch mal ganz gerne hören!"

„Deutsche Italiensehnsucht! Die hatte Tibian auch. Aber wir übersehen dabei, dass er sehr schöne Landschaften, Gebäude und Sujets auch bei uns gemalt hat. Und erst mal seine Porträts." Dierhaupt schlug seine Kataloge auf, stand auf und lud die beiden Beamten ein, ihm doch zu folgen.

Sie passierten erneut den kühlen Kreuzgang und betraten eines der besonders gesicherten und klimatisierten Kabinette im Bereich des früheren Refektoriums des alten Klosters. „Diesen alten Speisesaal haben wir zur Tibian-Schatzkammer ausgebaut. Hier sind nämlich einige seiner schönsten Exponate untergebracht."

Die Wände aus dem Mittelalter zeigten sich in ihrer ganzen Grobheit und Rohheit. Man hatte die verschiedenen Gesteinsarten, Brüche, Kanten, Vorsprünge nicht angeglichen, sondern einfach mit einem dünnen weißen Kalkputz überzogen. Vermauerte Türen, Kaminstürze und blinde Fenster blieben erkennbar. Die mächtige Holzdecke, verziert mit gemaltem Dekor im Stil der Renaissance, bildete einen starken Kontrast zu dem Boden, den man mit einfachen Tonfliesen belegt hatte: Alles sei nach mittelalterlichem Vorbild entwickelt worden, bemerkte Dierhaupt.

Aus den so neutralen weißen Wänden blühten nun die Bilder Tibians förmlich heraus: Felder, Obstgärten, blühende Bäume. Viehherden. Es gab auch Blicke auf Städte und Dörfer, und Dierhaupt wies die Betrachter mehrfach auf Blickwinkel hin, die man heute noch so im Brinketal finden könne. „Das hier ist das Tal bei Brinkbergen, welches die Planer mit einer Umgehungsstraße zerstören wollen. Zum Glück scheint ihnen das Geld auszugehen! Wäre doch zu schade, auch dieses Paradies dem Moloch ‚Verkehr' zu opfern!"

Kattenstroht, der die Gegend kannte, beugte sich weit vor und sog die Details des technisch perfekt gemalten Bildes förmlich in sich hinein: „Brillant, einfach brillant gemacht!"

Dierhaupt hatte das fachliche Interesse und das Verständnis seines Besuchers bemerkt: „Sie dürfen nicht vergessen, dass Fleitmann akademisch ausgebildet wurde. Er hatte ja schon einen vorzüglichen Zeichenunterricht am Gymnasium in Münster. Er war dann einige Zeit am Landesmuseum zur Ausbildung angestellt. Dem dortigen Chef ist er natürlich aufgefallen, und der besorgte ihm dann über den Westfälischen Kunstverein ein Stipendium zum Studium an der Kunstakademie in Düsseldorf. Damit war sein Weg gemacht. Später kam Italien, dann die mehrmonatige Reise nach Palästina und Ägypten, schließlich die Reise nach Nordafrika. Aus Fleitmann wurde Tibian. Er ist dann aber wie so viele deutsche Künstler in Italien hängengeblieben und hat sich dort auch verheiratet. Es leben übrigens noch Nachkommen von ihm in der Gegend von Orvieto. Denen verdanken wir viele wichtige Hinweise."

„Und dennoch hängt so viel von ihm hier. Wie erklärt sich das eigentlich?", fragte Kattenstroht und sah sich in dem großen Raum um.

„Angefangen hat es mit einer Dauerleihgabe aus der Familie. Darf ich Ihre geschätzte Aufmerksamkeit einmal auf dieses Werk richten?"

Dr. Dierhaupt führte seine Besucher zur Schmalseite des Raumes, an dem eine Werkgruppe isoliert angeordnet war. Seitlich waren hier zwei Vitrinen aufgestellt. Mittig auf der Wandfläche hing ein etwa 55 x 70 cm großes Porträt einer schönen jungen Frau. Sie trug ein blassblaues

Kleid mit zarten Stickereien und ein blütenweißes Krägelchen mit einer Art Seidendraperie. Die Schultern waren angeschnitten. Zwei aufmerksame Augen unter fein geschwungenen Brauen schauten den Betrachter prüfend und gar etwas spöttisch an. Der Teint war zart gebräunt, einige Sommersprossen waren erkennbar. Das rötlich-blonde Haar war fein hochgesteckt, seitlich erkannte man das ausladende Ende eines Perlmutt-Kammes.

„Ich darf mal vorstellen: Angela Fleitmann gt. Große Konerding, geboren 1868, die um zwei Jahre jüngere Schwester unseres Künstlers. Sie war sein Liebling. Das Bild hat er gemalt, da war er 26 Jahre alt, und sie stand wenige Monate vor ihrer Hochzeit. Was die Sache wertvoll macht, ist die Tatsache, dass wir alle Skizzen, alle Vorstudien, die Skizzenbücher selbst, die Korrespondenzen, das Porträt selbst und zwei Familienstudien dazu haben, die im selben Umkreis entstanden sind. Da ist dann die ganze Familie dargestellt: Die Eltern mit ihren sechs Kindern!"

Kattenstroht pfiff anerkennend: „Wie kommt man an einen so geschlossenen Bestand? Übrigens haben wir die Eltern auf dem Hof Fleitmann in Einzelporträts auch gesehen!"

„Richtig. Wir hatten sie natürlich im Katalog und haben die Familie seinerzeit für einige Monate hier in der Ausstellung wieder vereint. Das ist schon eine interessante Geschichte: Die Angela Fleitmann verheiratete sich 1892 im Alter von 24 Jahren mit einem Bernhard Dange. Das Paar bekam übrigens sieben Kinder, von denen vier das Erwachsenenalter erreichten. Die Mutter Dange hat das Porträt und alles, was daran hing, ihr Leben lang verwahrt. Irgendwie gab es in der Familie kein rechtes Interesse an der Sache. Kurz vor dem Zweiten Weltkrieg, sie war da inzwischen auch schon über 70, hat Frau Dange ihr Jugendbildnis mit dem gesamten Bestand unserem Trägerverein als Dauerleihgabe zur Verfügung gestellt mit der Bedingung, dass er letztlich Familienbesitz bleiben, aber immer im Kreismuseum verwahrt werden sollte. Wir haben das Museumsgebäude gewechselt, wir haben den Rechtsträger durch die Kreisreform gewechselt, die Sachen werden jetzt schon über 75 Jahre von uns verwaltet."

„Kattenstroht war beeindruckt. „Wie ist denn der heutige Marktwert?"

„Alle Tibians haben einen ungeheuren Sprung gemacht. Wir sehen seine Bilder heute in der Kunstgeschichte viel gewichtiger eingeordnet als noch vor 30 Jahren. Der geschlossene Dange-Komplex ist mit allen seinen Einzelelementen heute am Markt mit etwa 150.000 € einzuordnen!"

Jetzt war auch Schaap platt: „150.000 € nur hierfür. Dann noch die anderen Bilder und das Geld! Wie hoch wird denn die gesamte Stiftung im Wert angesetzt?"

Dr. Dierhaupt überschlug es im Kopf: „Nehmen wir die Sachen dazu, die Frau Sökeland und schon ihre Eltern gesammelt haben, die jetzt auch zu uns ins Museum kommen, denn wir werden Cäcilia Sökeland ja beerben, dann kommen wir bei etwa 850.000 € Marktwert an. Sie müssen aber sehen, dass das eine Schätzung ist. Realisiert werden würden solche Summen natürlich nur bei einem Verkauf in einem der großen Auktionshäuser, sagen wir mal in Düsseldorf, Köln oder bestimmt in London. Die Werte sind einfach beachtlich. Tibian war gut, er ist leider früh gestorben." Fast verliebt schaute der Museumsleiter die porträtierte junge Frau an:

„In letzter Zeit, das hat mir Frau Sökeland übrigens erzählt, hat es auch irgendeinen Ärger um dieses Erbe gegeben. Was da war, weiß ich aber nicht. Sie hat's mir jedenfalls nicht genau erklären wollen."

Kapitel 23

Kattenstroht und Schaap standen auf dem Parkplatz vor dem Museum. Aus seinem Fenster konnte Museumsleiter Dr. Dierhaupt beobachten, dass die beiden Beamten miteinander diskutierten. Der Ältere von den beiden schien irgendwie erregt oder konfus, jedenfalls riss er auf einmal hastig die Wagentür auf und entnahm irgendetwas aus einem der Seitenfächer. Kurz darauf sah man ihn am Auto auf und ab laufen und an seinem Handy telefonieren. Dabei stiegen Rauchwölkchen auf, und beim näheren Hinsehen war zu erkennen, dass Kattenstroht ein Zigarillo schmauchte.

Bald darauf schaute der Museumsmann leicht befremdet dem Polizeiauto hinterher, das mit ziemlichem Tempo die Allee herunterbrauste.

Kaum 35 Minuten später schlugen Kattenstroht und Schaap in der Grundschule in Rechterfeld auf, wo sie nicht nur ihren Dienstwagen auf einem reservierten Lehrerparkplatz abstellten, sondern auch sonst für ziemliche Unruhe im Unterrichtsalltag sorgten. Sie ließen nämlich durch die Schulsekretärin Kaiser die Konrektorin Lissy Weldermann aus dem Unterricht holen. Zum Glück hatte diese gerade eine der Referendarinnen bei sich, so dass sie die Klasse tatsächlich verlassen konnte, dennoch war sie etwas befremdet, als sie die beiden Polizisten auf dem Flur vor der Schulverwaltung begrüßte: „Das ist ja wirklich etwas überraschend, Herr Kattenstroht, Ihr heutiger Besuch. Ich hoffe, Sie bringen nicht noch schlechtere Nachrichten!“ Der Kommissar stellte ihr erst einmal seinen Assistenten vor und legte dann recht hastig los:

„Sagen Sie mal, Frau Weldermann, hat Ihre geschätzte Vorgängerin, Frau Sökeland, eventuell hier im Hause eigene Aktenbestände geführt, Unterlagen, Dinge im Tresor verwahrt oder sonst irgendetwas hinterlassen, was Sie als privates Eigentum zurückgeben würden?“

Die Konrektorin wirkte ob dieser Frage erleichtert: „Na klar hat Cilly einiges hier hinterlassen. Das kommt aber doch in jeder Schule vor, das ergibt sich aus dem Arbeitsalltag. Bücher, Schriften, Kopien, die Schulkaffeetasse, Krimskrams und so weiter. Ich hatte gerade am Freitag die Gelegenheit, den Tresor auszuräumen. Kommen Sie doch bitte mit ins Rektorenzimmer, dann zeige ich Ihnen das alles.“

Tatsächlich fanden sie im Dienstzimmer der Schulleiterin einen großen Umzugskarton, in dem die Konrektorin die Verlassenschaft ihrer verstorbenen Chefin verstaut hatte. Kattenstroht griff hastig hinein, schaute die Bücher durch, studierte die Heftmappen und Ordner und resignierte, als er bei einer Pappschachtel mit Büroartikeln, Klebestiften, Tesaband und Scheren angekommen war: „Sonst nichts? – Schade!"

„Sie werden vielleicht verstehen, dass ich für die Übergangszeit die wunderbare Flasche Cognac im Schreibtisch habe stehen lassen. Der kleine Ritus ist unseren Kolleginnen lieb und wert. Und wer weiß: Vielleicht hat ein Nachfolger einschlägige Leidenschaften", bemerkte die Weldermann etwas unsicher.

„Der Schabau macht es nicht", warf Kattenstroht beruhigend ein, „wir hatten die Hoffnung, Frau Sökeland hätte vielleicht einige Akten hier in der Schule gelassen, die uns bei unserer Motivsuche hätten behilflich werden können. Aber das war wohl nichts."

Während die beiden Beamten und die Konrektorin noch etwas ratlos auf den kleinen Berg des Sökeland'schen Nachlasses schauten, war die Schulsekretärin ins Zimmer getreten, in den Händen zwei Aktenordner: „Das müssten Sie dann aber auch noch sehen, Herr Kommissar! Die beiden Akten habe ich auf Bitten der Chefin im letzten Jahr bei mir geführt, weil das doch alles viel Arbeit war und manches Telefonat auch über die Leitung hier gelaufen ist. Da geht es um die Stiftung und diese Bilder im Kreismuseum!"

Stille im Zimmer. Kattenstroht strahlte die Sekretärin an: „Halleluja, Frau Kaiser, Sie sind ein Engel." Eilfertig nahm er ihr die beiden Stehordner aus der Hand und begann schon, im ersten zu blättern. Prompt rutschte ihm der zweite aus den Händen und fiel auf den Boden. Fast wären drei Personen mit den Köpfen zusammengestoßen, als sie versuchten, sich gegenseitig behilflich zu sein.

„Was war das denn für eine Sache mit diesen Akten?", fragte Kattenstroht die Frau Kaiser, nachdem sie sich zu viert um den runden Tisch im Schulleiterdienstzimmer niedergelassen hatten. Die Sekretärin war flink im Kopf und erzählte zügig, die Chefin habe vor mehr als einem Jahr das Projekt dieser Stiftung begonnen. Da es viel Schreib- und Sortierarbeit gegeben habe, habe sie etwa im Frühling letzten Jahres ihre Sekretärin gefragt, ob sie – gewissermaßen nebenamtlich – ihr bei einer kulturpolitischen Aufgabe für den Kreis behilflich sein könne. „Ich habe dann den ganzen Schriftverkehr von hier gemacht, aber meistens so, dass ich zu Hause gearbeitet habe, immer in Abstimmung mit Frau Sökeland, aber wir haben dann die Dateien von hier aus als PDF versandt oder als Scans, ich habe hier die Ablage gemacht, und einiges wurde auch von hier telefonisch erledigt, da unsere Chefin natürlich sonst für die Museen, das Finanzamt und die Leute in der Bezirksregierung wegen des Unterrichtes und der Ganztagsveranstaltungen nur schwer erreichbar war."

Anhand der Unterlagen rekonstruierte die clevere Frau Kaiser die Planungsgeschichte der Tibian-Stiftung, wie man es auf den Ämtern kaum besser hätte erfahren können: „Die Chefin war natürlich diskret und sehr aufmerksam in diesen Dingen. Es ging ja auch um viel Geld und Vermögen. Allerdings hatte sie zu mir großes Vertrauen. Sonst wäre das ja auch gar nicht gegangen. Wissen Sie", bemerkte die Sekretärin nicht ohne einen gewissen Stolz, „ich bin eigentlich ausgebildete Rechtsanwalts- und Notarsgehilfin."

„Ausgezeichnet, ausgezeichnet! Dann müssten Sie eigentlich auch wissen, dass es um einen Teil des Sökeland'schen Erbes und der Stiftung irgendeinen Streit gegeben haben muss, von dem aber nicht einmal der Dr. Dierhaupt im Detail was mitbekommen hat."

„Aber ich", bemerkte die drahtige Frau trocken. „Ich habe das mitgekriegt." Sie schlug den zweiten Stehordner auf und erläuterte dem Kommissar einen Streitfall, mit dem die zu Tode gekommene Rechterfelder Schulleiterin erstmals im Dezember des vergangenen Jahres konfrontiert worden war. Schon nach wenigen Worten wurde dem Kommissar klar, dass es brisant werden könnte, und es blieb ihm nichts anderes übrig, als die Konrektorin aus dem Raum hinauszukomplimentieren: „Dass wir uns richtig verstehen, ich zweifle nicht an Ihrer Diskretion, aber es wird mir hier ermittlungstechnisch etwas zu brisant. Die Weldermann lief rot an, wurde etwas schnippisch, zog aber dann doch ab. Die Tür des Rektorenzimmers wurde etwas zu laut zugeschlagen.

Kattenstroht und Schaap hörten weiter konzentriert zu, ließen sich aus der Akte einzelne Schriftstücke zeigen und erläutern und waren von der Aufmerksamkeit und Genauigkeit der Frau Kaiser fasziniert.

Nach etwa 30 Minuten, mittlerweile ertönten schon die Mittagsglocken vom Rechterfelder Kirchturm, kamen sie zum Schluss. Schaap trug die beiden wertvollen Akten wie einen Schatz. Die Beamten bedankten sich bei der Konrektorin und der Schulleiterin, baten beide um äußerste Diskretion und zogen dann über den Flur, durch das Schulportal und den Schulhof zum Auto ab. Dort telefonierte der Kommissar noch einmal mit seiner Büroleitung und bat sie um eine technische Hilfe. Als er jedoch gegenüber Mia Kunsleben sein nächstes Ziel nannte, wurde er wieder mit einer Reihe von Vorwürfen konfrontiert, so dass er verstimmt das Telefonat beendete. Sodann rief er Schücking von der Kreispolizei an und bat ihn um Hilfe bei einer Personenüberprüfung. Der Kreiskommissar war an diesem Rosenmontag weitgehend unbehelligt und versprach, noch am Nachmittag ins Brinketal zu fahren und einen Sachverhalt vor Ort zu klären. Natürlich war er bereit, nach dieser Befragung zu einem Treffen ins Forsthaus zur Kollegin Eilers zu kommen. „Ab ins Auto, Schaap, und zügig in den Reckhölter Hagen!"

Als sie im Auto saßen – Kattenstroht hatte Schaap gebeten, das Steuer zu übernehmen –, wies der Kommissar auf das hinter ihm liegende Schulgebäude, wo man hinter den Scheiben das beleuchtete Sekretariat gut beobachten konnte: „Sehen Sie, jetzt wird die arme Frau Kaiser genervt und soll berichten, was sie weiß. Hoffentlich hält sie dicht. Das Ding rundet sich doch allmählich, und vielleicht kriegen wir bis übermorgen, da ist Aschkedagg im Münsterland, den Sack doch noch zu!" Dann widmete er sich der intensiven Lektüre der beiden Aktenordner, während der Wagen durch den waldreichen Landstrich des nördlichen Brinkekreises rollte.

Kaum 20 Minuten später hatten sie Reckhölter passiert und fuhren westlich des Zippenberges über die Aa in Richtung Forsthaus. Sicherheitshalber hatte Kattenstroht dann doch noch unterwegs bei Kathrin Eilers angerufen und sie um „Amtshilfe" gebeten, wie er das nannte. Die junge Mutter war zwar beschäftigt, aber es schien so, als freue sie sich über den Krankenbesuch und versprach, eine große Kanne Kaffee und auch Tee vorzubereiten. Als Ergänzung hatte der Kommissar in einer Konditorei in Reckhölter im Vorbeifahren einige Teilchen erstanden und lud auch Schaap gönnerhaft zur Visite ein; so nannte er diese Zusammenkunft nach münsterländischem Sprachgebrauch.

Während draußen das milde Licht eines Fastfrühlingstages schon in eine dämmernde Stimmung überleitete, brannte im Forsthaus der Kamin, und Kattenstroht und Schaap erläuterten der Kollegin, was sie herausgefunden hatten: „Es gab also doch einen Konflikt um die Stiftung, und zwar innerfamiliär. Das hatten wir nicht gesehen. Für uns war Cäcilia Sökeland immer die klassische Schuljungfer, eine Monade, aber sie hatte eben doch noch Verwandtschaft.“ Kattenstroht rührte zur Abwechselung in einer schönen Tasse englischen Tees. „Ist denn der Scan aus Münster inzwischen angekommen?“

Kathrin Eilers legte als Antwort drei Ausdrucke auf den Tisch, und Kattenstroht zückte doch etwas verlegen seine Lesebrille. „Das ist alles so klein gedruckt!“, meinte er fast entschuldigend.

Vor ihnen lag die Nachfahrenliste der Familie Fleitmann gt. Große Konerding. Der Kommissar hatte sich einen gelben Textmarker organisiert und machte jetzt einige Zeichen. „Hier also die erste Generation, die Eltern des Malers und seiner Schwester Angela. Der Maler geht nach Italien und gründet dort eine Familie. Die soll uns aber hier nicht interessieren. In dieser Generation ist also auch Angela Fleitmann verheiratete Dange angesiedelt: Sie, die jüngere Schwester des Malers, 1868 geboren, kriegt zwischen 1894 und 1912 sieben Kinder, von denen vier ins Erwachsenenalter geraten, ein Junge fällt anscheinend schon im Ersten Weltkrieg. Hier sind Elisabeth, Emma, Bertha und Ludger notiert. Letzterer ist nach dem Hinweis hier nach Uruguay ausgewandert und hat dort geheiratet. Emma geht doch noch ins Kloster, und Bertha verheiratet sich mit einem Herrn Schlüter. Da sind wir in den 1920er Jahren.“

„Was ist denn hier los? Da wurde in den Auszug mit Kugelschreiber was notiert.“ Schaap tippte mit seinem Stift auf eine Stelle in der dritten Generation.

„Langsam, langsam. Machen wir zuerst mal die Linie Sökeland. Elisabeth heiratet also 1921 diesen Herrn Ernst Sökeland. Die beiden haben in den 1920er Jahren einen Sohn, Paul, das ist der spätere Vater unserer Rektorin, und vier Töchter. Zwei von denen bleiben unverheiratet, über die anderen erfahren wir hier nichts. Jetzt mal die Generation zurück!“ Kattenstroht tippte mit seinem Stift auf einen Namen: „Da, diese Schwester der Elisabeth Dange, also eine Großtante unserer

Rektorin, diese Bertha, heiratet einen Herrn Schlüter. Da fehlen aber die weiteren Einträge im Ausdruck und sind offenbar erst später von Hand nachgetragen, während die Linie Sökeland klar ist. Paul Sökeland, geboren 1922, heiratet nach dem Zweiten Weltkrieg die Theresia Wöermann und bekommt mit ihr eine Tochter: Cäcilia, unsere Schulleiterin, unser Opfer!"

Nun schob Kathrin Eilers das Blatt etwas hin und her und legte es neben den Ausdruck, in dem Kattenstroht herumgemalt hatte: „Nun mal die handschriftlichen Ergänzungen: Bertha Dange ist also eine Großtante unserer Rektorin Sökeland. Sie heiratet 1924 diesen Herrn Schlüter. Dann ist offiziell nichts mehr eingetragen!"

„Bis auf die handschriftliche Ergänzung", übernahm Schaap: „Aus der Verbindung Bertha Dange mit diesem Herrn Schlüter kommt eine Tochter, Wilma, ein Name wie im Zeichentrickfilm! – Diese Dame ist offensichtlich zweimal verheiratet: Hadamczyk, wenn ich das richtig lese: Eine Stadt: Posen? Das könnte im Zweiten Weltkrieg in Polen gewesen sein. Dann der zweite Name hier: Bröcker."

„Wenn ich das alles richtig interpretiere, hatte unsere Rektorin einen Cousin zweiten Grades, denn die letzten gemeinsamen Verwandten sind die Urgroßeltern Bernhard Dange und Angela Fleitmann." Kattenstroht griff zu einer der Akten: „Und dieser Herr beziehungsweise eines unserer Ämter leitet aus dieser weit hergeholten Verwandtschaft Ansprüche gegen den Kunstbesitz der geplanten Tibian-Stiftung ab."

Der Kommissar blickte fast zufrieden in die Runde: „Wir haben endlich ein Motiv! Jetzt brauchen wir noch den Mann!"

Fast wie eine Antwort ertönte die Hausglocke, und Schücking traf ein. Er legte im Vorraum ab, gesellte sich zur Runde vor den gemütlichen Kamin und nahm erst einmal einen Schluck Kaffee. Dann kam er mit seiner Meldung heraus: „Die Personenüberprüfung hat ergeben, dass ein Erich Bröcker in Hegemer lebt. Er ist den Kollegen im Laufe der Jahre mehrfach wegen kleinerer Delikte aufgefallen. Und ja, er hat auch immer mal wieder Ärger mit den Behörden."

„Was ist mit Spennemanns Hof bei Haus Bockhorst? Hat dieser Bröcker was mit denen zu schaffen?"

„Respekt, lieber Kollege Kattenstroht, Sie hatten den richtigen Riecher. Erich Bröcker ist gelegentlich als Aushilfe bei Spennemanns tätig. Er war auch bis zum späten Abend des 19. Februar auf dem Hof an der Arbeit. Das war der Samstag, an dem die Frau Sökeland verschwand. Sie bereiteten gerade die letzte große Auslieferung von Äpfeln aus der Vorjahresernte vor. Bröcker muss wohl als Letzter bis zum späten Abend im großen Lager gewesen sein."

Kathrin Eilers wiegte ihren verschnupften kleinen Sohn in ihren Armen; jetzt sabberte Niklas ein wenig vor sich hin und reckte sich. Selbst Kattenstroht wurde ob seines Patenkindes aufmerksam. Niklas' Mutter aber erinnerte sich an den Besuch auf Haus Bockhorst, an den wunderschönen Blick ins Tal und an die Kette der Höfe an der Brinke. Vor sich sah sie die langen Reihen der Obstkulturen, die sich dem Gelände folgend die Hänge hochzogen, und erinnerte sich der Verbindungswege, die von der Höhe unmittelbar ins Tal und auf die Höfe wiesen.

Kattenstroht pfiff durch die Zähne. „Das passt mir alles zu gut. Lasst uns vorsichtig bleiben!"

Gemeinsam überlegte man, wie und wann man auf Bröcker zugreifen solle. „Auf dem Hof war er heute nicht. Morgen früh soll er dorthin kommen. Wir haben sicherheitshalber so getan, als hätten wir auf allen Höfen Nachfragen, und haben nach Bröcker auch nur in einem größeren Kontext gefragt. Warum sollten die Spennemanns den warnen? Wovor denn auch?" Schücking riet zur Absicherung. „Am besten gehen wir morgen zur Gemeindeverwaltung in Hegemer, haken da nach, soweit wir in diesen Akten nicht weitere Hinweise finden, und sehen dann zu."

„Überraschen müssen wir ihn schon!", fasste Kattenstroht zusammen. „Vergesst nicht: Unsere Beweislage ist und bleibt problematisch!"

Schaap meinte zum guten Schluss der Kaffeevisite, nach der eigentlichen Tat und ihrem Hergang fragen zu müssen. Kattenstroht griente vorsichtig: „Auch das ist eine Theorie von mir, die ich noch bis morgen besser für mich behalte. Wenn wir Pech haben, hat uns dieser Bröcker den perfekten Mord hingelegt, im wahrsten Sinne des Wortes! Wenn wir jetzt noch einen Fehler machen, können wir ihm die Tat nicht beweisen. Warten wir's also mal ab!"

Kapitel 24

Auch den Veilchendienstag begann Kattenstroht – wie seit Wochen jeden Dienstag- und Freitagmorgen – unter den ebenso geschickten wie starken Händen seiner Physiotherapeutin. Klara war karnevalistisch unbelastet, war auch nach den tollen Tagen gut drauf und nahm sich den wieder etwas steifer gewordenen Kommissar mal richtig vor. „Ich sehe das schon, lässt man Sie aus den Augen, vernachlässigen Sie Ihre Übungen!", hatte sie kritisch angemerkt und die Körperhaltung ihres Patienten aufmerksam beäugt. Ergo wurde Kattenstroht an den Trainingsgeräten noch einmal richtig in Bewegung und ins Schwitzen gebracht. „Ach wissen Sie", pustete er etwas angestrengt heraus, „heute schaffen wir es vielleicht, einen komplizierten Fall zu lösen, und dann habe ich mehr Zeit, mich Ihnen und Ihren Übungen zu widmen. Klara hatte nur gelacht und gemeint, Männer kämen ja doch nur, wenn sie Schmerzen hätten. Der Patient fand den Einwurf nicht ganz falsch, unterdrückte aber jede Meinungsäußerung dazu.

Im Präsidium herrschte eine gewisse Spannung. Kattenstroht hatte noch am frühen Morgen, schon vor seiner morgendlichen Physiotherapie, mit Mia Kunsleben Termine abgestimmt und den Tag zu strukturieren versucht. Gegen 9.30 Uhr kamen sie zu einer größeren Runde zusammen, in der auch die Staatsanwaltschaft in Person von Sabine Engler vertreten war. Kathrin Eilers war ebenfalls erschienen, wenn man ihr auch die Infektion noch deutlich anmerkte. Auch Schücking traf pünktlich ein und hatte einige Akten mitgebracht.

Der Kommissar berichtete kurz allen Anwesenden über die Entdeckungen des Vortages und äußerte sich konkret zu seiner Vermutung, ein innerfamiliärer Streit könne der Auslöser der Gewalttat zum Nachteile der Cäcilia Sökeland gewesen sein. „Aus meiner Sicht ging es um Geld, um Besitzrechte an der Bildersammlung Tibian; wenn ich das richtig sehe, aber nur um den Bestand im Kreismuseum, den die Oma Dange vor fast 80 Jahren dort als Dauerleihgabe gewissermaßen untergestellt hat."

„Wieso meldet der sich denn nicht eher? Wieso taucht dieser Erich Bröcker nicht früher auf, und wieso spielt er in der Lebensgeschichte der Sökeland offensichtlich überhaupt gar keine Rolle?", wollte die Staatsanwältin wissen.

„Wir haben die Familiengeschichte nachverfolgt, liebe Kollegin Engler." Kattenstroht schlug die Akte mit der Nachfahrentafel auf, die man am Vortag eingehendst studiert hatte. „Die Mutter des Erich Bröcker ist eine Cousine des Vaters der Frau Cäcilia Sökeland, unseres Opfers, gewesen. Sie geht im Zweiten Weltkrieg, als junge Frau eines deutschen Offiziers, der Mann hieß Erich Hadamczyk, nach Polen. Sie lebt in der Posener Gegend. Ihr Mann fällt in Russland, und sie heiratet einen Herren namens Bröcker. Von dem bekommt sie ihren Sohn, den sie – vielleicht in Erinnerung an ihren ersten Mann – Erich nennt. Warum die eindeutig deutsche Familie nicht aus Polen vertrieben wird, konnten wir noch nicht klären. Es ist aber bekannt, dass Deutsche, die besondere Aufgaben, Kenntnisse, Fertigkeiten und Ämter hatten, durchaus in Polen bleiben mussten. Wir vermuten, dass der Vater Bröcker zu einer solchen Gruppe gehörte. Er steht in der Geburtsurkunde des Erich Bröcker, danke übrigens, Kollege Schücking, für die Unterlagen, als Diplom-Ingenieur drin."

Schücking sekundierte: „Die Bröckers scheinen sich immer als Deutsche verstanden zu haben, interessanterweise aber hatten sie wohl überhaupt keinen Kontakt zu den in der Bundesrepublik lebenden Verwandten. Wir vermuten irgendwelche Zwistigkeiten. Mag sein, dass es in der Familie Dange Streit um die Hochzeit der Schwester Bertha gab, mag sein, dass es auch da schon um Erbschaften ging, Egal, die Nachkommenschaft der Bertha Dange verschwindet irgendwie in den Wirren des Zweiten Weltkrieges in Osteuropa. Die restlichen Dange und die Sökelands hatten keine Veranlassung, sich um diesen abgängigen Teil der Sippschaft zu kümmern."

„Und das, obwohl sie sonst einen ausgefeilten Familiensinn bis ins siebte Glied hinein haben!", kommentierte Kattenstroht. „Ich sage ja nur: 600 Leute auf einem Familientreffen!"

Schücking ließ sich nicht beirren: „Es kommen die Ostverträge zu Beginn der 1970er Jahre, und Erich Bröcker sieht seine Chance, in den Westen zu gehen. Er steht auf der richtigen Volkstumsliste, man hat daheim immer Deutsch gesprochen und sich auch in den noch existierenden deutschen Gemeinschaften in Polen bewegt. Also steht seiner Übersiedlung 1974 nichts im Wege, und er kommt tatsächlich ins

Münsterland. Wahrscheinlich hat ihm seine Mutter davon einiges erzählt. Er wohnt zuerst in Brinkbergen, dann findet er Arbeit in Hegemer bei Nostro und montiert als gelernter Schlosser Erntemaschinen. Das hat er viele Jahre gemacht. Leider ist er aber immer wieder auffällig geworden: Es geht mit kleineren Schlägereien los, dann schließen sich schon intensivere Gewalttaten an. Er gibt den festen Arbeitsplatz als Schlosser bei Nostro auf und wird ‚Assistent der Betriebsleitung', das steht tatsächlich so in den Akten, in einem Vergnügungsunternehmen. Klartext: Er steht als Rausschmeißer im Eingangsbereich eines großen Barbetriebes. Da wird er älter, zieht sich Verletzungen zu, ruiniert seine Hände und Füße und wird allmählich zum Sozialfall. Den Rest hat dann die Gemeindeverwaltung von Hegemer angeleiert."

„Bis dahin, Kollege Schücking. Beim Bürgermeister von Hegemer sind wir für 12.00 Uhr angemeldet. Wir wollen aber zuvor noch zur Stiftungsaufsicht. Haben Sie, Kollege Austrup, dazu noch etwas finden und in Erfahrung bringen können?"

Austrup trug in seiner gewohnt sachlichen, unaufgeregten Art vor: „Die Tibian-Stiftung wurde zum 1. Januar dieses Jahres errichtet. Das Kapital beträgt 300.000 €, und das Ziel der Stiftung ist die Pflege des Kunstbestandes im Kreismuseum Kloster sowie die weitere wissenschaftliche Aufarbeitung von Leben und Werk des Antonius Tibian. Die Dienststelle bei der Bezirksregierung ist besetzt, aber es erschien mir ratsam, nicht übers Telefon in ein intensiveres Gespräch einzutreten. Sie können da ab 10.30 Uhr auflaufen. Die sitzen im Hauptgebäude am Domplatz."

Kattenstroht hatte sich inzwischen innerlich warm gelaufen: „Dann noch mal zu Ihnen, Kollege Schücking. Haben wir irgendein Lebenszeichen von dem Erich Bröcker? Wissen wir, wo der steckt?"

Der Chef der Kreispolizei war auf Draht: „Ein Kollege observiert ihn. Bröcker war vor einer halben Stunde noch in seiner Wohnung in Hegemer. Er darf und kann ja immer nur einige wenige Stunden am Tag arbeiten. Ich frage mich ohnehin schon, ob die Aushilfsarbeit auf einem Bauernhof was für den ist. Aber die Arbeit dort ist weitgehend mechanisiert, und von Maschinen versteht der Bröcker was. Ich denke, das ist der Hintergrund für diesen Aushilfsjob bei den Spennemanns. Mit rein körperlicher Arbeit kann das nichts zu tun haben."

Kurz darauf ging die Runde auseinander, und Kattenstroht, Eilers und Schaap machten sich auf den Weg zum „Westfälischen Vatikan", wie der Kommissar das Herzstück seiner geliebten Vaterstadt Münster zu nennen pflegte. Im Auto las Kattenstroht einen längeren Vermerk, den ihm der Hausjurist zusammengestellt hatte. Schaap und Eilers registrierten nur, dass es sich um irgendeine zivilrechtliche Sache handelte und der Kommissar ziemlich abfällig über das „Dreschen von leerem Stroh" sinnierte.

Tatsächlich saßen sie bald beim Sitz der Bezirksregierung einer Beamtin und einem Beamten der Stiftungsaufsicht gegenüber. Das Gespräch führte eine sehr engagierte Dame namens Sandra Lütke Kleymann, und sie stellte noch einmal die Rolle des Stiftungswesens, die juristischen und finanziellen Möglichkeiten und Pflichten dar, um dann speziell auf die Tibian-Stiftung zu sprechen zu kommen. „Hier hatten wir den Sonderfall, dass die Stifterin zuerst neben dem Kapital auch sofort einen Kunstbestand einbringen wollte. Das war bis wenige Tage vor dem Errichtungsbeschluss auch ihre Absicht. Ich habe die Listen mit den Bildern, den Skizzenbüchern und anderen Dingen schon hier. Frau Sökeland erschien dann, das war nach dieser Notiz am 7. Dezember, am Nachmittag hier im Amt und erklärte uns, aus Gründen, die sie nicht zu vertreten habe, müsse sich die Stiftung zunächst ausschließlich auf die Kapitalanlage begrenzen. Wir haben dann auf die Bestimmung im Stiftungsrecht hingewiesen, dass jederzeit Zustiftungen in Geld oder Sachwerten wie Kunstschätzen möglich sind, aber danach das Kapital selbst nicht mehr vermindert werden darf. Das hat sie dann auch so angenommen."

„Sind Stiftungen eigentlich aktuell oder was Besonderes?", wollte Schaap wissen. Ihm erschien das ganze Thema etwas nebulös.

Die Beamtin lachte: „Aktuell? Aktuell verwalten allein wir schon fast 500 Stiftungen im Regierungsbezirk Münster. In jedem Jahr kommen im Schnitt etwa 30 hinzu. Die Menschen wollen gerne was bewegen. Sie haben Vermögen, keine oder eben nur entfernte Verwandte. Da kostet das Vererben hohe Steuern. Dem Fiskus soll das Erbe auch nicht zufallen. Da gründet man dann eine Stiftung, mit der man die Wissenschaft fördert, die Entwicklungshilfe, Schulen, Kunst und Kultur. Sie müssen mal ins

Stiftungsregister des Landes schauen, es steht im Internet! Es gibt eigentlich kein Thema, dem nicht irgendeine Stiftung zuzuarbeiten bereit ist."

Kattenstroht schaute auf seine Uhr und fragte skeptisch: „Und die Zinsen auf die Kapitalien? Da wird doch derzeit nur wenig gedroschen!"

Sandra Lütke Kleymann bejahte bedauernd. „Im Augenblick ist es wegen der niedrigen Zinsen schlecht mit den Stiftungserträgen. Wenn bei einem Kapital von meinetwegen 300.000 € wie im Falle der Tibian-Stiftung mal gerade zwischen 4.000 und 6.000 € Zinserträge pro Jahr anfallen, kann man davon mit etwas Glück vielleicht ein kleines Bild im Museum restaurieren lassen. Das muss dann aber ein sehr kleines Bild sein. Ich gebe zu, das ist das Problem, jedenfalls zurzeit. Aber die Zeiten können sich ja auch mal wieder ändern. Am Stiftungsmodell und seinen Chancen ändert das nichts. Das ist im Grundsatz richtig und Erfolg versprechend. Allein in Münster gibt es mehrere Stiftungen, die sind über viele hundert Jahre alt. Ich hatte mal einen Rechtsanwalt im Termin, dessen Ausbildung wurde von einer Familienstiftung aus dem 18. Jahrhundert bezahlt. Leider hatte der eine Meinungsverschiedenheit mit unserem Haus und hat auch leider noch gewonnen."

„Da war der Stiftungsertrag schlecht angelegt, oder?", kommentierte der Kommissar in betont tröstendem Tonfall. Man nahm es mit Heiterkeit auf, und die Beamten verabschiedeten sich, nicht ohne um Amtshilfe und eine Kopie der Stiftungsakte in Sachen Tibian-Stiftung zu bitten. Die Prüfung dieser Bitte auf dem üblichen Dienstweg sagte Sandra Lütke Kleymann gerne zu.

Wegen eines Staus auf der Landstraße kamen sie trotz guter Planung der Büroleitung auf die letzte Minute zum Termin nach Hegemer. Im Rathaus empfing sie der Bürgermeister und begrüßte sie in seinem Amtszimmer. Ein etwas nervös wirkender junger Amtsleiter mit Namen Edelmann kam umgehend hinzu. Er hatte einen Vorgang dabei, auf dessen Deckel groß der Name „Bröcker, Erich" geschrieben war.

„Sie hatten um ein aufklärendes Gespräch in Sachen Bröcker gebeten", begann der Bürgermeister. „Ich habe nur nicht ganz verstanden, worum es eigentlich geht. Herr Edelmann hat mich selbstverständlich informiert, und wenn die Polizei ins Haus kommt, muss ich wenigstens wissen, worum es geht."

Kattenstroht nickte verständnisvoll: „Uns geht es eigentlich auch nur noch um die Bestätigung eines Vorgangs aus Ihrer Sicht. Wir kennen den Sachverhalt aus uns vorliegenden Akten einer Betroffenen. Ihre Verwaltung, Herr Bürgermeister, hat im November letzten Jahres die inzwischen ums Leben gekommene Rektorin einer Grundschule in Rechterfeld angeschrieben, sie habe Zugriff auf eine Gruppe von Kunstwerken im Kreismuseum, die sog. Dange-Sammlung. Dabei geht es um Bilder, Zeichnungen, Skizzen und Korrespondenzen aus dem Umkreis des berühmten Malers Antonius Tibian. Sie, Herr Edelmann, haben dann im selben Schreiben die Frau Sökeland aufgefordert, diese Sammlungen im Kunstmarkt anzubieten und dem Erich Bröcker hier aus Hegemer einen angemessenen Anteil als Mitglied der Erbengemeinschaft auszuzahlen, wobei klar ist, dass Sie die Zahlung als Gemeinde auf die Arbeitslosengeld-II-Zahlung anrechnen würden."

Der etwas blasse Sozialamtsleiter nickte: „Richtig, und da bewegen wir uns auf dem Boden des Rechtes: Es heißt im § 12 des Sozialgesetzbuchs II, gemeinhin Hartz IV genannt, über das anrechnungsfähige Vermögen ausdrücklich, dass alle verwertbaren Vermögensgegenstände zu berücksichtigen sind. Das ist eine klare Sache für mich gewesen."

„Gemach, mal was langsamer!", bremste der Kommissar, „wie sind Sie denn eigentlich darauf gekommen?"

„Nun, der Herr Bröcker ist seit Jahren einer unserer Kunden. Und er zählt, sagen wir mal, zu den schwierigeren Bedarfsgemeinschaften. Er macht immer Ärger. Jedenfalls haben wir ihn im letzten Herbst mal etwas schärfer befragt, ob nicht doch noch irgendwelche Vermögenswerte da seien, und da hat er am Ende ziemlich unwirsch eine uns interessierende Geschichte erzählt. In seiner münsterländischen Verwandtschaft habe es vor über 100 Jahren einen berühmten Maler gegeben, und seine Urgroßmutter habe einen bedeutenden Schatz in ein Museum gegeben, der aber weiterhin der Familie gehören müsse. So habe es ihm seine Mutter noch in Polen auf dem Sterbebett erzählt. Ich habe mir das angehört, bin dann ins Museum gefahren, habe den Katalog Tibian gefunden und studiert, und auf meine völlig unverfängliche Frage nach dem Wert der Sammlung Dange, die ich bei einer Führung gestellt habe, hörte ich dann, dass allein der kleine Bestand im Museum

Kloster einen erreichbaren Marktwert von bis zu 150.000 € haben dürfte. Da muss ich doch im Interesse meiner Kommune und meines Amtes zugreifen, egal wie hoch der Anteil ist, der dem Bröcker aus einer denkbaren Versteigerung zufallen wird."

Der Kommissar schnaubte vernehmlich: „Ich kann Ihnen da aber einige kritische Gedanken nicht ersparen. Die Leihgeberin hat drei einander etwas konkurrierende Bedingungen gestellt: Einmal soll der Komplex um das eigene Jugendbildnis geschlossen zusammenbleiben, er soll im Familienbesitz und im Museum des Kreises bleiben. Da sind Sie doch juristisch auf einer ziemlichen Rutschbahn. Dann mal weiter: Definieren Sie bitte den Charakter der Sammlung im Verhältnis zu eventuell noch lebenden Erben. Ist es eine Erbengemeinschaft? Dann hat die doch das juristische Ziel, sich durch Teilung der Beute – Entschuldigung, des Erbes – aufzulösen. Dann gibt es da noch eine Frist von 30 Jahren, in der die Erbengemeinschaft eigentlich aufgelöst werden muss. Schauen wir auf die Frau Angela Dange, die vor fast 75 Jahren die Sammlung an das Museum gab: Sie hat – hier bitte die Nachfahrenliste – zwischen 1894 und 1912 sieben Kindern das Leben geschenkt, wie man so schön sagt: Davon sind vier auf ein normales Lebensalter gekommen. Elisabeth, die spätere Frau Sökeland, Emma, und Bertha, die Großmutter Ihres Kunden Erich Bröcker. Emma war unverheiratet, hatte aber angeblich ein, Vorkind', wie man das im Münsterland so nannte, und ging doch ins Kloster, wenn auch in den USA. Ludger wanderte nach Uruguay aus und hat dort eine vielköpfige Familie gegründet. Jetzt rechnen Sie mal die Quoten aus, wenn schon Erbengemeinschaften aus Südamerika ihrerseits theoretisch Mitglied der Erbengemeinschaft hier sind. Das ist doch, mit Verlaub gesagt, Pillepalle, eine absolute Mierenhökerei."* Der Kommissar war im Brast: „Haben Sie etwa gedacht, Sie teilen einen Versteigerungserlös hier durch zwei Ihnen zufällig bekannte Familienmitglieder und kriegen für die Gemeindekasse 75.000 €? – Jedenfalls muss das der Eindruck sein, den Sie bei Frau Sökeland und bei Herrn Bröcker hinterlassen haben."

„Recht muss Recht bleiben!", warf der Bürgermeister ein.

* Mierenhöker = eigentlich Ameisenhändler
Niederländisch für Kleinkrämerei

„Klar, das Recht muss bestehen, auch wenn darüber die Welt zugrunde geht, sprach schon ein deutscher Kaiser von 500 Jahren. Hauptsache Recht! Und wenn Sie hinterher überhaupt bei der Gemengelage eine Versteigerung hinbekommen und eine Quotierung auf dann doch zwölf oder 15 Personen erreicht haben, kriegen Sie meinetwegen nach Abzug der Kosten 5.000 € in die Gemeindekasse, haben das Münsterland eines bedeutenden Kunstschatzes beraubt und dafür gesorgt, dass eines der schönsten Porträts aus dem Lande in das Dunkel einer Privatsammlung verschwindet." Der Kommissar schüttelte den Kopf: „Lassen Sie mir meine Zweifel am Sinn unserer Sozialgesetzgebung!"

Es stand eine Stille im Raum, die wohl niemand mehr unterbrechen wollte. Kattenstroht stand etwas mühsam auf, reckte sich und startete eine der heimlichen Haltungsübungen aus dem Repertoire seiner Physiotherapeutin. Dann fragte er den Sozialamtsleiter: „Hat es denn in den Gesprächen irgendein Ergebnis gegeben, zum Beispiel eine Bereitschaft der Frau Sökeland, sich auf die Rettung der Sammlung zu konzentrieren?"

„Nein, sie wollte sich davon nichts annehmen. Ich fand die Dame übrigens reichlich stur!", bemerkte der Amtsleiter in einem Tonfall, als habe er wieder Oberwasser gewonnen.

„Geschah Ihnen recht! Der Vater von Frau Sökeland war Jurist, und der kannte bestimmt den Spruch, wonach das Recht bestehen muss, auch wenn die ganze Welt darüber untergeht." Ziemlich nachdenklich setzte der Kommissar nach: „Sollte mich nicht wundern, wenn das der Schlüssel zu allem war, was dann folgte."

Sie standen noch vor dem Rathaus von Hegemer, als das Handy klingelte und Schücking sich meldete: „Der Bröcker ist inzwischen auf dem Hof Spennemann eingetroffen. Wir können also zugreifen, wenn wir es denn jetzt wollen."

Kattenstroht hatte einen Augenblick überlegt, hatte auf Kathrin Eilers und Schaap geschaut und ihre stille Zustimmung eingeholt. „Wir versuchen es und fahren jetzt los. Wir sind in einer knappen halben Stunde da. Bitte keine Wagen mit Brimborium einsetzen. Es reicht ja, dass wir da sind und die Kollegen in Uniform an der nächsten Straßenkreuzung auf Abruf warten. Ziehen Sie unbedingt Ritzmann aus Stockhem hinzu. Der kennt die Leute im Tal am besten."

Sie fuhren über die bewaldeten Hügel nach Süden, querten auch die Bauerschaft, in der man die ums Leben gekommene Cäcilia Sökeland gefunden hatte, kreuzten die Landstraße zwischen Kerkhövel und Stockhem und fuhren schließlich ins Brinketal hinab. Kathrin Eilers drehte sich um und spähte durch das Rückfenster nach Haus Bockhorst aus. Es lag in behäbiger Ruhe mit seiner rostroten Farbe scharf gegen den noch schwarzen Wald abgegrenzt. Die großen Rasenflächen hatten eine bräunlicher werdende Farbe angenommen. Der Frühling aber würde auch dieses schöne Fleckchen Erde bald wieder mit seinen Farben überziehen.

An der Kreuzung zur Landstraße längs der Brinke wartete Schücking mit einem Kollegen auf die Truppe aus Münster, und gemeinsam steuerten sie den Obstbaubetrieb Spennemann an, der schon an der Straße mit seinen Produkten mächtig warb. Sie ließen die Wagen auf dem Hof ausrollen. Nicht nur die alte Tante Thresken Spennemann erschien, auch ihr Neffe und jetziger Hofherr trat umgehend auf und fragte nach den Wünschen der Besucher. Zunächst erschrak der Bauer etwas, als ihm Dienstausweise vorgehalten wurden, dann aber wurde ihm klar, dass die Polizei nicht seinetwegen gekommen war: „Der Bröcker ist hinten im großen Lager. Der räumt da auf. Ich bringe Sie mal eben hin."

Der Hof war groß, und die Gruppe hatte doch etwa 200 Meter zu laufen. Kathrin Eilers wollte gerne wissen, was man denn für ein besonderes Lager hier auf dem Hof habe. Spennemann berichtete ihr gerne: „Wir dürften das modernste ULO-Lager im ganzen Kreis haben. ULO steht für ‚ultra low oxygen' und bedeutet, dass wir mit technischen Methoden den Sauerstoff aus den Lagerräumen ziehen können, wenn wir die Apfelernte des Herbstes dort einlagern. Da gleichzeitig die Temperatur gesenkt und die Luftfeuchtigkeit hoch gehalten wird, bleiben die Äpfel über Monate frisch und können nach Bedarf herausgeholt und verladen werden. Gestern ist übrigens unsere letzte Fuhre rausgegangen."

Kathrin Eilers hörte zu, wollte noch etwas fragen, aber inzwischen war man an der Lagerhalle angekommen. Die großen Türen standen weit auf, und im Hintergrund erhoben sich die Lager. Gelb gespritzte, meterhohe Türen sicherten die Räume mit ihrer kontrollierten Atmosphäre. Auf der rechten Seite stand eine große Sortieranlage, an der ein einzelner Mann in blauer Arbeitskleidung hantierte. Er hatte gerade die Führung eines Transportbandes abgebaut und kontrollierte den Förderprozess.

„Guten Tag, Sie sind Herr Bröcker, Herr Erich Bröcker?", fragte Kattenstroht mit deutlicher und lauter Stimme.

Der Mann erhob sich etwas schwerfällig. Er mochte gewiss an die 60 Jahre alt sein, hatte eine Stirnglatze und ein breites, etwas verschlagen wirkendes Gesicht, aus dem zwei vorsichtige Augen lauerten: „Durchaus richtig; Erich Bröcker, zur Stelle. Was kann ich für Sie tun?"

Der Kommissar zückte seinen Ausweis und ließ auch keine Pause zu: „Sie können mir erzählen, was am 19. Februar, am Samstagabend vor zwei Wochen, hier passiert ist. Sie haben bis gegen 22.00 Uhr gearbeitet, weil am Sonntag eine Fuhre Äpfel in den Großmarkt gehen sollte. Sie haben alles vorbereitet und waren offensichtlich allein hier. Dann kriegten Sie unerwarteten Besuch."

Bröcker wischte sich die Hände an einem Putzlumpen ab und schüttelte den Kopf: „Samstag vor zwei Wochen, sagen Sie, am 19. Februar?" Der Mann schaute auf Bauer Spennemann und meinte, den solle man fragen, denn der mache die Stundenzettel fertig. Er kriege hier 400 € offiziell, von denen er 160 behalten dürfe. Den Rest schlucke ja sowieso das Sozialamt in Hegemer.

„Wir machen mal weiter!", blieb der Kommissar hartnäckig dran. „Es muss so gegen 21.45 Uhr etwa gewesen sein, da kommt eine Frau zu Ihnen in diese Halle. Sie kommt, das haben Sie wahrscheinlich gar nicht gemerkt, den Weg an den Apfelbüschen von Haus Bockhorst herunter. Sie betritt diese Halle, spricht Sie an, will was von Ihnen. Wir glauben nun, dass Sie diese Frau kannten, dass Sie mit ihr in Streit gerieten und dass Sie, Erich Bröcker, diese Dame umgebracht haben."

„Sie sind ja verrückt! – Erstens kenne ich keine Dame, die mal eben am Abend hier in die Halle kommt. Und zweitens, warum sollte ich die umbringen? Und dann noch eines: Wie sollte ich das denn anstellen?"

„Drei gute Fragen, Sie kriegen drei gute Antworten: Zum einen war die Dame die Frau Rektorin Cäcilia Sökeland von der Grundschule in Rechterfeld; Sie waren ihr Cousin zweiten Grades, denn Sie hatten gemeinsame Urgroßeltern. In der Familie gab es den großen Maler Antonius Tibian, oder Fleitmann genannt. Und seine Hinterlassenschaft im Kreismuseum, geschätzter Wert 150.000 €, gehörte, so haben Sie sich das offensichtlich vorgestellt, zur Hälfte Ihnen. Ein etwas unbedarfter Sozialamts-Edelmann hat Ihnen das jedenfalls so verkauft. Wir sind uns sehr sicher, dass Frau Sökeland und Sie sich etwa Anfang Dezember letzten Jahres mindestens einmal getroffen haben. Sie wollten über die Sache reden und die Bilder zu Geld machen. Außerdem nehme ich an, dass Sie das Sozialamt dabei noch reinlegen wollten." Der Kommissar wirkte sehr bestimmt, lehnte sich an einen der Sortiertische und beäugte ein Körbchen mit frisch aussehenden Äpfeln. „Und drittens? Ach ja, die Art und Weise, Frau Sökeland aus diesem Leben zu befördern?"

Kattenstroht wies auf die großen Schiebetüren der Obstlager: „Dahinter lauert der Tod. Die kontrollierte Atmosphäre verhindert zwar die Fäulnis der Äpfel, aber sie ist für den Menschen lebensgefährlich. Deswegen hier überall die Warnschilder, deswegen die Notfallgriffe, deswegen die Kontrollklappen. Sie dürfen auch die Räume erst betreten, wenn der Sauerstoffgehalt nach einer entsprechenden Flutung bei mehr als 20 % angekommen ist." Er schritt auf eine der Türen zu, an der ein langer Hebel den leichtgängigen Verschlussmechanismus zu steuern ermöglichte. „Ein Griff, ein Zug, die Tür gleitet los. Sie locken die Dame hierher, weiß die denn, was hinter der Türe ist? Sie brauchten sie dann nur zu schubsen, denn die Räume waren zum wesentlichen Teil schon leer. Die Frau fällt hinein, wie auch immer. Sie schieben die Türe zu und halten den Griff fest. Es reicht ja die erste Desorientierung da drin. Licht ist nur durch das Kontrollfenster möglich. Der Mensch, der in diese kontrollierte Atmosphäre gerät, ist sofort hilflos, zumal wenn er sich nicht zu orientieren weiß. Die Bewusstlosigkeit tritt sofort ein, der Tod ist nach wenigen Minuten in dieser Situation sicher. Und das Besondere: Keinerlei äußere Spuren sind feststellbar." Der Kommissar nahm den Bröcker fest ins Auge: „So war es doch! Und wenn ich einen kleinen Hinweis im Obduktionsbericht richtig interpretiere, dann hatte sich die Frau Sökeland auf irgendeine Weise ein Problem mit dem rechten Bein eingehandelt. Sie war dadurch wahrscheinlich etwas gehbehindert, und das war ein weiterer Vorteil für Sie!"

Bröcker hatte gebannt zugehört. Er stand still an dem Förderband und rieb sie mit einem Putzlumpen immer wieder über die mit Maschinenfett verschmierten Hände. Dann schaute er unsicher auf die Beamten und den Bauern, drehte sich zum Förderband und stützte sich mit beiden Händen auf: „Wenn Sie sowieso schon alles wissen! Sie war gefallen. Sie war auf dem Eck am Park von Haus Bockhorst gefallen. Der Weg ist dort ganz weich gewesen. Sie muss wohl irgendwie gestürzt sein. Sie war ganz dreckig. Sie sah dann Licht in unserer Halle und wollte wohl Hilfe von hier haben. Es war zum Hof hin schon eindeutig näher als zurück den Berg hoch nach Haus Bockhorst. Zudem ist unser Weg hierher asphaltiert. Sie stützte sich auf ihren Stockschirm und kam hier rein. Sie konnte ja nicht wissen, dass ausgerechnet ich hier arbeiten musste."

Stille in der Halle.

Dann fuhr Bröcker fort. „Es war wirklich so. Ich wollte ihr erst eigentlich helfen. Das tut man ja als Mann. Sie aber fing gleich wieder mit den Bildern an und wollte mich belehren und zuquatschen, wie letztes Jahr vor Weihnachten. Und dann habe ich irgendwie gemeint, ich hätte sie jetzt in der Hand und könnte ihr das Maul stopfen."

Kattenstroht nickte fasziniert: „Ich rekonstruiere mal weiter. Sie haben die Hallentür zum Hof hin irgendwie verschlossen, damit Sie nicht überrascht wurden, haben nach meinetwegen zehn Minuten den Lagerraum wieder geflutet, die Frau da herausgezogen und hier irgendwo zwischen den Maschinen entkleidet. Dann große Folie her! Wo bitte?"

Bröcker wies auf eine riesige Rolle hin, die offensichtlich zum Verpacken der kantigen Lagerbehälter diente. Kattenstroht nickte. „Das war es! – Ich weiß nur nicht, wie Sie auf die Idee gekommen sind. Sie haben genau gewusst, dass eine unbekleidete Leiche an der Luft wesentlich schneller verwest und es damit wesentlich komplizierter wird, eine Todesursache gesichert nachzuweisen. Dann haben Sie die Leiche in Ihrem Wagen verstaut und Kleidung, Hut, Schal Schirm und so weiter verschwinden lassen. Sie werden uns noch erzählen, wie es genau gelaufen ist. Wir schauen dann nach."

Der Kommissar blickte sich um und vergewisserte sich, dass Schaap das Gespräch aufgenommen hatte. „Und wenn nicht ein Bauer seinen Sonntagsspaziergang zufällig längs jenes Wäldchens gemacht und nicht seinen treuen Hund dabeigehabt hätte, dann wäre vielleicht erst ein junges Liebespärchen im künftigen Mai im Rausch der Gefühle über ein Gerippe gestürzt."

Kattenstroht merkte, dass er überzog. Er hatte das Gefühl, dass seine Assistentin ihn von hinten mit Blicken durchbohrte. „Ja, dann mal weiter, Herr Bröcker. Ich nehme Sie fest wegen des dringenden Tatverdachtes des heimtückischen Mordes an der Frau Rektorin Sökeland. Wir bringen Sie jetzt nach Münster und werden Sie morgen früh dem Haftrichter vorführen." Der Kommissar nickte Ritzmann zu, der inzwischen erschienen war und Bröcker nun unter seine Fittiche nahm.

Bauer Spennemann konnte es immer noch nicht begreifen: „Unser ULO-Lager als Mordwaffe?"

Kattenstroht hatte sich nun doch ein Äpfelchen aus dem Korb geschnappt, warf es hoch, fing es wieder auf, wischte es am Jackenärmel ab und biss hinein. Vorsichtig kauend kommentierte er: „Bestimmte Früchte haben in der Weltgeschichte eben doch schon eine verheerende Rolle gespielt!"

Kapitel 26

Der Aschermittwoch war da, und in den frühen Morgenstunden hatten auch Münsters Karnevalisten zum Kehraus angestimmt. Die einen verbrannten die Strohpuppe ihres Morio, der angeblich als Karnevalsgeist den Sümpfen nördlich der Stadt vor Monaten entstiegen war, die anderen versammelten sich zu einem rituellen Essen, bei denen man „graue Weiber" verspeiste, eine besonders rustikale Erbsenmahlzeit; wieder andere wuschen am Aasee ihre Portemonnaies aus und betrachteten mit nachdenklichen Gesichtern ihre geschmolzenen Geldbestände. Die Glocken riefen zum Gottesdienst. Selbst vor der Arbeit oder dem Dienst holte sich der eine oder andere der Frommen noch das Aschenkreuz, um es beim Verlassen der Kirche denn doch diskret wieder abzuwischen.

Kattenstroht war zwar zahlendes Mitglied des Polizei-Karnevalsvereins und war somit auch gehalten, die berühmte „weiße Maus", das Maskottchen der närrischen Ordnungshüter in Münster, zu ehren, aber er hielt sich doch zurück und pflegte auch nur den Brauch, mit Betty zum Ball der „Witten Müüse" zu gehen. Der Name kam übrigens von der in den 1950er Jahren noch üblichen Uniformfarben für die Verkehrspolizei. Der Ball war stets lebhaft, und von den höheren Beamten, denen die Wahrung von Recht und Ordnung im Münsterland anvertraut war, wurde doch Präsenz erwartet.

Gegen 9.30 Uhr traf sich das Team Kattenstroht zu der wahrscheinlich letzten Besprechung im Fall zum Nachteil der Cäcilia Sökeland. Der Kommissar resümierte seine Sicht der Dinge und meinte, man habe doch einiges Glück gehabt, dass der Bröcker derart zügig gestanden habe: „Mich hat es überrascht, dass der sofort eingeknickt ist. Ich kenne den Grund dafür noch nicht, vermute aber eines: Der Mann hat zwar eine Neigung zur Gewalttätigkeit, aber einen so gemeinen Mord hat ihn wahrscheinlich total überfordert. Vielleicht war er froh, dass er gestehen konnte." Kattenstroht stapelte einige Akten aufeinander: „Wir sind gewissermaßen in der Nähe des Fertigwerdens! Wie sagte Napoleon doch so schön: ‚Glück ist die erste Feldherrengabe!' – Andererseits, ich glaube, wir hätten ihn dennoch zeitnah über die Indizien gekriegt. Die Motivlage, der Briefwechsel zwischen Täter und Opfer, die Vernetzungen zwischen der Gemeindeverwaltung Hegemer, also dem Sozialamt, die Interessenlage des Bröcker, die Nähe zwischen Haus Bockhorst und dem Hof Spennemann. Wir hätten ihn auch so gestellt, glaube ich jedenfalls. Höchstens zwei Tage später."

Beucking hatte noch einen Triumph zu vermelden, der in die gleiche Richtung wies. Er griff hinter seinen Stuhl und präsentierte einen in einen großen, durchsichtigen Hülle verpackten Regenschirm: „Den haben unsere Leute noch gestern am Nachmittag bei der Nachsuche gefunden! Den Regenschirm der Sökeland!"

Auf Nachfragen, ob denn dieser Parapluie tatsächlich dem Opfer zugewiesen werden könne, wies der Leiter der Spurensicherung nur auf einen Silberring hin, der nahe der Krücke des ebenso stabil wie teuer wirkenden Stücks den Stock umschloss: „Bitte hier sogar mit Gravur: Eigentum C. Sökeland, Münster, und dann die Telefonnummer. Der Schirm lag draußen vor der Halle hinter den aufgestapelten hölzernen Obsthürden. Bröcker musste notwendigerweise schnell handeln und hat den Schirm auf einfachste Weise verschwinden lassen. Die Unterwäsche des Opfers hat er angeblich daheim verbrannt, die Oberbekleidung, auch die dicke Jacke und die Schuhe, will er in Sammlungs-Container in Hegemer geworfen haben. Die hätten in seinen kleinen Ofen nicht hereingepasst. Wir sind dem nachgegangen und prüfen das zurzeit. Da die Container regelmäßig geleert werden, mag es sein, dass die Sachen weg sind; ist der Abholturnus allerdings länger, haben wir vielleicht noch mal Glück."

„Wie sieht es mit DNA-Spuren am Schirm aus?", wollte Kattenstroht wissen.

„Spuren sind genommen, Auswertung steht noch aus", kam es prompt von Beucking zurück.

Sabine Engler von der Staatsanwaltschaft gab der Runde noch bekannt, dass der Haftprüfungstermin für 11.30 Uhr angesetzt worden sei. „Wir gehen davon aus, dass jetzt alles reibungslos läuft."

„Dann war's das mal wieder"; Kattenstroht schaute in die Runde, „ich bedanke mich für die wie stets gute Zusammenarbeit. Berichte bitte bis zum Wochenende, spätestens am kommenden Montagmittag, bitte."

Schaap meldete sich noch einmal: „Ich habe das nicht richtig mitbekommen. Wie sind Sie eigentlich auf die Idee gekommen, dass die Lageranlage für Äpfel gewissermaßen die Mordwaffe war? Würde mich wirklich interessieren."

Der Kommissar lehnte sich zurück und dehnte sich in seinem Sessel: „Der entscheidende Tipp kam eindeutig von Professor Rollmann. Der alte Herr hat mich ja am letzten Sonntagabend im Theater ein wenig zugeschwallt, weil er sich intensiv Gedanken machte, wie man einen Menschen gewissermaßen spurenlos umbringen kann. Er kam dann irgendwie auf die Folgen von Erstickungen durch CO2. So etwas gibt es ja auch in der Natur und in klassischen landwirtschaftlichen Betrieben. Unglücksfälle in Weinkellern, in Brunnen, Siloanlagen oder Jauchegruben sind Legion. Als er mir das vor der Operette am Sonntag erzählte, habe ich nur so halb hingehört. Im ersten Akt aus dem ‚Land des Lächelns' kommt dann ja diese Arie über die Schönheit von Apfelblüten, die man der Liebsten vors Fenster legt. Da ich die Operette kenne und auch den Text, sind meine Gedanken mal wieder spazieren gegangen." Kattenstroht griff in eine seiner Mappen und fand nach kurzer Suche einen Zeitungsausschnitt: „Hier wurde letzte Woche von einem Fall berichtet, dass ein Apfelproduzent im Alten Land in seinem Lager erstickt ist. Ein klarer Unglücksfall, offensichtlich. Wie da im Stadttheater die Apfelblüten so gelobt wurden, habe ich mir vorgestellt, wie es im Brinketal im Frühling in den Obstkulturen des Hofes Spennemann wohl aussieht. Kathrin und ich waren ja noch am letzten Dienstag oben auf der Höhe von Haus Bockhorst und haben die langen Obstbaum-Kulturen an den Hängen bewundert. Da hat es bei mir Klick gemacht. Es war ein Leichtes nachzuschauen, ob denn die Spennemanns eine moderne CA-Anlage, also ein Lager mit ‚controlled atmosphere' haben. Tatsächlich: Die Bilder ihrer hochmodernen Niedrig-Sauerstoff-Anlage stehen fein säuberlich auf der Internetseite des Hofes."

Das Team klopfte auf die Tische, und man verabschiedet sich. Kathrin Eilers kam zu ihrem Chef und erinnerte daran, dass man ja noch ein Gespräch beim Präsidenten habe, das wohl sehr wichtig sei. „Klar, komme gleich. Ich weiß nur nicht, was der Alte wieder will!", hatte Kattenstroht geknurrt.

Der Präsident empfing die beiden sehr freundlich und komplimentierte sie an den kleinen Konferenztisch mit seinen bequemen Sesseln. Schon das war verdächtig, dennoch fing alles harmlos an. Die Lösung des Falles Sökeland gefiel dem Behördenleiter ausdrücklich, und er bedankte sich ein wenig zu überschwänglich, wie der Kommissar insgeheim zu spüren meinte, für die hervorragende Arbeit des Teams Kattenstroht. „Dennoch haben wir hier noch etwas gemeinsam zu besprechen, worum auch Frau Eilers mich gebeten hat. Ich fange aber mal etwas anders an." Dabei zog er eine Akte, der Farbe nach ganz offensichtlich aus dem Personalbereich, zu sich heran.

„Wie lange sind Sie beide jetzt eigentlich schon ein Team, Herr Kattenstroht, Frau Eilers?", wollte er wissen und beantwortete seine Frage schon selbst beim Durchblättern des Vorgangs: „Sieben Jahre, sieben erfolgreiche Jahre als Team mit Zuständigkeit für das eher ländliche Münsterland. Ich will es kurz machen, lieber Herr Kollege, wir müssen mal zu Veränderungen kommen. Es muss mal zu Rotationen kommen, wenn wir Ihre Karriere etwas weiter ausgestalten wollen."

Kattenstroht wollte sofort etwas einwenden, aber der Präsident ließ ihn gar nicht erst zu Wort kommen: „Ich kenne Ihre Neigungen und Abneigungen viel zu gut, aber auch Ihre brillante Arbeitsweise, Ihre Intuition und Ihre Vernetzung ins Land, die ich nach wie vor unglaublich finde. Solche Kenntnisse und Erfahrungen müssen wir natürlich auch an den Nachwuchs weitergeben. Auf dem Tisch liegt eine dienstliche Bitte aus dem Bereich unserer Hochschule. Die Kollegen brauchen für einen begrenzten Zeitraum von zunächst einem Jahr einen Dozenten im Feld der Kriminalwissenschaften, besonders unter dem Aspekt ‚Kriminologie der Einzeldelikte' und ‚Kriminalistische Handlungslehre'. Man hat mich gefragt, ob ich bereit wäre, einem Beamten oder einer Beamtin mit entsprechender Qualifikation diesen Weg einmal zu eröffnen. Das hieße Abordnung für nur ein Jahr, vielleicht auch nur mit Stundendeputat. Das muss noch geprüft werden." Der Behördenchef machte eine Pause. Es herrschte eine gewisse Stille im Raum. „Und bevor Sie jetzt nein sagen, bedenken Sie bitte, dass sich auch in Ihrem Leben einiges ändert. Ihre Jungs werden groß und gehen aus dem Haus. Ihr Rücken spielt auch nicht mehr so mit, und wie lange wollen Sie täglich im Auto sitzen? Und ein Drittes: Zu dem potentiell neuen Dienstort können Sie fast zu Fuß gehen."

Kattenstroht fühlte sich überfahren. In ihm regte sich der leise Verdacht, dass offensichtlich ein Deal zwischen den Häusern schon „abgekaspert" war, wie er so etwas zu nennen pflegte. Also wich er zügig auf den ihm wichtigsten Nebenschauplatz aus: „Wie stellen Sie sich das denn vor? Was soll denn zum Beispiel aus Frau Eilers werden? Und die Organisation meines Kommissariates?"

„ ... bleibt meine Sorge. Wir werden aufgrund des Dienstalters Herrn Austrup die Vertretung übertragen. Ich bin da guten Mutes. Er kann sich dann auch einmal unabhängig bewähren. Und was Frau Eilers betrifft, so denke ich, soll sie sich mal selbst erklären!" Der Präsident lehnte sich einfach zurück.

Kathrin Eilers lief tatsächlich rot an, und Kattenstroht empfand ihr gegenüber spontan wieder jene Wärme, die in vielen Situationen ihr Arbeitsklima bestimmt hatte. Sie druckste zunächst herum und kam dann doch ziemlich bestimmt heraus: „Sieh mal, Niklas ist jetzt ein halbes Jahr alt. Ich bin, das merke ich heute, eindeutig zu früh mit dem Dienst wieder angefangen. Das habe ich eigentlich wegen unseres tollen Berufes, aber auch deinetwegen, Klaus, getan. Es wird mir aber bei allem guten Willen einfach zu viel zurzeit. Die letzten Wochen hatte ich beide krank, Thomas wie Niklas. Du hast die Hektik gemerkt und hast zu meinem Glück Tim Schaap mehr und mehr mitgenommen. Meine Familie braucht mich, besonders dein Patenkind braucht mich. Zudem, wie das so ist, Niklas wird in absehbarer Zeit nicht mehr Einzelkind sein. Das war zwar jetzt noch nicht geplant, hat uns tatsächlich sogar ziemlich überrascht, ist aber völlig in Ordnung. Deshalb Familienphase: Ich muss auf die Bremse treten. Ich habe das Haus gebeten, mich zum April in Elternzeit eintreten zu lassen, erst einmal für ein Jahr."

„Und just für diesen Zeitpunkt – auch von meiner Seite alle guten Wünsche! – braucht unsere Hochschule einen Lehrauftrag. Der liebe Gott tut doch nichts als fügen!", unterstrich der Präsident, „keiner bleibt alleine, alle sind beschäftigt und kommen nicht auf dumme Gedanken. Und wenn wir dann ein Jahr, oder – sagen wir mal, mit Blick auf die Zukunft – zwei Jahre weiter sind, ordnen sich die Dinge neu, und ich kriege mein erfolgreichstes Team fürs Land zurück." Der sonst so trockene Behördenleiter war offensichtlich um Verbesserung der Stimmung bemüht.

Das Gespräch drehte sich noch fast eine Viertelstunde um die rein dienstlichen Belange. Der Kommissar kam ins Nachdenken, und bei allem anfänglichen Widerwillen sah er doch die Situation. Seine Assistentin in längerer Elternzeit und für ihn die Chance, mit Ende 40 noch einmal – wenigstens für einige Zeit – ein neues Feld zu betreten. Am Ende sagte er seinem Chef zu, über die Sache konstruktiv nachzudenken. Deutlich hob er hervor, er wolle sich auch mit seiner Frau Betty beraten. Als er das gerade formuliert hatte, beschlich ihn die unangenehme Ahnung, ob Betty nicht schon längst von all diesen Neuigkeiten gewusst haben könnte.

Auf dem Weg zurück zu ihren Büros blieb der Kommissar auf einem Treppenabsatz stehen, lehnte sich entspannt an das Geländer und fixierte seine langjährige Assistentin. Offentsichtlich beherrschten ihn gemischte Gefühle. „Auch meinen Glückwunsch Kathrin, und alles Gute für das Projekt Nummer 2! Ich freue mich natürlich für euch!". Nach einer verlegen anmutenden Pause setzte Kattenstroht hinzu: „Und nun, wie geht es jetzt weiter?"

Kathrin Eilers lachte: „Wer gab mir eigentlich den Hinweis auf Clint Eastwood? Auf die Frage, was einen erfolgreichen Western ausmacht, hat der nur gesagt: ‚Ich reite in die Stadt, alles andere ergibt sich!'"

Kattenstroht musste schmunzeln: „Dann lass uns mal die Pferde auftrensen und sie zum Saufen an die Brinke führen. Natürlich hast du recht. Nicht der Geringste der amerikanischen Philosophen hat mal gesagt: ‚Du kannst nicht zwei Pferde mit nur einem Hintern reiten.' Natürlich gehen Thomas, Niklas und Nummer 2 vor. Absolut akzeptiert – Von Herzen gerne!"

Austrup, der gerade aus dem Flur ins Treppenhaus kam, wunderte sich denn doch über den Anblick, der sich ihm auf jenem Treppenabsatz bot: Kommissar Klaus Kattenstroht und seine Assistentin Kathrin Eilers lagen sich in aller dienstlichen Öffentlichkeit in den Armen, und der gänzlich unbefangene Zeuge vermeinte, so etwas wie ein Seufzen oder Schluchzen zu hören.

Schlussbemerkung

Ereignisse und handelnde Personen auch dieses Kattenstroht-Falls „Jungferntanz“ sind rein fiktiv und mit Realitäten allerhöchstens sehr entfernt verwandt. Geschilderte Zeitumstände sowie volks- und landeskundliche Zusammenhänge sind jedoch vielfache Erfahrungen des Autors, denen sich auch Leserinnen und Leser nicht völlig verschließen werden. Insofern sind gewisse Ähnlichkeiten mit realen Ereignissen und Personen weder zufällig noch letztlich vermeidbar.

Auch das Geschehen im „Jungferntanz“ wurde durch zahlreiche Tipps und Anmerkungen von kritischen wie freundlichen Lesern bereichert, auch meine Familie sowie Freunde und Kollegen in der westfälischen Kulturarbeit lieferten manch konstruktive Idee zum Leben und Treiben Kattenstrohts, seines Teams und des handelnden Umfeldes. Ihnen allen ist zu danken, besonders auch Kolleginnen und Kollegen in der Bezirksregierung Münster für viele gelegentlich ebenso heitere wie bedenkenswert kritische Diskussionen.

Der „Jungferntanz“ mit seinen Volten und Pirouetten aber wurde nur möglich, weil Prof. Markus Schilgen und sein Team, besonders aber Mareen Albert mit Rat und Tat schon verloren geglaubte Fitness und Motorik wieder aufbauten. Ihr erfolgreiches Training brachte jene Form und jene Stimmung zurück, ohne die man dem beschwingten Projekt nur schwer hätte Melodien, Rhythmen und Farben geben können.

Für die auch beim siebten Kattenstroht-Fall brillante Zusammenarbeit mit dem Team des LV-Buch-Verlages in Münster-Hiltrup bin ich zutiefst dankbar.

Nottuln, im Spätsommer 2012 — Hans-Peter Boer

Hans-Peter Boer
Schweinemond
ommissar Katten-
rohts ***vierter Fall***
Seiten, Hardcover
,95
978-3-7843-5048-6

Hans-Peter Boer
Kirmeskronen
Kommissar Katten-
strohts ***fünfter Fall***
200 Seiten, Hardcover
€ 14,95
ISBN 978-3-7843-5096-7

Hans-Peter Boer
Balkenbrand
Kommissar Katten-
strohts ***sechster Fall***
184 Seiten, Hardcover
€ 14,95
ISBN 978-3-7843-5157-5

Hans-Peter Boer
Jungferntanz
Kommissar Katten-
strohts ***siebter Fall***
184 Seiten, Hardcover
€ 14,95
ISBN 978-3-7843-5219-0

Kommissar Kattenstroht

Reichlich Spannung zum Super-Sparpreis!

Die **drei** ersten Münsterland-Krimis um Kommissar Kattenstroht in einer schönen Geschenkbox:

Das große Paket
Stoppelland, Schwengelrecht, Kuchentage
Hardcover, € 34,95
ISBN 978-3-7843-5031-8

Die ersten **fünf** Teile der Kommissar-Kattenstroht-Reihe inlusive des Bestsellers „Kirmeskronen" können Sie auch in der praktischen Sammelbox zum kleinen Preis erwerben. Fünf mal Spannung, fünf mal Geld sparen!

Jubiläums-Paket
Stoppelland, Schwengelrecht, Kuchentage, Schweinemond, Kirmeskronen
Hardcover, € 59,95
ISBN 978-3-7843-5117-9

LV·Buch im Landwirtschaftsverlag GmbH, 48084 Münster
1. Auflage 2012

Lektorat: Sabine Deing-Westphal, Rhede

Gestaltung: KreaTec – Grafik, Konzeption und Datenmanagement
im Landwirtschaftsverlag GmbH, Münster

Druck: Westermann Druck Zwickau GmbH

ISBN 978-3-7843-5219-0